I0544554

DIFENDERE CHLOE

Mercenari di Montagna, Libro 2

SUSAN STOKER

Questo libro è un'opera di fantasia. Nomi, personaggi, luoghi ed eventi sono il prodotto dell'immaginazione dell'autrice o sono rappresentati in modo immaginario. Qualunque riferimento a eventi, luoghi o persone reali (presenti o passate) è puramente casuale.

Quest'opera non può essere sfruttata, riprodotta o trasmessa, in tutto o in parte, senza il permesso scritto dell'editore, con l'eccezione di brevi estratti a scopo di recensione, secondo quanto permesso dalla legge.

Questo libro è concesso in licenza per uso esclusivamente personale, non può essere rivenduto o ceduto a terzi. Per condividere questo libro con altri, si prega di acquistare una copia per ciascun ricevente. Se stai leggendo questo libro e non lo hai comprato, oppure questa copia non è stata acquistata per il tuo utilizzo, dovresti acquistare la tua copia personale.

Grazie per aver rispettato il duro lavoro di questa autrice.

SENZA TITOLO

RECENSIONI SU SUSAN STOKER
"GIUSTIZIA PER MACKENZIE"

"La disperazione di Daxton per trovare Mackenzie è entusiasmante e credibile, i lettori avranno una lettura eccitante fino alla fine... Puro intrattenimento".

-Kirkus Reviews

"I personaggi irresistibili e l'azione travolgente vi terranno incollati alle pagine".

-Elle James, autrice di bestseller per il *New York Times*

"Susan crea una bella suspense romantica! Suspance incredibile + personaggi sexy da paura = leggete TUTTI i suoi libri! Ora".

-Carly Phillips, autrice di bestseller per il *New York Times*

"Susan Stoker scrive libri perfetti per i fidanzati!"

-Laurann Dohner, autrice di bestseller per il *New York Times*

"Questi libri dovrebbero essere accompagnati da un'etichetta di avvertimento. Una volta iniziati, non puoi fermarti finché non li hai letti tutti".

-Sharon Hamilton, autrice di bestseller per il *New York Times*

"SALVARE RAYNE"

"Un altro libro vincente! Sexy e pieno d'azione − quello che mi aspettavo da Susan Stoker!

-Cristin Harber, autrice di bestseller per il *New York Times*

"Nessuno crea un'azione intensa meglio di Susan Stoker".

-Desiree Holt, *USA Today,* autrice di bestseller

"Susan Stoker centra sempre il bersaglio!"

-Lainey Reese, *USA Today,* autrice di bestseller

PROLOGO

"Entra, figliolo."

Leon Harris aprì la porta dell'ufficio di suo padre e si infilò nella stanza in cui raramente gli era permesso entrare. Appena venticinquenne, era tornato a casa da soli due mesi, dopo essersi finalmente laureato con un master in contabilità. Non era interessato all'occupazione, ma gli piacevano i soldi, quindi sembrava che potesse essere una buona scelta. Per non parlare del fatto che suo padre aveva accennato che ci sarebbe stato un futuro nell'azienda di famiglia, se si fosse laureato.

"Siediti" ordinò Ray Harris, muovendosi verso la grande sedia in pelle marrone situata di fronte alla sua imponente scrivania in mogano.

Leon trattenne a fatica un ghigno, i mobili costosi gli ricordavano le grandi differenze tra loro. Era nauseato dal padre che controllava la sua indennità e non gli dava il denaro necessario per vivere lo stile di vita che sentiva di meritare. Tutti sapevano che Ray Harris era ricco sfondato. Perché avesse fatto vivere Leon con soli centomila dollari l'anno, mentre era a scuola, era ancora un mistero. Un mistero che faceva incazzare Leon.

"Buonasera, padre" disse Leon in tono perfettamente controllato e modulato, senza che la sua rabbia verso l'uomo trapelasse nelle sue parole.

Ray Harris si sedette sulla sedia di cuoio, le dita premute davanti a lui mentre contemplava suo figlio. Infine, fece un respiro profondo e si chinò in avanti, trafiggendo Leon con uno sguardo intenso. "Congratulazioni per esserti laureato. Ti ho detto, dopo il diploma di scuola superiore, che se ti fossi laureato in contabilità ti avrei assunto...E avresti iniziato un percorso da cui non si può più tornare indietro. La mia domanda per te è questa: sei sicuro che è questo quello che vuoi?"

"Sì, padre" disse subito Leon.

Ray alzò la mano. "Non così in fretta. Devi capire completamente quello che facciamo".

Leon annuì con entusiasmo. *Finalmente* sarebbe stato invitato nella cerchia ristretta del padre. La curiosità, nel corso degli anni, era stata insopportabile. Aveva visto suo padre entrare in riunioni sorvegliate da diverse guardie del corpo, sia di Ray che degli uomini d'affari in visita invitati dietro la porta dell'ufficio. Leon odiava non sapere, ma sembrava che finalmente avesse fatto abbastanza salti mortali per convincere suo padre a fargli qualche rivelazione. Era ora, cazzo.

"Un paio di anni fa, Joseph Carlino mi ha chiesto se volessi unirmi alla sua filiale di Cosa Nostra. Sai cos'è?"

Leon annuì, anche se non ne era sicuro. Non avrebbe mai voluto ammettere a suo padre che non sapeva nulla. Quel bastardo compiaciuto glielo avrebbe rinfacciato per il resto della vita. Si comportava così, lo stronzo.

Il labbro di Ray si arricciò, ma non rimproverò il figlio per la sua ovvia bugia. "Cosa Nostra è la mafia. Una delle divisioni più antiche e conosciute. Ha avuto inizio in Sicilia nell'Ottocento. È stata portata qui negli Stati Uniti dagli immigrati, oggi è viva e vegeta nel nostro Paese. Ci sono diversi rami dell'organizzazione e Joseph Carlino è il capo di Cosa Nostra, su a Denver. Ci sono diverse altre famiglie influenti con cui lavora e mi ha chiesto se volessi unirmi a loro, portando il loro marchio di affari qui a Colorado Springs".

"E tu hai detto di sì, giusto?" Chiese Leon con entusiasmo. La mafia era fichissima, anche se usava un nome stupido come Cosa Nostra.

Suo padre sospirò, come se la sua domanda fosse assolutamente ridicola. "Sì, Leon. L'ho fatto."

"Fico" replicò Leon.

"Se hai finito di comportarti come un moccioso di otto anni, vorrei metterti al corrente di quello che facciamo".

Leon annuì, ma dentro di sé ribolliva. Odiava che suo padre lo trattasse come se fosse ancora un bambino.

Per le due ore successive, Ray Harris raccontò al figlio i dettagli dell'attività di famiglia. Gli parlò di insider trading[1], racket dell'estorsione e della protezione, spaccio occasionale di droga e operazioni di ricatto, spina dorsale del contributo della loro famiglia a Cosa Nostra, comprese le modalità di raccolta del denaro.

Quando ebbe finito, Leon aveva praticamente l'acquolina in bocca.

Il pensiero della quantità di denaro su cui poteva mettere le mani era quasi schiacciante. Non solo avrebbe avuto il tipo di stile di vita che sapeva di meritare, ma avrebbe avuto anche il potere e il rispetto per farlo. "Che cosa farò, padre?", chiese, con visioni di violenza verso i proprietari di aziende e valigie piene di soldi che iniziavano ad affiorargli nella mente.

Ray Harris si appoggiò alla scrivania e guardò suo figlio negli occhi. "Ti ho detto cosa facciamo, ma questo non significa che ti troverai subito nel bel mezzo della situazione".

Gli occhi di Leon si restrinsero in due fessure. Non prometteva bene. "Cosa vuoi dire?" chiese.

"Voglio dire, non pensare che mi sia sfuggito che all'università sei stato un fallito. Hai saltato più lezioni di quante ne hai frequentate, hai pagato altri studenti per fare il tuo lavoro, sei persino andato a letto con alcune professoresse, poi le hai ricattate. Questo tipo di comportamento avrebbe fatto espellere qualsiasi studente, ma sei stato fortunato che il preside dell'università mi doveva qualche favore. Non solo, ma ti sei a malapena laureato, grazie al tuo comportamento".

Leon si appoggiò con la schiena alla sedia e incrociò le braccia sul petto. Il padre era sempre stato un enorme bastone tra le ruote. Le donne sono state messe su questo pianeta per servire gli uomini. Sono più deboli, non così intelligenti. Naturalmente aveva usato il suo fascino sulle ragazzine, all'università, per ottenere agevolazioni di ogni tipo. E le professoresse con cui era andato a letto non erano altro che delle puttane. "Cosa farò?" Ripeté Leon, non gli piaceva dove stava andando a parare la conversazione.

"Sei intelligente, Leon" disse Ray. "I tuoi voti non lo dimostrano, ma io so che lo sei. Ma dovrai dimostrarmelo prima che io ti dia accesso a uno qualsiasi dei miei fogli di calcolo. Non è in gioco solo il nome della famiglia Harris. Ci sono anche i Carlino e gli Smaldone, le due famiglie più influenti di Cosa Nostra. Se salta fuori anche il minimo dettaglio sbagliato, siamo fuori. Non intendo semplicemente buttati fuori. Siamo morti. Lo capisci questo?"

"Sì, padre" rispose obbediente Leon. Nel corso degli anni aveva imparato a trattare con il suo vecchio.

"Bene. Visto che i nostri soldi sono legati a quelli di Joseph Carlino, non sono disposto a lasciarti incasinare i fogli di calcolo. Dovrai dimostrarmi che parte di ciò che avresti dovuto imparare durante le lezioni ti è rimasto. Dimostrami che hai ereditato le stesse attitudini matematiche di tua sorella".

Alla menzione della sorella, Leon digrignò i denti. Odiava essere paragonato a Chloe. Il padre gli sbatteva sempre in faccia i suoi successi, e Leon ne era stufo. Lei aveva cinque anni più di lui, papà l'aveva sempre trattata come una fottuta principessa invece della stupida troia che era. Lavorava per una società in centro − Leon non ne ricordava il nome - come consulente finanziario. A quanto pare guadagnava bene, ma a Leon non gliene fregava un cazzo. Odiava quella puttana viziata. Da sempre. E avrebbe continuato a farlo.

"Perché non *le* fai fare un lavoro per l'azienda?" chiese Leon, con tono ironico.

Ray sbatté il palmo della mano sulla scrivania di mogano, cogliendo Leon di sorpresa. "Non tentarmi, ragazzo", rispose con un tono feroce e basso. "È femmina, ecco perché. Cosa Nostra non ha donne al comando. Ma non illuderti: Chloe è due volte più intelligente di te e può fare magie, quando si tratta di fare soldi".

Leon cancellò ogni emozione dal volto, controllando la solita, vecchia rabbia. Era sempre stato così. *Perché non puoi essere come Chloe? Chloe saprebbe come fare. Chloe ottiene tutti i voti alti, perché tu no?* Era così stufo di essere paragonato alla sua *perfetta* sorella maggiore, che poteva urlare.

Ray Harris fece un respiro profondo e si mise le dita sotto il mento. "Quando ho sposato tua madre, era l'unica erede della fortuna della sua famiglia. Valeva milioni. Ma non è per questo che l'ho sposata. Mi sono innamorato di lei e non me ne fregava niente dei suoi soldi. Ho guadagnato abbastanza per conto mio. L'avvocato di famiglia gestiva i soldi per lei, e non è mai stato un problema per noi. Dopo la sua morte, ho scoperto che più di un secolo fa erano stati stipulati dei contratti che proteggevano ulteriormente il quasi mezzo miliardo di dollari che aveva nei suoi conti. Il denaro era *esclusivamente* suo. Anche se mi aveva sposato, non ne avevo alcun diritto legale".

"Ma...Hai avuto i soldi quando è morta, vero?" Chiese Leon.

Ray scosse la testa. "No, figliolo. Ricevo uno stipendio ogni mese, ma il resto del denaro è intoccabile".

"Che stronzata!" esclamò Leon.

"Quando Louise è morta cinque anni fa, la sua fortuna è andata automaticamente alla figlia, ma Chloe non la riceverà fino a trentacinque anni. A quanto pare, i suoi antenati preferivano che le loro donne avessero più tempo per sposarsi e avere figli, prima di ereditare".

"Non è giusto" disse Leon. "E tu?"

Ray scrollò le spalle. "Non ho bisogno di un solo centesimo del denaro della sua famiglia".

"Quindi non ottengo *nulla*?" rispose di getto il ragazzo.

Ray guardò il figlio in modo critico per un lungo momento prima di dire: "È vero. Non ottieni nulla".

"Grazie di niente, *mamma*" mormorò.

"Non parlare male di tua madre" lo rimproverò Ray. "Ha organizzato tutto in modo che cinquantamila dollari vengano trasferiti ogni mese sul mio conto, per essere utilizzati a nome di Chloe e per pagare la gestione del fondo. Ma sai cosa ci ho fatto?" Senza aspettare una risposta, continuò. "*Ti* ho dato una mensilità, così potevi scopare all'università e farti qualsiasi donna tu volessi, a prescindere dal fatto che *lei* ti volesse oppure no. Ho ripulito i tuoi casini e ho pagato la gente per non denunciarti. Ho pagato la tua droga quando i tuoi spacciatori venivano da me a lamentarsi dato che non li pagavi per la merce che gli hai tolto dalle mani. Ho usato i soldi per pararti il culo, figliolo. Ma *ora* basta. Sei da solo. Niente più paghetta da me. E quando Chloe compirà 35 anni, le dirò della sua eredità. Deciderà lei come usare i soldi".

Leon iniziò a vederci rosso.

Non era possibile. Non c'era modo che la sua fottuta sorella avesse tutti quei soldi a disposizione, e lui *niente*. "Non è giusto!" si lamentò di nuovo.

Ray scrollò ancora le spalle. "Giusto o no, è quello che è.

Ecco l'accordo. Puoi avere quei cinquantamila dollari al mese. Ma...Voglio vedere cosa sai fare. Il tuo compito è vedere quanto riesci a farli crescere. Se, dopo un anno, avrai trasformato quei seicentomila dollari in almeno due milioni, ti accoglierò nell'azienda di famiglia a braccia aperte. Ti permetterò di accedere e gestire il denaro del conto aziendale". Strizzò un occhio al figlio. "Dimostrami che hai imparato qualcosa, qualsiasi cosa, negli ultimi sette anni, mentre eri all'università. Dimostrami che i soldi che ho speso sono stati usati per qualcosa di più che per scopare, bere, drogarsi e fare baldoria. Fallo e sei dentro".

"Devo vivere con questi soldi *e* investirli?" chiese Leon.

"Sì, non avrai un altro centesimo da me. Puoi vivere qui e puoi avere la tua macchina. Ma questo è tutto. Tutto il resto è nelle tue mani".

"E se non fossi d'accordo?" chiese Leon.

Ray mise le mani dietro la testa e si appoggiò alla sedia, con sguardo rilassato e indifferente. "Sei completamente da solo. Niente più paghetta. Niente più auto. Niente più soldi di Harris".

Leon rimase immobile, lui e il padre si fissarono a lungo. L'ingiustizia di tutto questo era quasi troppa, da ingoiare. Sapeva che suo padre stava cercando di accendere un fuoco sotto il suo culo per motivarlo.

Ma invece aveva acceso un altro tipo di fuoco.

Un fuoco pericoloso, che presto sarebbe andato fuori controllo e avrebbe consumato tutto ciò che Ray Harris conosceva e amava.

Lentamente, Leon si alzò e tese la mano destra verso il padre. "Affare fatto".

Sorridendo, anche Ray si alzò e strinse la mano al figlio. "Rendimi orgoglioso, figliolo".

Senza una parola, Leon annuì e si voltò per andarsene. Chiudendo la pesante porta di legno dietro di lui, Leon lasciò cadere la maschera che aveva indossato per suo padre. Un ringhio gli arricciò il labbro ed esplose davanti alla porta dell'ufficio.

"Segnati le mie parole, padre. I soldi di Chloe saranno miei. Ogni centesimo. Non solo, ma prenderò anche i tuoi. Infatti, mi prenderò *tutto*. Dimostrarti quanto valgo? Fanculo. Non devo dimostrare niente a *nessuno*. Nessuno mi dice cosa posso o non posso fare".

Così Leon Harris si girò e si diresse verso la sua suite di stanze sul lato opposto del grande palazzo, con la mente che andava a cento miglia all'ora. Aveva dei progetti da elaborare. Grandi progetti.

CAPITOLO UNO

CINQUE ANNI dopo

"Cos'hai scoperto?" chiese Ronan Cross con impazienza.

Ro e i suoi amici erano seduti nel loro solito posto al The Pit, il locale bar con sala biliardo che frequentavano. I sei erano tutti membri dei Mercenari di Montagna, un gruppo di uomini che lavoravano sotto il comando di un uomo di nome Rex. I casi di cui si occupavano erano per salvare donne e bambini dalla feccia dell'umanità che voleva schiavizzarli, stuprarli e ucciderli.

Ma in quel momento, Ro pensava solo a una donna.

Chloe Harris.

Era apparsa nella sua proprietà a Black Forest, a nord di Colorado Springs, con abiti che non le stavano bene, la storia che gli aveva raccontato non quadrava. Ro avrebbe comunque lasciato perdere...Se non fosse stato per il grande segno nero e blu sui lombari della donna. Qualcuno l'aveva colpita. Con forza.

Non poteva lasciar perdere. Aveva passato gli ultimi anni a fare tutto ciò che era necessario per allontanare le donne dal pericolo; non avrebbe mai permesso che l'unica persona che lo aveva incuriosito a livello personale, dopo molto tempo, sparisse dalla sua vita come una folata di vento, soprattutto se era maltrattata.

Le aveva dato il suo biglietto da visita, sapendo che molto probabilmente non avrebbe avuto sue notizie. Sapeva anche, meglio di molti altri, che le donne maltrattate chiedono aiuto solo quando sono al limite, e a volte neanche allora.

Ma aveva paura che la sindrome della donna maltrattata non fosse il motivo per cui non lo aveva contattato. Aveva la sensazione che fosse perché le era stato *impedito* di chiamarlo.

Come lo sapeva, Ro non ne era sicuro. Ma lo sapeva.

Chloe aveva detto che viveva con suo fratello, Leon Harris.

Lui sì che lo conosceva.

Tutti lo conoscevano, a Colorado Springs. Negli ultimi anni, Leon aveva fatto di tutto per elargire soldi ad un numero sufficiente di organizzazioni caritatevoli, i leader della città lo amavano. Ma Ro e gli altri Mercenari di Montagna sapevano che era un membro di Cosa Nostra. La mafia.

Non era lui il grande capo, ma Joseph Carlino, che viveva e lavorava a Denver. Ma nell'ultimo decennio Carlino si era ramificato, invitando altre famiglie influenti a unirsi alla sua rete.

L'unico motivo per cui Leon Harris - o Carlino, per quel che contava - non era nel mirino del capo dei Mercenari di Montagna era che il mafioso non commetteva crimini contro le donne. Non c'era prostituzione o traffico di esseri umani, nella sua organizzazione... Per quanto ne sapeva Rex.

Infatti, Joseph Carlino e il suo principale socio in affari, Peter Smaldone, erano ben noti per l'amore per le loro mogli e i loro figli. Non solo, facevano di tutto per proteggerli, con diverse guardie del corpo assegnate a ciascuno di loro.

Ro aveva parlato con Rex dei suoi sospetti su Leon e sua

sorella. Il suo capo aveva insistito sul fatto che non c'era modo che Carlino sopportasse in alcun modo o in nessuna forma i maltrattamenti verso le donne.

Ma Ro non riusciva a togliersi dalla testa Chloe. Così aveva chiamato uno dei suoi amici. In particolare, Meat.

Hunter Snow, noto anche come Meat, era il loro informatico di fiducia. Era in grado di hackerare praticamente qualsiasi database.

"E allora?" chiese, tamburellando con le dita sul tavolo davanti a lui mentre aspettava che Meat gli dicesse cosa aveva scoperto su Leon.

Meat si acciglò. "Sinceramente, ci sono cose interessanti. Quest'uomo non è un santo, questo è sicuro. Ha all'amo metà dell'ufficio del sindaco per una cosa o per l'altra, e anche metà dei poliziotti".

"Per cosa?" chiese Gray.

"Il solito. Sembra che i leader di questa città abbiano un debole per le signore della notte o per le droghe".

"Cazzo, odio i politici" disse Arrow sottovoce.

"Seriamente. Vorrei che il tenente Joe Kenda non fosse andato in pensione. Avrebbe ripulito tutto, senza problemi", aggiunse Black.

"Il tizio di quel programma televisivo? Quello che dice sempre: 'Oh cielo, cielo, cielo'? " chiese Ball.

"Sì, lui. Uno dei migliori detective che il Dipartimento di Polizia di Colorado Springs abbia mai avuto. Anche se era in giro negli anni Ottanta, quando le prove del DNA non erano così importanti come oggi, è riuscito a chiudere la maggior parte dei suoi casi" spiegò Black.

Ro ignorò i suoi compagni di squadra. Non gliene fregava niente di dove qualcuno ficcasse il cazzo, di cosa si ficcava nel naso e figuriamoci di un programma televisivo. La sua preoccupazione era Chloe. "Che altro?" chiese a Meat.

"Come fai a sapere che c'è dell'altro?" chiese.

Ro non rispose, fissò Meat.

"Bene. C'è di più", ammise il suo amico. "Sembra che due anni fa Leon Harris abbia avviato una nuova attività. Hai presente quello strip club nella parte sud-est della città? Quello è suo."

"BJ?"

Meat alzò gli occhi al cielo. "Sì. A quanto pare, chiunque abbia inventato il nome si è creduto furbo. Comunque, è di proprietà di Harris. Molte delle foto del ricatto sembrano provenire da lì. Ma la cosa interessante è che non sono sicuro che Carlino sappia del posto. Ha chiarito in più di un'occasione che Cosa Nostra non si diletta in locali di bassa classe come quello. Come ha detto Rex, fanno tesoro delle loro donne, probabilmente non prenderebbero in considerazione l'idea di mancar loro di rispetto visitando o possedendo un locale di spogliarelli".

"Allora, qual è il problema?" chiese Ro.

Meat scrollò le spalle. "Carlino deve aver dato ad Harris il permesso di aprire il club o forse sta guardando dall'altra parte, per qualche motivo. O semplicemente non sta monitorando il club di Leon come dovrebbe. Non ne sono sicuro. Ma dall'esterno sembra proprio quello che è, uno strip club".

"E dall'interno?" Chiese Arrow, piegato in avanti sui gomiti.

Ro si guardò intorno e vide che il resto della squadra sembrava altrettanto interessato alla risposta di Meat.

"Non lo so ancora. Sto ancora indagando. Ma in apparenza l'attività è legale. Le tasse sono pagate in tempo, le pratiche sono state archiviate correttamente presso la città per aprire il locale e i dipendenti a tempo pieno hanno un'assicurazione sanitaria. Sono riuscito a scavare abbastanza a fondo da scoprire che un altro edificio dall'altra parte della città è stato recentemente acquistato, e la licenza per un secondo club è stata approvata". Alzò gli occhi al cielo. "Il nome proposto è Beaver Den".

"Cos'è questo improvviso interesse per la famiglia Harris?" chiese Ball a Ro. "Leon Harris è sulla scena da anni, così come il suo piccolo strip club".

Ro inspirò e trattenne il fiato a lungo, prima di espirare rumorosamente. "Circa due settimane fa, una donna è entrata nel mio garage e mi ha chiesto di usare il telefono. Indossava tacchi alti con cui non riusciva a camminare molto bene, e vestiti troppo stretti. Era nervosa, emanava vibrazioni che non mi piacevano".

"E?" suggerì Gray. "Che altro?"

Ro non era sorpreso che Gray sembrasse impaziente. Da quando si era messo con Allye, preferiva passare meno tempo in giro o a giocare a biliardo al The Pit, trascorreva più tempo a casa con la sua ragazza. Non che Ro potesse biasimarlo.

"Tu sai dove vivo, amico. Black Forest non è esattamente sul sentiero battuto. Non c'era assolutamente alcun motivo perché lei fosse lì, non a piedi, vestita com'era. Avrei lasciato perdere senza pensarci se non fosse stato per l'enorme livido che aveva sulla schiena. Era facile da individuare sotto la camicetta trasparente che indossava".

Arrow fischiò.

"Ha detto che il suo nome era Chloe Harris, e che Leon era suo fratello. Vivono insieme. Una tipa, che sembrava una stronza, è venuta a prenderla e le ha fatto il culo a capanna. L'intera situazione non mi andava bene allora, e non mi va bene neanche adesso" disse Ro.

Meat apparve sorpreso. "Sapevo che Leon aveva una sorella, ma non ricordo molto di lei. Dovrò indagare. Avresti dovuto parlarmi di lei fin dall'inizio" rimproverò l'amico.

Ro scrollò le spalle, ignorando quanto detto da Meat. "Volevo sapere di suo fratello, se era nella merda. E ora so che lo è".

"Possedere uno strip club non è esattamente una cosa losca" commentò Gray.

Ro guardò il suo amico. "Forse no. Ma forse lo fa in segreto, così Carlino non ne sa nulla. Per non parlare del ricatto e delle altre stronzate che sta facendo. Senti, Chloe sembrava una brava ragazza. Sai cosa intendo. Era nervosa e spaventata".

"Ma solo perché aveva un livido e vive con suo fratello non significa che sia lui ad abusare di lei. Potrebbe avere un fidanzato che la picchia", disse razionalmente Black.

"So che è stato lui. Lo so" disse Ro senza ombra di dubbio nel suo tono.

"Rex ha detto che Cosa Nostra è off-limits" gli ricordò Gray.

"Sentite, non vi sto chiedendo di fare un assalto a tutto campo allo strip club. Sto solo controllando le cose".

Gray non sembrava convinto.

"Sul serio" disse Ro. "Meat continuerà a indagare sulla famiglia Harris e a vedere cosa riesce a scoprire".

"E cosa *hai intenzione* di fare?" chiese Ball.

Ro sorrise, per la prima volta. "Qualcuno ha voglia di uscire una di queste sere?"

"Fammi indovinare. BJ?" chiese Arrow.

"Non vado in un locale di spogliarelli da anni" disse Ro. "Pensavo che avremmo potuto cambiare un po' le cose. Il The Pit inizia ad essere noioso".

Gli altri alzarono gli occhi al cielo.

"Se lo facciamo, andiamo solo in ricognizione" dichiarò con enfasi Black. "Prima di fare qualsiasi cosa, dobbiamo aggiornare Rex e ottenere il suo appoggio. Sapete bene quanto me che quando ci siamo arruolati come Mercenari di Montagna, abbiamo giurato che non avremmo mai agito da soli".

Ro fece un cenno di resa. "Non c'è bisogno che me lo

ricordi. So quello che ho promesso e non mi rimangio mai la parola data".

"Ma?" chiese Gray, ovviamente dopo aver ascoltato la dichiarazione di Ro.

"Abbiamo anche promesso di fare tutto il necessario per assicurarci che nessuna donna sia oppressa o trattenuta contro la sua volontà. Se scopriamo che Harris sta facendo fare alle donne − Dio ce ne scampi - qualcosa di più che togliersi semplicemente i vestiti, o se le sta costringendo a lavorare, magari tenendo qualcosa sopra le loro teste, farò tutto ciò che è in mio potere per schiacciare quella merda" disse Ro.

"D'accordo."

"Anch'io".

"Proprio così."

Ro era contento quando i suoi amici erano d'accordo con lui.

"Ci sto" disse Black. "Ma ho un'altra domanda".

"Spara".

"Perderai la testa se questa Chloe è da BJ? E, cosa ancora più importante, se è lì, ma di sua spontanea volontà"?

Ro strinse i denti così forte da sentire dolore alla testa. "Se lei è lì, non è perché vuole esserci" disse dopo un secondo.

"E se fosse così?" insistette Black

"Se è così, allora va bene. Ma se ci sono ragazze minorenni, o donne che *non sono lì* di loro spontanea volontà, cercherò di convincere Rex a far fuori Harris".

"Anche se ciò scatenerebbe Cosa Nostra sui Mercenari di Montagna?"

Ro si girò verso Black. "Sì".

Black sorrise. "Bene. Solo per essere sicuri."

Ro si rilassò un po', ma si sentì infastidito. Odiava quando Black faceva così. Lo faceva sempre, amava fare l'avvocato del diavolo. Sapeva che Black era impegnato come tutti gli altri ad abbattere la feccia che trattava le donne come merde.

Ma per qualche ragione, la particolare donna innocente che era rimasta nel suo negozio e che lo aveva coraggiosamente guardato negli occhi, dicendogli che stava bene (quando ovviamente non era vero) non lasciava la mente di Ro. Avrebbe scommesso la sua vita e la sua reputazione sul fatto che le stava succedendo qualcosa di più sinistro.

Ro aveva avuto premonizioni in passato - gli avevano salvato la vita più di una volta - ma non avevano mai coinvolto una donna. Si sarebbe dovuto spaventare, ma non era così. Invece, il pensiero che Chloe Harris fosse in difficoltà lo rendeva più determinato che mai ad andare a fondo a qualsiasi vicenda stesse succedendo.

Se suo fratello la ricattava in qualche modo o la costringeva a fare qualcosa che non voleva fare, Ro si sarebbe assicurato che uscisse da sotto il suo controllo. A qualunque costo.

CAPITOLO DUE

CHLOE SI SEDETTE sul sedile posteriore della Mercedes e ascoltò suo fratello e la sua ragazza, Abbie, mentre parlavano della prossima notte. Strinse le mani così forte che sapeva che si sarebbe lasciata i segni delle unghie nella carne, prima che arrivassero da BJ.

BJ. Che nome ridicolo per uno strip club. Ma era la quintessenza di Leon. Si era sempre creduto molto più divertente di quanto fosse in realtà.

Chloe non aveva idea di come fosse arrivata a quel punto della sua vita. Una volta aveva vissuto una vita felice e privilegiata. Le era piaciuto essere una sorella maggiore e aveva adorato i suoi genitori.

Ma poi sua madre era stata uccisa. Suo padre non era mai stato super affettuoso, ma sembrava che con la morte della moglie, tutte le tracce del suo amorevole padre fossero scomparse. Non è che non le volesse più bene, ma spariva sempre più dietro la porta del suo ufficio. Il lavoro era diventato più importante di qualsiasi altra cosa, compresi i suoi figli.

Era anche il periodo in cui suo fratello aveva iniziato a frequentare un nuovo gruppo di amici. Giovani dal carattere discutibile e con una reputazione non proprio da gentiluomini. Chloe aveva cercato di avvertirlo, ma lui l'aveva ignorata.

Non si erano frequentati negli anni successivi; lei si era già laureata e aveva trovato un lavoro. Aveva pensato che dopo la morte del padre, quando aveva perso il lavoro e Leon l'aveva invitata a trasferirsi nella villa in cui era cresciuta, forse era diventato un uomo migliore di quello che era stato quando era più giovane.

Ma si era sbagliata. Di grosso.

Chloe sospirò tristemente. Ormai, era fatta. Non poteva tornare indietro nel tempo, poteva solo andare avanti.

"È ora di smettere di cazzeggiare" disse Leon a Chloe, scuotendola dalla sua deprimente reminiscenza.

"Cosa?" chiese, non sicura di cosa stesse parlando.

"Cazzo, vuoi fare attenzione?" Leon l'afferrò per un braccio. "Hai sentito una parola di quello che abbiamo detto?"

Chloe scosse la testa.

Abbie diede una pacca sul braccio del fratello di Chloe, dopo averla guardata con disprezzo. "Ti ho allenato a lavorare nelle stanze private per qualche settimana. È ora che inizi a lavorare a tempo pieno".

"Stasera?" chiese Chloe, sentendo un terrore crescente.

"Ti farai le ossa, per così dire" disse Abbie con una risata meschina. "Invece di passare metà del tuo tempo sul retro con i libri e poi a lavorare sul piano, passerai tutto il tuo tempo a servire...E anche di più. Ovviamente non ballerai, perché sei la persona più scoordinata che abbia mai visto. Riesci a inciampare nelle crepe del marciapiede, santo cielo. Servirai da bere, e inizierai anche a intrattenere gli avventori nelle stanze private, a partire da stasera".

Chloe sentì un gran freddo, le unghie conficcate ancora più a fondo nella pelle.

Le ultime due settimane erano state un inferno. Da

quando Abbie era andata a prenderla a Black Forest - dopo che Leon l'aveva cacciata dalla sua auto - Chloe aveva subito un umiliante "allenamento". Quel giorno aveva commesso un errore tattico: aveva fatto incazzare suo fratello a tal punto da fargli decidere di cambiare i suoi compiti al club.

"Preferirei davvero continuare a servire e a fare i libri contabili. Non sono sicura che sarei brava a fare...Tutte le altre cose". Provò a far apparire la sua voce come compiacente, piuttosto che arrabbiata. Era diventato sempre più difficile mantenere il ruolo di brava sorellina che aveva assunto negli ultimi tre anni, come aveva pianificato.

"Sono sicuro che se ti metti d'impegno, sorellina" le disse tranquillamente Leon, mentre divideva la sua attenzione tra la strada e lo specchio per poterla guardare, "Scopriresti che sei più che in grado di fornire un *intrattenimento* accettabile per i nostri ospiti. Sono stato paziente. Sono anni che vivi senza pagare l'affitto. Non devi pagare per il cibo, le bollette e nemmeno i vestiti. Non sei riuscita a trovare un lavoro nel tuo campo, così ho persino avuto pietà di te e ti ho assunto per lavorare per me. Ma è ora che ti renda conto che il tuo viaggio gratis è finito."

"Hai un corpo abbastanza buono. Anche se sei in sovrappeso, ho avuto diversi uomini che mi si sono avvicinati, volendo un assaggio. Tutt'altra storia, se ti fossi sposata. Se ti fossi sforzata un po' di più con gli uomini che ti ho proposto, a quest'ora avresti potuto essere sposata con la tua famiglia. Ma no. Mi stai ancora sul groppone...Questa storia finisce *qui*. Le tue abilità, come contabile, valgono poco. Mi sarai più utile e mi farai guadagnare un sacco di soldi in più, in questo nuovo modo".

Chloe rabbrividì. Sapeva cosa stava facendo suo fratello. Aveva visto Leon manipolare così tante altre persone senza problemi, che avrebbe riconosciuto le sue tattiche a un miglio di distanza. "Quindi, se avessi sposato uno degli uomini che mi avevi proposto, non dovrei fare la prostituta?".

Il suo sguardo scanzonato svanì alle sue parole. "Ti sei sempre comportata come se fossi molto meglio di me e di tutti quelli che ti circondano. Notizia flash: non lo sei. È passato molto tempo da quando ti sei impegnata con qualcuno. Sei una vergogna per mamma, papà e per la famiglia Harris. L'altra settimana ti ho sistemata con un uomo perfetto. E invece di fare quello che dovresti fare per questa famiglia, l'hai insultato. Sono dovuto venire a riprenderti come se fossi una bimba".

Chloe sapeva di aver esagerato quel giorno, ma avere un "amico" di Leon cinquantottenne, due volte divorziato, che cercava di infilare la mano nella sua camicia scollata - e rideva quando si offendeva - era stato troppo. Non avrebbe accettato quella merda. Assolutamente no.

L'uomo aveva chiamato Leon e gli aveva detto di andare a prenderla. Diceva che le cose "non avrebbero funzionato" e che "non avrebbe sposato una stronza così fredda, non importa quanti soldi ci fossero in ballo".

Quando Leon era andato a prenderla, si era infuriato. Invece di cercare di placarlo, cosa in cui Chloe era diventata molto brava nel corso degli anni, gli aveva detto senza mezzi termini che quell'uomo era un maiale, e aveva finito di incontrare *tutti* gli uomini che Leon voleva farle incontrare. Lui si era talmente incazzato che l'aveva cacciata a calci dalla macchina in quel momento.

Chloe si sforzò di prestare attenzione a suo fratello... e non pensare all'*altro* uomo che aveva incontrato quel giorno fatidico.

"Se non vuoi contribuire all'espansione dell'azienda di famiglia sposando un uomo di una famiglia rispettosa," continuò Leon, "dovrai dimostrare il tuo valore in un altro modo".

"Spogliandomi?" chiese Chloe con incredulità. "Come può questo espandere l'azienda di famiglia?"

Abbie si voltò al suo posto come per dire qualcosa, ma invece la colpì, schiaffeggiando Chloe più forte che poteva.

Chloe si mise subito una mano sul viso, guardando Abbie incredula.

Leon aveva iniziato a frequentare quella donna circa un anno e mezzo fa. Aveva rapidamente abbandonato la facciata di cercare di essere amica di Chloe, la sua vera natura era saltata fuori. Era stata una spia volontaria per Leon, malvagia quanto lui, aveva tenuto d'occhio Chloe spesso. Ultimamente, però, il suo ruolo era cambiato in quello di carceriera. Chloe non poteva più fare nulla o andare da nessuna parte senza Abbie al suo fianco, che la osservava e riferiva tutto a suo fratello.

"Smettila di parlare!" ordinò Abbie. "Dovresti obbedire a tuo fratello. Farebbe bene se ti facesse scendere dall'auto proprio qui, e ti lasciasse a cavartela da sola".

Chloe sussultò, sapendo che si aspettavano di vedere della paura. Ma ora che doveva lavorare nelle stanze private del BJ, sperava che Leon la facesse uscire dall'auto. Aveva aspettato il suo momento negli ultimi tre anni, ma se avesse avuto la possibilità di scappare quella sera, l'avrebbe colta - anche senza l'intera somma di denaro che, secondo i suoi calcoli, le serviva non solo per sopravvivere, ma anche per nascondersi da quel pazzo di suo fratello e dalla sua ragazza.

L'ultima volta che l'aveva cacciata dall'auto, l'aveva lasciata nel bel mezzo di Black Forest, una zona poco frequentata a nord di Colorado Springs. Aveva camminato fino a quella che sembrava un'attività familiare, aveva potuto prendere in prestito un telefono per chiamare Abbie, perché sapeva che se lo aspettava. Chloe ricordò l'incontro con il proprietario di casa come se fosse successo il giorno prima.

Ronan Cross. Ro. Aveva affermato di essere americano, ma il suo delizioso accento inglese diceva il contrario.

Questi aveva visto il livido dove il fratello l'aveva colpita qualche giorno prima, e si era incazzato. Era stato anche rispettoso, non si era approfittato di una donna indifesa in mezzo al nulla, e non aveva nemmeno guardato la sua camicetta troppo piccola per contenere il suo seno.

Invece, le aveva dato il suo biglietto da visita nel caso in cui avesse avuto bisogno di aiuto. In realtà le aveva ordinato di chiamarlo, in caso di bisogno.

Aveva buttato via il biglietto. Non poteva permettersi di lasciare che Abbie o Leon pensassero che stesse cercando di farsi aiutare da qualcuno, o che qualcuno potesse essere abbastanza interessato a lei da darle il suo numero. Ma aveva memorizzato il nome della sua attività: *RO'S AUTO BODY*. Se le fosse servito aiuto, avrebbe cercato il suo numero su Internet e avrebbe valutato sul serio la sua offerta.

"Vai avanti. Ferma la macchina e fammi scendere", disse Chloe, sperando con ogni sua forza che potesse far incazzare suo fratello abbastanza da fargli fare proprio questo. Si lambiccava il cervello per trovare modi per riuscire ad allontanarsi da lui. Quel giorno, quella mossa non era esattamente quello che aveva pianificato, ma a quel punto, era più importante fuggire piuttosto che continuare a recitare il ruolo che aveva perfezionato per così tanto tempo.

Leon ridacchiò. "Lo farò. Ma tu non indosserai un cazzo di niente. Lo vuoi, sorellina? Non credo proprio. Questo non è proprio il quartiere migliore, e una donna che va in giro col culo di fuori sarebbe una tentazione troppo forte, penso. Ti prenderebbero in un secondo. Scommetto che non penseresti che lavorare da BJ sia così brutto, eh?".

Chloe sapeva bene che non bisognava chiamare il bluff del fratello. L'avrebbe spogliata e costretta a uscire dall'auto, e l'avrebbe lasciata lì. *Accidenti.* Avrebbe dovuto rivalutare e trovare un altro modo per allontanarsi da lui.

Non aveva idea di cosa fosse successo al ragazzino amorevole e felice che aveva aiutato a crescere, ma ogni traccia di dolcezza era scomparsa da tempo. Non riusciva nemmeno a capire perché suo fratello la odiasse così tanto. Qualunque affetto avessero avuto l'uno per l'altra, quando erano piccoli, era ormai svanito.

Chloe si abbandonò nel sedile, sconfitta.

"Giusto, quindi stasera" proseguì Leon "la prima metà della serata sarà dedicata all'allenamento, proprio come le ultime due settimane. Guarderai cosa fanno le altre ragazze nelle stanze private e valuterai le loro performance. Poi, quando il club si animerà, sarà il tuo turno. Mi aspetto che tu faccia del tuo meglio, sorellina", sogghignò Leon. "So quanto sia importante per te ottenere il massimo. Stasera sarai sicuramente guardata e valutata nelle tue performance, proprio come hai fatto con le altre ragazze. Non avere dubbi su questo".

"E se non fossi all'altezza delle tue aspettative?" chiese lei.

Leon inchiodò la Mercedes, nel suo parcheggio personale sul retro dello strip club, e spense il motore. Si girò dal suo sedile per poterla guardare faccia a faccia per la prima volta. "Questo è il tuo periodo di addestramento" le disse. "Mi rendo conto che ci vorrà un po' di tempo per abituarti a lavorare nelle stanze, e sono disposto a concederti questo tempo. Stasera, solo lavori di mano, lapdance e BJ Special. Ma domani, mi aspetto che tu faccia *tutto* quello che fanno le altre ragazze in quelle stanze. Se non lo farai, dovrò spostarti nell'altra mia attività".

Chloe rabbrividì visibilmente ma si rifiutò di chiedere di cosa stesse parlando.

Abbie passò una mano sul braccio di Leon e guardò Chloe. "Tuo fratello non te ne ha parlato a causa della tua sensibilità, ma possiede un bordello. Gli uomini lo pagano profumatamente per fare sesso quando, dove e come vogliono".

Chloe inspirò forte. "Ma questo è...Illegale, Leon! Come hai potuto?" Era una domanda stupida; sapeva che lui non aveva scrupoli, ma Abbie l'aveva comunque sorpresa.

"Come ho potuto?" ripeté lui, un sopracciglio si alzò in modo arrogante. "Papà una volta disse che mi avrebbe assunto per lavorare nell'azienda di famiglia solo se avessi dato prova di me. Ho dovuto triplicare una somma di denaro prima che mi permettesse di lavorare per lui. Beh, è morto prima di vedere il mio operato, ma gliel'ho comunque fatta *vedere*. Ho triplicato quei cazzo di soldi e anche di più. E sai come ho fatto? Non investendo, questo è sicuro. L'ho fatto vendendo figa. Ecco come. Gli uomini disperati pagano tutto quello che chiedo, solo per bagnarsi il cazzo".

"Non arricciare il labbro con me, sorellina. Tu vivi in casa *mia*. Come pensi che paghi il mutuo? Il cibo che mangi? I domestici che fanno tutto per non dover alzare un dito? Ti ho lasciata libera per gli ultimi tre anni, ma ora basta. Le tue tette e il tuo culo valgono per me più del tuo cervello. Chiunque può mettere insieme due numeri".

"Non farlo" supplicò Chloe, ignorando il fatto che Abbie era seduta lì ad ascoltare. "Lasciami andare. Se non hai più bisogno di me per la contabilità, me ne vado". Aveva sperato che se avesse seguito l'addestramento che Abbie l'aveva costretta a sopportare nelle ultime due settimane, Leon alla fine avrebbe cambiato idea e le avrebbe lasciato continuare a servire da bere invece di lavorare nelle stanze sul retro. In passato, la sua sottomissione era stata sufficiente a farle guadagnare una tregua e a toglierle Leon di dosso per un po' di tempo. Aveva pensato che forse l'addestramento fosse solo una tattica per spaventarla e farla arrabbiare.

Ma quella volta sembrava che fosse determinato a portare

a termine la sua minaccia. La trasformazione del suo lavoro, da contabile a cameriera e prostituta, si era evoluta in tre anni; ma a quanto pare quella sera era ciò verso cui Leon l'aveva spinta per tutto il tempo.

Leon rise. "Ne abbiamo parlato più e più volte. Non puoi andare *da nessuna parte*. Sono l'unica cosa che si frappone tra te e la mafia, sorellina. Dal primo mese che ti sei trasferita in casa, hai aiutato volentieri sia la famiglia Carlino che quella Smaldone con i loro investimenti. Non permettono a chiunque di sbirciare nelle loro finanze o di vedere i loro conti. Per non parlare del piccolo fatto che hai preparato le loro tasse per gli ultimi due anni. Tasse che sono state sicuramente sottostimate di milioni di dollari a causa del denaro sottobanco che abbiamo accettato".

"Ora fai parte della *famiglia*. E devo fare rapporto a loro ogni settimana. Se anche solo accenno al fatto che sei diventata una poco di buono, o che vuoi smettere, faranno la loro mossa. Sanno torturare le persone in modi che ti farebbero implorare di morire dopo neanche un'ora passata tra le loro grinfie. Li *imploreresti* di lasciarti fare le loro tasse, di investire i loro soldi, o anche di essere la loro puttana personale. Ti sto proteggendo, Chloe. E tu lo sai."

Conoscendo suo fratello, non aveva dubbi che l'avrebbe consegnata a Carlino e Smaldone in un batter d'occhio se questo avesse significato salvarsi il culo. Avrebbe lasciato la casa di Leon - e Colorado Springs, per quel che conta - quasi subito dopo il suo trasferimento, se non fosse stato per lui che minacciava di consegnarla ai famigerati capi mafiosi.

Aveva paura del fratello, ma Chloe era assolutamente *terrorizzata* da Carlino e Smaldone.

Avrebbe dovuto capire che Leon aveva dei secondi fini quando le aveva chiesto di trasferirsi da lui, dopo che aveva perso il lavoro. Non erano stati vicini per anni e lei non gli parlava nemmeno da mesi. Ma quando lui l'aveva chiamata una sera, mentre lei si sentiva particolarmente giù per come stava andando la sua vita, aveva ceduto.

La prima volta che aveva tentato di andarsene, pochi mesi dopo il trasloco, Leon l'aveva trascinata in casa a calci e urla. Le aveva detto che era per il suo bene. Che i capi mafiosi l'avrebbero uccisa se se ne fosse andata, perché sapeva già troppo.

Era stata anche la prima volta che l'aveva colpita. La cosa aveva sorpreso Chloe così tanto che non aveva reagito: aveva solo fissato suo fratello incredula, mentre lui le raccontava del coinvolgimento mafioso della loro famiglia.

Gli avvertimenti avevano funzionato. Chloe aveva continuato a vivere in casa di Leon con compiacimento per un breve periodo, ma, man mano che il suo contegno peggiorava, aveva cercato di andarsene ancora una volta, indipendentemente dalla minaccia mafiosa. Leon l'aveva trovata di nuovo e l'aveva riportata a casa.

Quella volta l'aveva fatta picchiare per aver osato disobbedirgli.

Le costole rotte che si era procurata quella notte l'avevano tenuta a letto per settimane. Non che a quel punto potesse andare lontano, anche se avesse voluto. Leon aveva iniziato a chiuderla a chiave nella sua camera da letto dopo il suo secondo tentativo di fuga.

Anche le serrature non l'avevano dissuasa dal trovare un modo per andarsene, mentre si stava ancora riprendendo dal pestaggio che aveva ricevuto per ordine di suo fratello, era stata visitata da un uomo.

Si era presentato come Peter Smaldone e aveva fatto la sua parte nell'aggredirla.

Aveva minacciato di strapparle le unghie una ad una e di tagliarle le orecchie se avesse anche solo pensato di non occuparsi più delle sue tasse e dei suoi investimenti. Disse che Leon agiva secondo *i suoi* ordini, e che gli era stato chiesto di tenere Chloe con lui e di lavorare per Cosa Nostra.

Chloe aveva imparato la lezione quella sera, ma non aveva perso la determinazione di allontanarsi da tutto ciò che suo fratello rappresentava.

Così aveva finto di avere paura di suo fratello. Mangiava quello che lui le diceva di mangiare, indossava quello che lui e Abbie volevano che indossasse, e continuava a investire il suo denaro e quello della mafia.

Ma aveva anche un piano - sapeva che ci sarebbe voluto un po' di tempo per eseguirlo, ma nel frattempo si era rimessa in salute e aveva imparato tutto quello che poteva sulle debolezze di suo fratello e della mafia.

Aveva creato un nuovo conto di investimento, sotto falso nome, e ogni volta che trasferiva denaro da uno dei conti di Leon in un altro, metteva un importo minuscolo sul conto segreto.

Non era abbastanza per essere notato da qualcuno che stava controllando il suo lavoro. Poiché Leon aveva ripulito i suoi conti personali, non aveva letteralmente soldi per allontanarsi da lui. Doveva fare qualcosa.

Il conto si stava accumulando da tre anni. Tre degli anni più lunghi della vita di Chloe. Aveva finto di essere mite ed era stata picchiata, ma dentro di sé la sua determinazione era solo cresciuta.

Quel momento in macchina con il fratello e la terribile Abbie era il punto finale. Il denaro forse non era tanto quanto aveva sperato, ma il tempo era scaduto. Chloe doveva scappare. Quella notte.

Leon si chinò verso di lei e strinse gli occhi in due fessure. "Stasera è la tua introduzione a come sarà la tua vita d'ora in poi, Chloe. Hai avuto abbastanza tempo per guardare e imparare. Porterai i tuoi clienti in una stanza sul retro. Li prenderai in giro. Mostrerai le tette. Lascerai che ti tocchino, se vogliono. Ballerai, li stuzzicherai con le mani o con la bocca, ma niente di più. Saranno così disperati per la tua figa che moriranno dalla voglia di averla. Domani sera lavorerai nelle stanze da quando apriamo fino alla chiusura e farai tutto quello che vogliono i clienti paganti. Se il mio uomo che guarda la diretta non pensa che tu ti stia impegnando per guadagnarti i soldi, ti accompagnerò *personalmente* dall'*altra* parte della città, nel bordello, e potrai rimanerci fino a quando non avrai imparato la lezione. Capito?"

Che altro poteva fare, se non annuire? Chloe guardò verso il basso, sapendo che la sua furia e il suo odio si sarebbero manifestati nei suoi occhi.

Leon sorrise. "Bene. Preparala, Abbie", ordinò mentre usciva dall'auto e si dirigeva verso l'ingresso posteriore del club senza degnare la sorella di un altro sguardo.

"È ora di andare", disse Abbie mentre apriva la porta sul retro. "Dobbiamo farti vestire in modo più appropriato".

Chloe non voleva immaginare cosa fosse più appropriato dei pantaloncini corti e della camicetta scollata con il reggiseno push-up che già indossava.

Sentendosi fredda e morta dentro, e sempre più preoccupata di quello che avrebbe potuto essere costretta a fare quella notte prima di poter fuggire, Chloe scese dall'auto. Non protestò quando Abbie le prese la parte superiore del braccio con una stretta troppo forte e la fece marciare verso la porta in cui era scomparso suo fratello.

CAPITOLO TRE

"STAI BENE?" chiese Gray a Ro prima di entrare nel locale chiamato BJ.

Avevano deciso che sarebbe stato meglio se solo tre di loro si fossero presentati allo strip club per una ricognizione, piuttosto che tutti e sei. Black, Ball e Meat avrebbero aspettato. Quella sera non doveva succedere niente, ma gli altri avevano comunque offerto il loro aiuto.

Gray, Ro e Arrow erano in piedi accanto all'Audi di Gray e parlavano tranquillamente prima di avvicinarsi al club dall'aspetto squallido. C'era un'insegna rosa al neon, indicava che il BJ era sopra l'edificio di cemento. Il parcheggio era pieno di auto di ogni tipo, dai vecchi rottami malmenati ai veicoli di lusso. Era un posto popolare, a prescindere dal fatto che fosse apprezzato o meno.

"Sto alla grande" disse Ro, rispondendo alla domanda di Gray.

"Ci sono telecamere ovunque" avvertì Arrow. "È senza dubbio il modo in cui tengono d'occhio le donne del locale, ed è anche un ottimo modo per ottenere filmati per ricattare i clienti. Quindi state attenti. Non fate nulla che possa mettere noi o i Mercenari di Montagna in una posizione sfavorevole".

Ro e Gray annuirono.

"Lo spettacolo di stasera è solo per farci un'idea. Vediamo se riusciamo a capire se qualcuno sembra essere costretto a stare qui, osserviamo lo stato delle ballerine. Vediamo se sembrano fatte di coca o se sono sane. Faremo rapporto a Rex e gli lasceremo decidere se proseguiremo su questa strada. Capito?" chiese Gray.

Arrow annuì, ma Ro esitò.

"Sei preoccupato di vedere la sorella?" chiese Gray.

"Sì. Non l'hai vista, quel giorno" disse Ro. "C'era qualcosa che non andava. E se lei è qui, c'è *davvero* qualcosa che non va. Questo non è il suo genere di posto. Se dovessi indovinare, direi che non si farebbe mai intrappolare in uno squallido strip club, se avesse voce in capitolo".

"Se dovesse capitare, ci penseremo" gli disse Gray. "Mantieni la calma se lei è lì dentro. Ok?"

"Non posso promettere nulla" disse Ro onestamente.

Gray sospirò. "Prima di fare qualcosa di folle, parlaci, va bene? Lo sai che ti copriremo le spalle".

"Se posso, lo farò" acconsentì Ro.

"Immagino che questo sia il massimo che otterremo, eh?" ridacchiò Arrow. "Forza, facciamolo. Prima entriamo, prima ce ne andiamo da qui. Non sopporto questi posti."

"Allora perché ti sei offerto volontario per venire?" chiese Gray.

Arrow guardò il compagno di squadra negli occhi e rispose: "Perché questo è importante per Ro. Non lo vedevo così scosso per qualcosa da molto tempo".

Ro fece un respiro profondo. *Era* stato scosso nel trovare informazioni sulla famiglia Harris. Dopo il suo breve e memorabile incontro con Chloe, non avrebbe potuto fare niente di diverso. Non fu sorpreso dal fatto che il suo amico avesse notato che c'era qualcosa di più di una semplice curiosità, nella sua indagine. Chloe era arrivata a lui. Era un misto di vulnerabilità, spavalderia e coraggio che lo aveva colpito profondamente, risvegliandogli sentimenti che non provava da molto tempo. Ro non era sicuro se fosse eccitato o diffidente.

"Andiamo" disse, tagliando corto. "È ora."

I tre uomini si diressero verso la porta d'ingresso e, dopo essere entrati, furono accolti da un uomo grande e grosso, il buttafuori. Li guardò minuziosamente, poi annuì per lasciarli passare.

Scesero in un breve corridoio buio e spinsero da parte una tenda nera per entrare in una stanza enorme. La musica era moderatamente alta, i bassi erano pesanti. Ro poteva sentirli martellare nel petto mentre si guardavano intorno.

C'era un grande palco in fondo alla sala, con tre donne che ballavano in variamente svestite. Una donna era completamente nuda e si contorceva contro un palo. Gli uomini porgevano i soldi, ovviamente in attesa che lei completasse la sua routine e si avvicinasse al bordo del palco per raccogliere le mance.

Un'altra donna indossava un perizoma ma si era già tolta il top. Le sue tette erano grandi, ovviamente finte, ed era piegata oltre il bordo del palco, lasciando che gli uomini le infilassero dei soldi nelle mutandine mentre lei si stropicciava le tette.

La terza donna indossava un paio di pantaloncini da ragazzo e un reggiseno. Ballava a ritmo di musica, ma era ovvio che non ci metteva il cuore. Voltò le spalle al pubblico e iniziò ad agitare il culo, facendo applaudire gli uomini presenti. I tavoli erano occupati e Ro vide che diverse donne facevano la lap dance. Il bancone del bar si estendeva lungo il lato sinistro della sala, con due bariste poco vestite che si concentravano a versare alcolici. Un uomo stava in piedi con le braccia incrociate all'ingresso di un corridoio accanto al bar, ovviamente per evitare l'arrivo di ospiti indesiderati.

Ovunque Ro guardasse, vedeva donne in abiti succinti che servivano alcolici agli uomini che riempivano la stanza.

Scansionò rapidamente il posto, cercando Chloe. Non la vide, il che lo preoccupò e lo rassicurò al tempo stesso.

"Andiamo. C'è un tavolo laggiù" disse Arrow, indicando l'angolo più lontano della stanza a destra della porta. Era facile capire perché non fosse un posto popolare. Era lontano dal palco e dall'azione che vi si svolgeva, ed era abbastanza buio.

Ma per i tre uomini che si fecero rapidamente strada verso il tavolo, era a dir poco perfetto. Davano le spalle al muro, così nessuno poteva avvicinarsi di soppiatto e attaccarli, potevano vedere l'intera stanza senza doversi girare. Non solo, ma l'angolo smorzava notevolmente la musica, permettendo loro di sentirsi e di parlare senza troppe difficoltà.

"Cosa ne pensa Allye del fatto che tu sia qui, stasera?" Chiese Arrow a Gray.

L'altro uomo sorrise. "In realtà, mi ha incoraggiato a venire".

"Sul serio?" chiese Ro. Non riusciva proprio a immaginare che una donna accettasse che il suo uomo andasse in uno strip club, guardando i corpi nudi di altre donne.

"Sì, ha detto che era l'equivalente di una serata tra ragazze. Ha detto che finché avessi guardato, senza toccare, lei si sarebbe goduta le conseguenze del fatto che mi sarei eccitato ed annoiato dopo aver visto tette per tutta la notte".

"È qualcosa di speciale" mormorò Arrow.

"Sì, vero" concordò Gray. "Ora, qual è il piano?"

"Stiamo qui e osserviamo" disse Ro. Stava per aggiungere altro, ma furono interrotti da una donna che indossava un top da bikini così piccolo che potevano vedere le sue areole sbirciare sopra il bordo superiore del minuscolo

tessuto. Non indossava nient'altro che un paio di mutandine, abbastanza velate da rendere visibili i peli neri sotto di
esse.

"Cosa vi porto?" chiese lei con voce monotona.

Gli occhi di Ro si strinsero in due fessure. Per una persona
vestita in modo così provocante, non stava certo facendo
nulla per cercare di attirarli.

"Rum e coca" disse Arrow.

"Qualunque cosa sia alla spina" aggiunse Gray.

"Newcastle Brown Ale" disse Ro. La cameriera lo guardò
stranita. "È una birra inglese, tesoro". Quando lei non rispose,
Ro sospirò. "Whisky con ghiaccio".

La cameriera lo guardò sollevata e annuì. Si girò sui tacchi
da dodici e si diresse verso il bar per completare l'ordine.

"Cosa vuoi scommettere che otterremo la merda più
annacquata che abbiamo mai assaggiato" disse Arrow a secco.

"Non è una scommessa che mi interessa" disse Gray.

Ro non rispose; la sua attenzione era rivolta alle donne
intorno alla stanza. Ce n'erano molte, ma gli uomini erano
comunque in superiorità numerica, due a uno. Sul palco, la
donna nuda aveva finito di ballare e raccoglieva le banconote
sparse intorno a sé. Era stata sostituita da una donna asiatica
alta e snella che aveva indossato un kimono quando era salita
per la prima volta sul palco, ma se l'era rapidamente tolto.
Indossava un set di pasticcini sopra i capezzoli e il perizoma.
In quel momento stava mostrando quanto fosse flessibile, gli
uomini che la acclamavano le stavano praticamente lanciando
dei soldi.

La quantità di carne esposta non aveva alcun effetto su
Ro. Gli piacevano le forme femminili, come a qualsiasi
maschio eterosessuale, ma non era lì per divertirsi. Aveva
paura di trovare Chloe, ma allo stesso tempo sperava di
vederla. I vestiti che indossava due settimane prima erano
l'unico motivo per cui pensava che potesse essere lì. Non

riusciva a capire perché altrimenti avrebbe indossato quel tipo di abiti striminziti.

Guardò la cameriera che stava tornando con il loro ordine. Quando si chinò sul tavolo per posare i drink, le sue tette minacciarono di schizzare fuori dal microscopico bikini.

Quando ebbe finito, mise il vassoio sotto un braccio e si appoggiò al tavolo con entrambe le mani. La posizione era provocatoria, sarebbe stata estremamente sexy se non fosse stato per lo sguardo assente sul suo viso. "Siete nuovi qui?"

"Certo, bellissima" rispose Arrow per il gruppo.

"Benvenuti da BJ. Dove il vostro piacere è il mio piacere" disse la donna, con un tono quasi annoiato. "Tutto ciò di cui avete bisogno, non dovete far altro che chiedere. Sentitevi liberi di andare in giro, e sappiate che tutti accettano le mance, proprio come le ballerine. Abbiamo delle stanze private sul retro, dove potete approfondire le vostre conoscenze. Se siete interessati, parlate con chi vi piace. Vi farà sapere il prezzo di quello che volete".

Allora si voltò, e Ro non poté fare a meno di seguire il punto dove stava guardando.

Si irrigidì quando vide Chloe che seguiva un uomo fuori dal corridoio sorvegliato.

Guardava per terra e si trascinava dietro l'uomo come se fosse imbarazzata, strofinando le braccia nude e accigliandosi.

Ro fece per spostarsi, pronto a balzare in piedi e a correre verso di lei, ma Gray lo prese per un braccio, fermandolo.

La cameriera li guardò e tornò in posizione eretta. "La vostra cameriera abituale dovrebbe arrivare presto per vedere se avete bisogno di qualcos'altro, ma sono disponibile in una stanza sul retro, se siete così propensi". Come scena di commiato fece l'occhiolino, poi si voltò e si diresse dritta verso Chloe.

"Ma che cazzo?" esclamò Arrow. "Ci ha appena detto che possiamo avere qualsiasi donna qui, per un prezzo?"

"Mi sembra proprio di sì" disse Gray.

Ro non rispose, ma fissò Chloe. La cameriera si avvicinò a lei e piegò la testa per fare una breve conversazione. Chloe annuì e andò al bar a prendere un vassoio. Quando si voltò, Ro diede un'occhiata a quello che indossava. Rispetto alla maggior parte delle cameriere, sembrava proprio una suora. Ma questo la rendeva ancora più intrigante, vide diversi uomini che le guardavano il culo mentre si girava verso il bar. Ma anche così, mostrava ancora troppa pelle per i gusti di Ro...E anche per i gusti di Chloe, a quanto pare.

I suoi tacchi erano di circa quattro centimetri, mentre le altre donne indossavano tacchi da sette, otto centimetri. Con quei centimetri, Ro stimò che Chloe sarebbe stata alta più o meno quanto lui. La donna aveva una gonna corta che le arrivava a metà coscia. Indossava un top a corsetto, che le faceva sembrare la vita piccola, ma le sue tette erano troppo grandi per la sua corporatura. Erano strette sul petto e decisamente in mostra. Le spalle erano ricurve, come se cercasse di nascondersi dagli uomini che la guardavano, ma non serviva a nulla. Non c'era modo di nascondere l'abbondanza di carne che le era stata stretta sul petto.

Era molto più in carne della loro precedente cameriera; il suo corsetto non le copriva del tutto la pancia, mostrando qualche chiletto mentre si dirigeva a malincuore verso il loro tavolo. Ogni passo faceva salire la gonna che indossava sulle sue cosce formose, lasciandola quasi in mutandine una volta arrivata al tavolo.

Sembrava a disagio e infelice, Ro voleva gettarle le braccia intorno per proteggerla dagli sguardi e dalla lussuria degli uomini nella stanza e allontanarla con lo spirito.

Costringendosi a rimanere seduto, aspettò di vedere cosa avrebbe detto o fatto lei, una volta avvicinata al loro tavolo. Era ansioso di vedere se lei avrebbe fatto finta di non conoscerlo o se lo avrebbe riconosciuto, dato che si erano già incontrati.

Si mise dove si era posizionata l'altra cameriera. Teneva il vassoio davanti a sé, come per proteggersi dai loro sguardi, teneva gli occhi incollati sul pavimento.

"Benvenuti da BJ. Dove il vostro piacere è il mio piacere" disse con voce tremante. "Spero che vi stiate godendo i vostri drink. Di qualsiasi cosa abbiate bisogno, non dovete far altro che chiedere. Ci sono stanze private sul retro, e sarebbe un piacere per me mostrarvi l'eccellente ospitalità per cui il BJ è noto... Se questo è il vostro desiderio".

Aspettò, Ro notò che stava trattenendo il respiro. Era furioso perché lei e l'altra cameriera si stavano praticamente prostituendo, ma decise di non assecondare la rabbia. Non erano né il momento né il luogo adatto.

"Chloe?" chiese tranquillamente, volendo starle vicino, ma non volendo turbarla più di quanto non lo fosse già.

Al suono del suo nome, Chloe alzò lo sguardo per la prima volta e guardò Ro. Spalancò gli occhi dallo stupore. Ro vedeva a malapena nell'atmosfera fioca del locale, ma immaginò che gli occhi di lei fossero di un marrone scuro. Ovviamente Chloe non indossava le lenti a contatto viola che portava quando l'aveva incontrata per la prima volta. Aveva un trucco pesante sul viso, i suoi capelli neri lisci erano raccolti in uno chignon spettinato sulla nuca.

Lei aprì bocca per parlare, ma la richiuse bruscamente.

"Non farti prendere dal panico" le disse Ro, in fretta. "Io e i miei amici siamo qui per vedere se hai bisogno di aiuto. Se non ne hai bisogno, se sei a posto, allora lo siamo anche noi. Ma se non vuoi stare qui e hai bisogno di aiuto, basta che tu lo dica e io mi assicurerò che tu sia al sicuro".

Continuò a fissarlo con i suoi occhi enormi. Lui vide che Chloe stava stringendo il vassoio così forte che le nocche le stavano diventando bianche. Lei distolse lo sguardo da lui, guardò Gray e Arrow, poi i suoi occhi tornarono su Ro. "Perché?" chiese.

"Perché nel mio mondo *nessuno* fa del male a una donna. Nessuna donna ha un livido enorme sulla schiena, e sicuramente non se ne va in giro per Black Forest senza una borsa o un modo per chiedere aiuto, indossando vestiti troppo piccoli e tacchi troppo alti".

Chloe si tirò indietro e fece un respiro profondo. "Io...Non posso...Non so..."

"Smettila di farti prendere dal panico" ordinò Gray, lei lo guardò. "Prima le cose importanti. Stai bene? Sei al sicuro?"

Chloe si leccò le labbra e guardò di lato, non annuì e non scosse la testa.

"Ok, questa è la risposta. È solo tuo fratello, che ti guarda?" chiese Gray.

Chloe scosse la testa, in modo quasi impercettibile.

"Quando stacchi dal lavoro?" chiese Arrow.

"Alle tre."

Ro guardò il suo orologio. Era l'una e mezza. Le restava ancora un'ora e mezza. "Devi andare nella stanza sul retro con chiunque te lo chieda?"

Lei annuì.

Ro si chinò in avanti e ordinò: "Guardami, tesoro".

Lei lo guardò, lui rimase sbalordito dalla speranza e dalla paura che vedeva nei suoi occhi. Gli venne voglia di prenderla in braccio e di condurla fuori di lì senza dire una parola. Ma sapeva che non sarebbero mai arrivati alla porta. Non se fosse stata osservata da più persone. "Dì a chiunque te lo chieda che ho già pagato la tua prossima seduta in una stanza privata".

La speranza negli occhi di Chloe si spense, rimasero solo paura...E un accenno di rabbia.

Ro detestò vedere la paura, capiva perché si arrabbiasse per quello che pensava di essere stata costretta a fare, ma non aveva il tempo di spiegare, mentre la cameriera che aveva servito da bere si stava avvicinando al tavolo. Si chinò verso Chloe e le disse qualcosa all'orecchio. Ro non riuscì a sentire cosa fosse, ma le labbra di Chloe si strinsero in agitazione.

Si girò verso l'altra donna e le disse: "Ha già detto che vuole una seduta". Chloe fece un cenno con la testa verso Ro.

La cameriera annuì. "Lo dirò ad Abbie", disse solo questo, e si voltò per tornare al bar.

"Anche la donna che è venuta a prendermi a casa tua mi sta guardando", disse Chloe, a voce bassa.

Ro capì cosa significasse. Non era sicuro che questa Abbie lo avrebbe riconosciuto nel bar buio, ma calcò il vecchio cappello da baseball che indossava ancora più in basso sulla fronte, per essere sicuro. L'ultima cosa che voleva era che Chloe soffrisse per averlo frequentato.

"Quindi, uhm...Le sessioni partono da cinquanta dollari per una lap dance, e a seconda di quello che vuoi, il prezzo parte da lì", disse Chloe, non guardandolo negli occhi mentre recitava il prezzo del tempo in una stanza sul retro.

La rabbia crebbe dentro Ro, prossima ad esplodere, ma continuò a controllarsi. A malapena. Sentì Gray ringhiare sotto il suo respiro e vide Arrow seduto dritto, sulla sua sedia, di fronte a lui. A nessuno dei Mercenari di Montagna piaceva quando le donne venivano sfruttate o maltrattate, soprattutto quando erano ovviamente spaventate e riluttanti come lo era Chloe.

Ro bevve il suo whisky tutto d'un fiato, poi si alzò in piedi senza guardare i suoi compagni di squadra. Prese la mano di Chloe e le disse: "Voglio tutto il tempo possibile, tesoro. Andiamo".

CAPITOLO QUATTRO

CHLOE FISSÒ la mano di Ro e deglutì rumorosamente. In quel momento, odiava se stessa. Odiava la sua vita. Odiava suo fratello. Avrebbe voluto soltanto tornare indietro nel tempo, a quando lavorava per il Springs Financial Group, ed era relativamente felice.

Si era scervellata tutta la notte, cercando di escogitare un piano per uscire dalle stanze sul retro e per scappare, ma non era ancora riuscita a pensare a niente che potesse funzionare. Sapeva che Abbie la teneva d'occhio come un falco, e Leon aveva i suoi tirapiedi ovunque. Non l'avrebbero mai lasciata uscire o sparire.

"Chloe?" la chiamò Ro.

Facendo un respiro profondo e sapendo di non avere scelta, Chloe gli prese la mano.

La sensazione della sua mano callosa che si chiudeva intorno alla sua avrebbe dovuto farle venire il mal di stomaco, considerando quello che stava per succedere, ma si sentì subito protetta. Il che era paradossale, considerando che Ro la stava portando in una delle stanze sul retro.

Aveva pensato molto a lui, nelle ultime due settimane,

aveva anche pensato di chiamarlo, magari chiedendogli di venire a casa sua con qualche pretesto. L'avrebbe pregato di portarla via da lì, e naturalmente lui avrebbe detto di sì, sarebbero partiti verso il tramonto.

Ma quella non era una favola, e non avrebbe mai funzionato comunque, perché Leon avrebbe fatto in modo che i suoi scagnozzi la trattenessero e facessero del male a Ro.

Eppure, in qualche modo, eccolo lì, in piedi davanti a lei, che le teneva la mano - come se Chloe lo avesse evocato.

Naturalmente Ro non se l'era caricata in spalla e non l'aveva portata fuori dal club, come aveva sognato, ma avrebbe approfittato di una delle stanze private.

Rimasero immobili per qualche istante, tenendosi per mano, per entrambi, il resto del club era come scomparso. Poi un uomo diede una spinta a Chloe, scuotendola dal suo torpore. Si girò e si diresse verso il corridoio posteriore, quello da cui era appena uscita. Quello in cui si sentiva come se si fosse lasciata alle spalle la vecchia Chloe e fosse diventata una persona che non conosceva e che non le piaceva più. Che non voleva conoscere.

Il buttafuori all'ingresso – Chloe pensava che il suo nome fosse Dan – li fermò, come da protocollo. Era lui che si occupava dello scambio di denaro; alle ragazze non era mai permesso toccare quello che guadagnavano. Naturalmente. Avrebbero potuto rubare, permettendosi così di fuggire dal club e da Leon.

"Il pagamento è anticipato" disse Dan a Ro, con tono disinvolto, tendendo la mano.

Chloe provò a lasciare la mano di Ro, ma non voleva.

"Nessun problema. Quanto?"

"Dipende da quello che vuoi" rispose Dan.

"Voglio più tempo possibile" disse Ro, ancora una volta senza guardare Chloe.

Non le piaceva che Dan organizzasse quello che lei

avrebbe fatto o non avrebbe fatto, ma non poteva scegliere. Se non fosse stato lui, sarebbe stata Abbie. O Leon. La sua vita non era più la sua, era uno schifo. Un vero schifo.

Dan guardò Ro, poi rivolse uno sguardo pieno di lussuria a Chloe. Lei tremò. Come "ragazza nuova", sapeva che molti lavoratori volevano avere la possibilità di averla. Abbie aveva spiegato con tanta attenzione che i dipendenti di solito hanno la precedenza sulle nuove arrivate, per "allenarle", anche se Chloe era un'eccezione.

"Trenta minuti. Al massimo" disse Dan. "Sono cinquanta dollari per una lap dance da dieci minuti, senza toccare. Se vuoi il BJ Special, sono cento dollari per quindici minuti. Se ne vuoi di più, sono altri cento dollari ogni cinque minuti".

Senza battere ciglio o senza fare storie, Ro lasciò cadere la mano di Chloe per prendere il portafogli. Lo aprì e contò quattro banconote da cento dollari e le porse a Dan. "E trenta minuti siano, allora".

Non appena Dan prese i soldi, permettendo a Ro di rimettere in tasca il portafogli, questi riprese la mano di Chloe. Lei sapeva che non era un gesto d'affetto, lui lo faceva solo per trattenerla, ma era comunque una bella sensazione.

Dan intascò i soldi e incrociò le braccia sul petto. "Tutte le stanze sono controllate per la sicurezza delle nostre dipendenti".

Ro annuì. "Che altro?"

"Che altro, cosa?"

"Quali sono le regole?"

"Regole? Non ci sono regole. A parte usare il preservativo e divertirsi", rispose Dan con un sorriso compiaciuto. "La stanza quattro, là in fondo, è libera".

Ogni muscolo del corpo di Ro sembrava teso, ma lui si limitò ad annuire. Non appena Dan si tolse di mezzo, Ro tirò Chloe lungo il corridoio, quasi correndo, tenendo la testa bassa in modo che le telecamere non potessero riprendere i suoi lineamenti. Aprì la porta e spinse dentro Chloe, chiudendo la porta con un click definitivo.

"Niente serratura. È già qualcosa", disse lui con una smorfia.

Chloe rabbrividì. Non ci aveva nemmeno pensato. Se un cliente fosse diventato troppo zelante e li avesse chiusi dentro, nessuno avrebbe potuto aiutarla...Se Abbie o i pervertiti che guardavano nella sala video si fossero presi il disturbo di provarci.

Ro rimase immobile, lei lo osservò. Lui si guardava intorno nella stanza, anche se non c'era molto da vedere. Era una stanzetta di due metri e mezzo, con una poltrona di pelle al centro. Niente tappeti sul pavimento, niente quadri alle pareti. C'era un tavolino contro una delle pareti, con un contenitore di salviette disinfettanti in cima e un piccolo cestino della spazzatura accanto. Una piccola finestra molto alta, verso il soffitto, forniva un po' di luce dal parcheggio.

L'apparecchio di illuminazione appeso al centro della stanza aveva una lampadina con pochissimi watt, forniva luce sufficiente per far sì che le telecamere potessero distinguere le caratteristiche principali dei soggetti e riprendere ciò che stava accadendo. Chloe pensò che forse l'intento fosse quello di creare un'atmosfera rilassante e romantica, ma era semplicemente inquietante.

Senza dire una parola, Ro si avvicinò alla poltrona, tenendola ancora per mano, e si voltò. Incontrò il suo sguardo e si sedette lentamente. Le lasciò andare la mano ancora una volta e, per qualche motivo, Chloe si sentì come abbandonata. Ro aprì le gambe e la tirò verso di lui. I suoi stinchi colpirono il cuoio della sedia, facendola sussultare.

Ro aprì la bocca per dire qualcosa, ma iniziò la musica. Non era neanche sofisticata e seducente, era dura e martellante. Il tipo di musica più adatto ad una sorta di dungeon

BDSM, piuttosto che a una stanza privata in uno strip club chiamato BJ.

Gli occhi di Ro non si erano mai allontanati dai suoi. Erano intensi e penetranti e, nella luce fioca della stanza, sembravano più scuri di quanto non fossero. "Dov'è la video-camera, tesoro?" chiese. "Non voglio che sembri che la stia cercando".

Chloe sbatté le palpebre e si leccò le labbra. "Sopra la porta" disse con un tono abbastanza forte da poter essere sentita sopra la musica, ma non abbastanza forte da poter essere ripreso dalla telecamera.

"Bene. La tua testa mi blocca la vista" disse Ro annuendo e continuando a fissarla negli occhi. Le sue mani erano appoggiate sui fianchi della donna, ma non la stringevano in modo inquietante e non si muovevano in modo inappropriato. Un successo.

"A un certo punto dovrei assicurarmi che tu venga ripreso" ammise Chloe.

"Non mi aspetterei niente di meno. Non preoccuparti" le disse.

Chloe stava in piedi tra le sue gambe, in modo imbarazzante. Sapeva che avrebbe dovuto ondeggiare alla musica, spogliarsi, fare qualcosa di simile, ma era stata catturata dallo sguardo di Ro. Quello che voleva fare davvero era gettarsi tra le sue braccia e implorarlo di portarla via da lì.

"Balla, tesoro" disse Ro con una piccola stretta di dita. "Dal momento che ci stanno osservando, devi assicurarti che non sospettino nulla".

Chloe non sapeva esattamente cosa intendesse dire sul fatto di sospettare qualcosa. Non aveva idea di quali fossero i suoi piani, ma sapeva che aveva ragione. Se non voleva che Abbie o, per carità, suo fratello, irrompesse nella stanza e, come minimo, la mettesse in imbarazzo - costringendola ad esempio a compiere una sorta di atto sessuale davanti a loro - doveva procedere.

Senza avere altra scelta, Chloe obbedì a Ro. Iniziò a ondeggiare sui fianchi, portandosi le mani tra i capelli, cercando di sembrare seducente, ma con la sgradevole sensazione di sembrare solo stupida.

Le mani di Ro si alzarono lentamente dai fianchi ai lati del petto, tra il corsetto e la cintura della gonna. Le sue dita erano fredde sulla pelle rovente di Chloe, che tirò in dentro lo stomaco, cercando di nascondere la pancetta in eccesso, causata dalla mise striminzita.

"Rilassati. Non pensare, muoviti e basta" disse Ro.

Rilassarsi? Come no. Chloe fece comunque del suo meglio per ballare al ritmo della musica che si diffondeva attraverso gli altoparlanti.

In tutto ciò, Ro non distolse mai lo sguardo da lei. Non le guardò la scollatura. Le sue mani non si muovevano in modo viscido, come quelle dell'ultimo ragazzo che aveva avuto.

"Ottimo. Stai andando bene" la sua voce era bassa e profonda. Era rassicurante. Tutto quello che aveva fatto, da quando l'aveva conosciuto, le infondeva calma. Le aveva chiesto di vedere il suo livido, un paio di settimane prima, ma non gliel'aveva ordinato. Sì, le aveva afferrato il braccio con fermezza, ma non le aveva fatto male, a differenza delle strette dolorose di Abbie o dei pugni di suo fratello.

Ro le aveva tenuto la mano dolcemente nel locale, fino a quel momento non le aveva afferrato le tette o non le aveva chiesto di ballare mentre si masturbava. Chloe rabbrividì al ricordo della sua ultima volta in una stanza privata. Per fortuna, quell'uomo squallido non aveva voluto il BJ Special... Ma Ro aveva pagato proprio per quello.

Si sforzò di bloccare quel pensiero e fissò l'uomo seduto di fronte a lei. Gli occhi di Ro rimasero incollati nei suoi, ma Chloe usò il tempo del ballo per osservarlo. Indossava un paio di jeans neri che gli stavano molto bene. Aveva un rigonfiamento impressionante tra le gambe, in quel momento si sentì spaventata. In qualsiasi altra occasione avrebbe potuto essere incuriosita, ma considerando che lui aveva appena pagato quattrocento dollari per averla tutta per sé in una stanza privata in uno strip club per trenta minuti, non era esattamente entusiasta.

L'uomo indossava stivali neri graffiati e sporchi. Chloe poteva dire molto di un uomo, guardando le sue scarpe. Leon indossava solo mocassini neri o marroni. Erano sempre lucidi – puliti da uno dei domestici, naturalmente. Se le scarpe erano una metafora della vita, era tutta una facciata. I mocassini di suo fratello potevano essere puliti, ma non significava che lui lo fosse. Leon, come Chloe aveva appreso, era marcio dentro. Faceva fare ad altri la maggior parte del suo lavoro sporco, compreso quello di pulirsi le scarpe, così non doveva farlo lui.

Ma gli stivali di Ronan Cross erano usati. Comodi. Chloe era pronta a scommettere che Ro non avrebbe mai pensato di fare qualcosa di così stupido come lucidare quella pelle malconcia. Magari avrebbe pensato che più gli stivali erano logori, più erano comodi.

"Muoviti di più, tesoro" disse Ro, facendola uscire dalle sue stupide riflessioni. Chloe annuì e si sforzò un po' di più nella sua danza, mentre continuava a esaminare l'uomo che le stava davanti. Indossava una maglietta bianca e una giacca di pelle nera. Aveva una barba leggera, le labbra erano serrate in quel momento. Il naso era leggermente storto, come se fosse stato rotto in passato. Aveva ciglia lunghe e zigomi alti, nel complesso un bel ragazzo se non fosse stato per i capelli castano chiaro troppo lunghi che gli cadevano sulla fronte, sotto il berretto.

Tornando a guardarlo negli occhi, Chloe decise che erano la sua caratteristica più interessante. Erano blu, ma cambiavano colore a seconda di ciò che lo circondava. In quel momento erano blu scuro a causa dell'illuminazione, ma settimane prima erano più chiari. Riusciva a vedere un oceano di emozioni in loro, ma non riusciva a decifrare nulla di ciò che vedeva.

Scosse la testa per allontanare i suoi pensieri sciocchi, avrebbe dovuto pensare a come fare per sfuggire al suo incubo personale. Chloe chiuse gli occhi e cercò di dimenticare dove si trovava. Cosa stava facendo. Ovvero, ballare in modo suggestivo, praticamente in grembo a uno sconosciuto.

"Ecco il piano" disse Ro con voce troppo bassa per essere sentita dalla telecamera sopra la spalla sinistra di lei. "Stasera sono venuto per controllare che tu fossi al sicuro. Io e i miei amici abbiamo fatto delle ricerche su tuo fratello. Quello che abbiamo trovato non ci è piaciuto. Posso aiutarti, Chloe. Posso aiutarti a trovare un posto tutto tuo, a trovare un lavoro lontano da qui. Non sei costretta a fare questa vita. Non per i soldi, e certamente non per tuo fratello".

Chloe strinse ancora di più gli occhi per non piangere. Voleva urlare "Sì!" e trascinare Ro fuori da quella stanza e dalla porta d'ingresso. Ma non ci riuscì. Leon non le avrebbe permesso di andarsene. Non più. Ormai sapeva troppo.

"Mancano venti minuti. Datti da fare, ragazza!" tuonò la voce di un altoparlante sopra la porta.

Chloe fu così sorpresa che sarebbe caduta, se non fosse stato per le mani di Ro in vita. Riconobbe la voce di Abbie, aprì gli occhi e iniziò a respirare velocemente, l'agitazione a mille. Sapeva cosa avrebbe dovuto fare, ma non voleva. Non in quel momento. No.

"Vieni qui" disse Ro, tirandola verso di lui con forza inesorabile.

Le mani di Chloe si alzarono e atterrarono sulle sue spalle mentre lui la spingeva a sé. Lei non aveva altra scelta - doveva cavalcarlo. Le sue ginocchia erano sul cuscino, vicino alle cosce di lui. La sua gonna corta si alzò, Chloe sapeva che se lui avesse guardato in basso, avrebbe potuto vedere il perizoma rosso brillante che Abbie l'aveva costretta a indossare.

Arrossendo e respirando forte per l'agitazione, Chloe si era posizionata sul grembo di Ro, tremando.

"Agita i fianchi, tesoro" disse Ro, ancora con gli occhi fissi nei suoi: "Balla sul mio grembo, come stavi facendo fino a un secondo fa".

Chloe obbedì, senza pensare, ondeggiando un po' rigidamente a ritmo di musica. Lui la aiutò con le mani, spingendola verso il basso per farla adagiare sulle sue ginocchia, poi tirandola su e ruotandole i fianchi.

Le sopracciglia di Chloe si sollevarono, era confusa. Guardò verso il basso, verso le loro ginocchia per avere una conferma, poi tornò a guardarlo. "Non ce l'hai duro".

Che cosa stupida da dire. Sapeva che gli uomini erano sensibili a questo genere di cose. L'ultima cosa che voleva era che Ro si arrabbiasse con lei, soprattutto quando fino ad allora era stato del tutto gentile, rispetto all'ultimo uomo con cui era stata in una stanza privata. Ma invece di essere arrabbiato, lui sogghignò.

"Se pensi che mi ecciterò in questo momento, sei fuori strada".

Le piaceva l'accento inglese che ogni tanto faceva capolino, ma era ancora confusa.

"Non guardarmi così, tesoro" disse Ro, anche mentre la spingeva di nuovo verso il basso. "Se fossi in tiro, non verrei in uno strip club".

"In tiro?"

Le labbra di Ro si schiusero in un mezzo sorriso, ma tornò serio quasi altrettanto rapidamente. "In cerca di sesso. Se volessi sesso, non verrei in un locale di spogliarelli... Senza offesa. Per quanto io pensi che tu sia bella, non c'è modo che mi venga duro, non quando vedo il terrore nei tuoi occhi".

"Oh..."

"Sciogliti i capelli" ordinò Ro.

Senza pensarci, Chloe si raddrizzò e slegò la capigliatura, lasciando cadere i capelli a lunghe onde, intorno alle spalle. Avrebbe dovuto farla sentire meglio, più nascosta, ma si sentì solo più nervosa.

Lentamente, Ro le avvicinò una mano alla testa e le afferrò un pugno di capelli, tirandole la testa all'indietro. Ro si chinò in avanti, Chloe inspirò bruscamente sentendo le labbra di lui sul lato del collo.

"Shhhhhh, non farò nulla di più" la rassicurò Ro. "Sto solo dando a chi ci sta guardando uno spettacolo. Questo è tutto, continua a muoverti su di me".

Chloe provò a rilassarsi, senza successo. Muoveva meccanicamente i fianchi sulle ginocchia di Ro, poi gli afferrò il bicipite, conficcandogli le unghie nella pelle mentre aspettava il prossimo ordine.

Ro spostò la bocca fino all'orecchio di lei, Chloe sentì l'aria calda del suo respiro ondeggiare sulla pelle sensibile, provocandole la pelle d'oca lungo le braccia.

"Sì o no, sei qui di tua spontanea volontà?" chiese Ro.

Chloe si irrigidì. Voleva tanto dire di no, ma non voleva che l'uomo sotto di lei si facesse male. Leon non era in gran forma, ma aveva molti amici, soprattutto lì al club. Uomini che non avrebbero osato disobbedirgli se avesse detto loro di maltrattare Ro. Aveva deciso di fuggire quella sera, ma poteva far rischiare la vita a Ro, coinvolgendolo?

E se non l'avesse fatto, sarebbe potuta scappare da sola?

Aveva così tante domande, ma nessuna risposta chiara.

"Sì o no, tesoro?" chiese ancora lui, ma Chloe si sentiva come se la sua bocca fosse piena di batuffoli di cotone. Non riusciva a inghiottire o a dire niente.

Lei sentì Ro sospirare, ma lui non la mise sotto pressione. Disse: "Ok, è l'ora dello spettacolo. Farò in modo che sembri che ti stia costringendo a metterti in ginocchio. In questo modo, avranno una buona inquadratura di me davanti alla telecamera. Slacciami i pantaloni, ma stai sulle ginocchia, così la telecamera non può vedere esattamente quello che stai facendo. Ti metto le mani sulla testa e tu fingi di farmi un pompino".

Chloe ebbe un sussulto involontario. No, non voleva farlo. Non poteva farlo, non importava quanto avesse pagato.

"Puoi farcela, Chloe" disse Ro, come se potesse leggerle la mente. "Fingi. Tutto qui. Slacciami i pantaloni, ma non tirarmi giù i boxer. È uno spettacolo, tesoro. Questo è tutto. Fidati di me."

Dal momento che lei continuava ad esitare, lui disse: "Chloe. O questo, o un vero pompino con un altro uomo a cui non fregherebbe un cazzo dei tuoi sentimenti".

"E a te frega qualcosa dei miei sentimenti?" La domanda venne fuori in modo così spontaneo e improvviso che Chloe fu stupita da sé stessa. Se lei lo avesse fatto arrabbiare, lui avrebbe potuto ferirla, poteva farle fare esattamente quello che lei non voleva.

Lei aprì bocca per scusarsi, ma l'uomo sotto di lei sorrise.

Maledizione. Non aveva mai visto Ro sorridere prima di quel momento - e questo le tolse il fiato. Il sorriso lo trasformò da un uomo duro, dall'aspetto un po' spaventoso, a un tizio estremamente sexy, un bel ragazzaccio.

"Me ne frega" disse dopo un attimo. "Fidati di me, tesoro".

Alle sue parole Chloe fece un respiro profondo e annuì. Che scelta aveva? Quella era la migliore offerta che potesse ricevere. Qualsiasi altro uomo l'avrebbe costretta a farle ingoiare il suo cazzo.

"Così, coraggiosa" mormorò Ro. "Eccoci qua".

Lei sentì la presa nei capelli stringersi, lui usò la forza del braccio per abbassarla dolcemente fino alle ginocchia, tra le sue gambe. Lei fece come lui aveva richiesto e rimase in posizione eretta, bloccando il suo grembo dalla vista della telecamera.

Con la stretta di mano, gli slacciò la cintura in vita, e ci vollero tre tentativi per slacciargli il bottone dei jeans, perché stava tremando. Ma alla fine riuscì nell'intento.

Arrivò a metà strada della zip, prima che Ro dicesse tranquillamente: "Basta così".

Chloe non sapeva dove mettere le mani. Aveva già fatto un pompino in passato, ma lei e il suo ragazzo di allora erano entrambi nudi e a letto. Ro era un estraneo, ed era così fuori di sé che non era divertente.

Senza dire una parola, Ro prese le mani di Chloe e le posizionò sulle sue cosce. Chloe arricciò le dita e si tenne stretta, mentre sentiva che le mani di Ro le afferravano la testa.

"Sì o no, tesoro?" chiese Ro di nuovo.

Sapendo di non aver dimenticato la sua domanda precedente, Chloe si morse il labbro per l'indecisione e fissò il cotone davanti a sé. Non era ancora duro. Gli aveva slacciato i pantaloni e praticamente gli respirava sull'uccello, ma lui non aveva un'erezione. Era tutta una farsa, non c'erano dubbi, ma non era eccitato per quello che stavano facendo. Questo contribuì molto ad aumentare la sua fiducia nell'uomo.

"Eccoci" mormorò Ro, lei sentì che lui le faceva pressione sulla testa, spingendola verso il suo pene.

Sapendo che il tempo stava per scadere, e che doveva farlo, Chloe chiuse gli occhi e fece finta di dare a Ro il BJ Special.

Chloe mosse la testa avanti e indietro, nella migliore imitazione di un pompino che poteva gestire, con i capelli che nascondevano il pacco di Ro. Non aveva mai fatto un pompino del genere a un uomo prima d'ora, in ginocchio, mentre lui guardava ogni sua mossa, e non era del tutto sicura di star facendo un buon lavoro di finzione. Era un po' scoraggiante; aveva sempre preferito avere il suo partner sdraiato. Ma non poteva negare che, se quello fosse stato reale, ci sarebbe potuto essere qualcosa di quasi autoritario in Ro che la guardava mentre gli procurava piacere.

Ad un certo punto, durante il finto pompino, sentì una delle mani di Ro farsi strada verso il culo, e stringere. La sua gonna era ancora alzata intorno ai fianchi, sapeva che stava dando al pervertito dietro la telecamera e ad Abbie una bella vista del suo culo, ma questa era onestamente l'ultima delle sue preoccupazioni al momento. Si sentì orgogliosa di aver sobbalzato solo una volta al tatto del palmo calloso di Ro sulla pelle, prima di cercare di ignorare quanto possessiva fosse la sua mano.

Dopo alcuni minuti, Ro mormorò: "Ok, tesoro, gran finale".

Avrebbe sorriso, se non fosse stata lei a trovarsi in questa situazione. Lui dimenò i fianchi e gemette, molto forte, sapendo che quel verso sarebbe stato sentito dalla telecamera. Chloe smise di muovere la testa e si portò una mano alla bocca, facendo finta di pulirla.

Spostando gli occhi in quelli di Ro, Chloe notò che lui la guardava con ammirazione. Era passato molto tempo da quando aveva visto qualcuno guardarla con qualcosa di diverso dal disgusto, dal disprezzo o dalla lussuria.

"Chiudi la bottega".

Senza distogliere lo sguardo da lui, lei armeggiò con i suoi jeans e la sua cintura. Quando ebbe finito, Ro le mise di nuovo le mani sulla vita e la tirò su da terra, riportandola in grembo. Lei lo cavalcò ancora una volta, mentre lui le passò una mano sul lato della testa e le chiese: "Le ginocchia sono a posto? Il pavimento sembra durissimo".

Accigliata, Chloe si leccò le labbra. "Sono a posto".

"Che posto di merda. Ma per ora lascerò correre". Ro alzò l'altra mano, poi le strinse il viso, le dita attorcigliate nelle ciocche di capelli intorno alle orecchie. "Sì? O no?" chiese, ancora una volta.

Chloe esitò. Non aveva idea di cosa avrebbe fatto Ro se avesse ammesso di non essere lì di sua spontanea volontà. Conosceva suo fratello. Poteva essere uno stronzo, ma aveva un sacco di gente che lavorava per lui. Persone che non erano venute in suo aiuto, quando Leon l'ha colpita. Gente che lui aveva pagato un sacco di soldi per tenerla d'occhio. Persone che non avrebbero esitato a trattenerla, se Leon avesse dato l'ordine.

Persone come Peter Smaldone e Joseph Carlino, che avrebbero torturato Ro per averla aiutata. Non aveva idea di cosa questo... Meccanico...Sarebbe stato in grado di fare per aiutarla.

Ma il pensiero di avere qualcuno al suo fianco, che la facesse sentire non così sola, era troppo per resistere. Non si fidava di nessuno da molto tempo, ma Ro non le aveva appena dimostrato di potersi fidare? Almeno un po'? Sapeva che in quel momento lui la stava farcendo per poi metterla in forno, ma non aveva altre opzioni.

Gettando al vento la prudenza, Chloe fece un respiro profondo e sussurrò: "No. Non sono qui di mia spontanea volontà".

L'espressione sul suo volto non cambiò. L'unico modo in cui sapeva che lui l'aveva sentita era il modo in cui le aveva aumentato la presa sulla testa, per una frazione di secondo.

Poi la lasciò andare e sfiorò le labbra, molto delicatamente, contro quelle di Chloe.

Lei sentì qualcosa di strano. Era come se una corrente elettrica l'avesse colpita. Era pazzesco, perché il bacio di Ro era stato delicato e per niente sessuale. Ma nel momento in cui aveva sentito il suo tocco, qualcosa tra loro era cambiato.

Lui la fissò, lei sentì di nuovo quelle mani ruvide sui suoi fianchi. Avrebbe dovuto essere imbarazzata dal fatto di essere seduta sulle sue ginocchia, praticamente nuda, con la gonna stropicciata fino alla vita. Ma non lo era. Si sentiva...Al sicuro.

"Hai un odore così dannatamente buono" sussurrò Ro.

Chloe sapeva che stava arrossendo. Gli uomini avevano lodato le sue tette e il suo culo per tutta la notte, ma la confessione sussurrata di Ro era più complimentosa di qualsiasi cosa avesse mai sentito.

"Lillà. È la mia lozione. Mia madre mi ha regalato la prima bottiglia quando ero adolescente. Mi ricorda lei".

Ro chiuse gli occhi e si appoggiò a lei per un secondo. Sentì ancora una volta il suo naso sfiorarle la pelle sensibile dietro l'orecchio e lo sentì inspirare.

Chloe tremò.

Ro si tirò indietro e fece per dire qualcosa, ma furono interrotti di nuovo.

"Tempo scaduto!" La voce di Abbie rimbombò nella stanza. "La lasci andare, signore, prima che mandiamo Dan lì dentro a riprendersela."

Chloe sentì le mani di Ro cadere dal corpo. Lei scese goffamente dalle sue ginocchia, tirando giù la gonna prima di trovarsi davanti a lui.

Anche Ro si alzò lentamente in piedi e fece un cenno al suo corsetto. "Sistema lì, prima di uscire".

Guardando verso il basso, Chloe vide che una delle sue tette era sfuggita al corsetto. Stava puntando verso Ro.

Portando rapidamente una mano al petto e infilandosi di nuovo nel vestito come meglio poteva, Chloe cercò di controllare il suo rossore. Quando alzò lo sguardo verso Ro, sospettò che lui non le avesse tolto gli occhi dal viso per tutto il tempo in cui le aveva detto del piccolo incidente.

Qualsiasi altro uomo avrebbe approfittato della vista, ma non Ro. Lei aveva la sensazione che lui volesse risparmiarle l'imbarazzo di avere altri uomini che la fissavano. Chloe sapeva che nessun altro avrebbe detto una parola, si sarebbe solo goduto quello che lei non sapeva di mostrare.

"Grazie" disse lei dolcemente.

"Prego. Forza, è ora di andare". Poi Ro le prese la mano e la condusse alla porta, la aprì, e tornarono nel locale rumoroso. Insieme.

CAPITOLO CINQUE

RO SI SENTIVA MALE per essersene andato senza dire una parola a Chloe, ma aveva meno di un'ora per contattare Rex e gli altri ed escogitare un piano. Si gettò uno sguardo alle spalle, prima di passare attraverso la tenda nera nel breve corridoio davanti al club, e la vide mentre lo guardava andarsene con l'incredulità negli occhi.

Quello sguardo l'aveva inchiodato.

Ro avrebbe voluto dirle che non doveva passare un'altra notte in quel buco infernale, ma non ne ebbe la possibilità. Appena usciti dal corridoio, Dan aveva detto a Chloe che serviva un'altra cameriera per l'addio al celibato in corso. L'aveva portata via prima che Ro potesse rassicurarla in qualche modo.

Tornò al tavolo dove erano seduti Gray e Arrow e disse loro che era ora di andare. Senza fare domande, gli uomini si alzarono e si diressero verso l'uscita.

Ro rimase in silenzio fino a quando non ebbero raggiunto l'Audi di Gray. Appena entrati, tirò fuori il telefono e chiamò Rex.

"Dimmi" disse il capo, come saluto.

"Là dentro ci sono delle donne trattenute sicuramente contro la loro volontà. Offrono molto di più della lap dance. All'apparenza sembra un posto legale, ma penso che con qualche piccola indagine sarà facile metterla in luce come un'organizzazione per il traffico di sesso".

"Sai che abbiamo bisogno di qualcosa di più" replicò Rex. "Per quanto io voglia irrompere lì dentro, questo non basterà a fermarli. Harris se ne starà tranquillo per un po' e riemergerà più tardi. Dobbiamo giocare d'astuzia".

"Sta costringendo la sua stessa sorella a prostituirsi! Mi ha detto che era lì contro la sua volontà. Dobbiamo far uscire lei e le altre".

"Non senza prove concrete" ripeté Rex. "È uno schifo. Ho capito. Ma uno stronzo come Harris non fa i soldi che fa solo con quel club. Se ci muoviamo ora, non salveremo mai le donne costrette a lavorare in altri posti, come in quel club - o peggio".

"Se Chloe fosse tua sorella o tua moglie, mi diresti la stessa cosa? Mi diresti di avere pazienza? No, non lo faresti, dannazione!"

"Questo è fuori luogo" ringhiò Rex con voce bassa e incazzata.

Ro fece un respiro profondo. Sapeva che Rex aveva ragione, aveva detto delle verità difficili da accettare. "Mi scuso. Ma Rex, mi sono unito a questo gruppo per salvare le donne dal dover affrontare situazioni come questa. Fino ad oggi, Chloe non è stata costretta a servire altro che qualche cocktail. A quest'ora, domani sera, scommetterei tutto quello che ho che non sarà più così. Capisco da dove vieni, davvero. Non voglio assolutamente fare nulla che possa danneggiare la reputazione dei Mercenari di Montagna...Ma questa è una faccenda personale. Chloe non è una donna senza nome, senza volto, perseguitata e maltrattata. Per me è in carne e ossa, e se lo sguardo nei suoi occhi era un indizio, è giunta al capolinea. Sono la sua ultima possibilità".

Rex rimase in silenzio per un lungo momento prima di dire tranquillamente: "Se riesci a far uscire la sorella senza far chiudere il club ad Harris, ti sosterrò. Ma è un grosso 'se', Ro."

"Posso farcela"

"Vorrei sapere, come?"

Ro sorrise. "Prenderò una pagina dal libro dei giochi di quello stronzo. Resta sintonizzato per ulteriori informazioni". Poi riattaccò.

Quando erano già lontani dal club, Gray chiese: "Qual è il piano?".

"Il piano è di chiamare gli altri. Le nostre facce sono su tutte le telecamere di sorveglianza di quel posto".

"Ma quelle di Ball, Meat e Black no" concluse Arrow.

"Esattamente" disse Ro con soddisfazione.

I tre uomini annuirono mentre Ro riprendeva in mano il telefono per comporre dei numeri.

Chloe era delusa e arrabbiata. Si era messa nei guai e aveva ammesso di aver bisogno di aiuto. Aveva pensato che Ro facesse sicuramente qualcosa per farla fuggire dal club...Cosa, non ne aveva idea, ma senza dubbio tra tutti e due, avrebbero potuto pensare a qualcosa.

Invece era uscito dal corridoio e poi se n'era andato.

Ancora una volta, era da sola – cosa a cui era abituata, ormai – ma per un secondo aveva avuto la speranza che forse, e solo forse, per una volta, avrebbe avuto qualcuno dalla sua parte.

Abbie e Leon l'avevano riempita di complimenti per la sua prima notte nelle stanze private e per il modo in cui aveva "fatto un buon lavoro" per i clienti. A quanto pare, c'era una lista d'attesa per i suoi servizi la notte successiva, il che fece venire la nausea a Chloe...E la fece disperare.

Prima di quella sera, sarebbe stata disposta a fare praticamente di tutto per allontanarsi da suo fratello e da Abbie, ma in quel preciso momento si era resa conto che era tempo di agire o morire.

Chloe sapeva che, una volta tornata a casa, le sue possibilità di fuga sarebbero state quasi nulle. Anche se Leon e Abbie pensavano che lei fosse spaventata dalla sua stessa ombra e troppo sottomessa per tentare di fuggire di nuovo, sarebbero stati comunque sull'attenti, mai fidarsi.

Il suo grande piano, prima di quella sera, era strisciare fuori dalla finestra, anche se era al secondo piano, e strisciare con cautela attraverso il terreno che circondava la casa fino alla strada. Lì, avrebbe evitato le macchine e sarebbe entrata in città a piedi. Non era un gran piano, ma era il migliore che le era venuto in mente.

Abbie aveva avuto la grande idea di sostituire tutti i suoi vestiti con pantaloncini e gonne da sgualdrina, camicie scollate e lingerie, ma Chloe era riuscita a nascondere alcuni capi, tra cui alcuni jeans e magliette, sotto un'asse allentata nel suo armadio. Non avrebbe mai lasciato che Leon o la sua ragazza le ordinassero come vestirsi nel suo tempo libero. Quando la chiudevano dentro, la notte, lei si metteva il pigiama comodo e pianificava.

Leon aveva tagliato la sua patente di guida, ma per fortuna non sapeva del passaporto che aveva ottenuto un paio di mesi prima di trasferirsi da lui. L'aveva tenuto nascosto insieme ai vestiti, sapendo che le sarebbe servito per riscattare i soldi che aveva messo da parte.

Non aveva la macchina; la sua si era rotta - o almeno così sembrava - e Leon aveva promesso di portarla in officina prima di rivelare la sua natura diabolica. L'aveva informata che i meccanici non potevano ripararla, e gliel'aveva venduta come rottame.

Chloe sapeva bene di essersi cacciata in quella situazione e, a prescindere dalle minacce di Leon di far ricadere la mafia su di lei, era giunto il momento di uscirne. Doveva stare molto attenta a coprire le sue tracce in modo che nessuno potesse trovarla.

Sentendosi disperata, Chloe si guardò dall'alto al basso. Le era stato permesso di rimettersi i pantaloncini e la camicetta che indossava quando era arrivata al club. Avrebbe voluto avere un paio di jeans, ma il suo nascondiglio segreto era stato in definitiva inutile. Non poteva rischiare di tornare a casa.

Senza un documento di identità sarebbe stato ancora più difficile, ma Chloe non riusciva a scrollarsi di dosso la sensazione travolgente che la sua migliore possibilità di fuga fosse prima del loro arrivo a casa.

Abbie e suo fratello la ignoravano, felici di discutere di come era andata la serata e di quanti soldi avrebbero guadagnato da lei.

"Hai visto l'interesse che ha suscitato? La sua lista d'attesa è di venti uomini" cinguettò Abbie.

"Arriveremo un'ora prima domani, così lo staff potrà prepararla prima dell'apertura" disse Leon. "Assicurati di spostare anche la sedia nella stanza. Le immagini che abbiamo visto stasera facevano schifo, la sua testa bloccava il viso degli uomini per la maggior parte del tempo. Abbiamo bisogno di angolazioni migliori, se c'è la possibilità di usare il video come ricatto".

"Certo. Sto anche pensando di chiedere di più per i suoi servizi. È nuova, non è usurata come le altre. Possiamo usarla a nostro vantaggio" disse Abbie.

Chloe strinse i denti, ma tenne la testa bassa. Sapeva che nel giro di due minuti Leon avrebbe dovuto rallentare per fare una curva, quella sarebbe stata la sua migliore occasione. Non si era allacciata di proposito la cintura di sicurezza quando avevano lasciato il BJ. Era così disperata da gettarsi da un veicolo in movimento per allontanarsi dal suo malvagio fratello una volta per tutte.

Stava per farsi del male. Era possibile che si rompesse un osso...O due. Ma fintanto che proteggeva le gambe per poter correre, avrebbe sopportato qualsiasi tipo di dolore per scappare.

Abbie stava parlando di limitare Chloe a fare il BJ Special per almeno una settimana, in modo da poter stuzzicare un po' di più gli avventori prima di permetterle di "andare fino in fondo", quando Leon esclamò: "Ma che cazzo?"

Chloe lo sentì premere l'acceleratore all'improvviso, bloccando momentaneamente il suo corpo contro il sedile. Era già tesa mentre si preparava ad aprire la portiera dell'auto e a lanciarsi, ma l'accelerazione di Leon ostacolò decisamente i suoi piani. Non c'era modo che riuscisse a sopravvivere saltando dalla macchina a quella velocità.

Ma non ebbe il tempo di voltarsi per scoprire cosa avesse visto Leon, o cosa stesse cercando di superare, prima che qualcosa colpisse il retro della Mercedes. Il corpo di Chloe venne scagliato in avanti, poi violentemente di lato mentre l'auto si girava. Sbatté la testa contro il finestrino del passeggero, abbastanza forte da farle vedere le stelle.

La macchina continuava a girare in cerchio, Chloe sentì Abbie urlare, poi il suono del metallo che scricchiolava e quello del vetro che si rompeva.

La macchina si fermò, tutto rimase in silenzio per un momento. L'unico suono era quello del sibilo del vapore che saliva dal cofano della Mercedes, stampato contro un albero a lato della strada.

Poi Abbie ricominciò ad urlare.

Prima che Chloe potesse vedere quale fosse il problema o che si buttasse fuori dall'auto e corresse, la porta accanto a lei si aprì, una mano raggiunse e afferrò il suo braccio. Fu costretta a scendere dall'auto prima che potesse mettere ordine nei suoi pensieri. Intravide un uomo molto alto che indossava una maschera, questi se la mise in spalla e si diresse verso un enorme Hummer dietro l'auto distrutta di suo fratello.

Chloe sentiva una forte presa attorno alle cosce, che la teneva saldamente in posizione. La testa le pendeva sulla schiena dell'uomo, cercò di scuotersi per riprendere i sensi, ma ciò non faceva altro che farle pulsare la testa.

"Cosa stai..."

La voce di Leon si bloccò all'improvviso, Chloe provò a issarsi puntando le mani sul culo estremamente duro dell'uomo, per guardare in alto. Vide un altro uomo con una maschera nera, in piedi accanto alla portiera del lato guidatore della Mercedes. Proprio mentre Abbie si mise a urlare di nuovo, un altro uomo infilò la mano attraverso la portiera del passeggero, zittendola.

Chloe fu terrorizzata. Com'era il detto? Dalla padella alla brace?

Non voleva più stare con suo fratello o con Abbie, ma non conosceva gli uomini che si erano schiantati contro l'auto del fratello. Merda, e se questi uomini fossero stati mandati da Carlino o Smaldone? Forse avevano scoperto che aveva dirottato i soldi di Leon su un conto separato, ed erano lì per fargliela pagare?

Il panico la fece contorcere dalla disperazione. Perché non potevano lasciarla in pace? Che cosa aveva fatto di male per meritarsi una vita simile?

"Calmati" disse l'uomo che la teneva, anche se il suo braccio si stringeva ancora di più intorno alle cosce di lei.

Ma Chloe non riusciva a calmarsi. Sapeva che, se questi tre uomini l'avessero fatta entrare nell'Hummer, le cose sarebbero potute andare di male in peggio. Spingendosi in alto, inarcando la schiena, cercò di gettarsi dalla spalla dell'uomo.

Questi imprecò e si fermò davanti alla porta posteriore del grande fuoristrada.

Quando le contorsioni di Chloe non fecero breccia nella presa all'uomo, lei provò a strappargli la maschera dalla testa, senza successo, ma riuscì ad intravedere dei capelli biondi. A questo gesto, lui la spostò dalla spalla per farla mettere in piedi, piegarla e farla entrare nell'Hummer.

Chloe non aveva armi, quindi usò quello che aveva a disposizione. Vale a dire, i denti. Girò la testa e gli morse il braccio, sperando di fargli il più male possibile.

"Ahi!" si lamentò l'uomo, allentando la presa su di lei abbastanza a lungo da permettere a Chloe di liberarsi. Lei cadde a terra, battendo sulle mani e sulle ginocchia. Con forza. Momentaneamente stordita, Chloe sentì che la testa le faceva più male di qualsiasi cosa avesse mai provato prima, ma cercò di ignorarlo. Doveva andarsene.

"Oh merda, afferrala, Black!" disse uno degli altri uomini mentre Chloe si alzava in piedi per sfuggire al suo sequestratore.

Un uomo con i capelli neri come una notte senza luna – lo vedeva chiaramente, ora che si era tolto la maschera che aveva indossato – l'afferrò intorno alla vita, poi cambiò presa fino a stringerle le braccia attorno al petto, intrappolando le sue stesse braccia ai suoi fianchi. Era più o meno della sua stessa altezza, ora che lei aveva perso i tacchi nella colluttazione, intorno al metro e settantacinque. Chloe scagliò la testa all'indietro, cercando di rompergli il naso per potergli sfuggire.

All'ultimo secondo l'uomo evitò la manovra e imprecò. "Cazzo".

"Dobbiamo andarcene da qui" disse il terzo uomo.

"Lo so" disse scontroso il tizio che la teneva, Black. "Ci

sto lavorando. Se Ball non l'avesse fatta cadere, saremmo già per strada".

Chloe non aveva sentito Leon nominare nessuno di nome Black o Ball quando l'aveva minacciata con la mafia, ma ciò non significava che non fossero affiliati a Carlino e Smaldone.

"Non fatele del male, o ci faranno il culo" avvertì il terzo tipo mentre si toglieva la maschera e se la infilava nella tasca posteriore.

"Non farle del male? Mi ha morso" ringhiò il primo tizio, sembrando disgustato.

"Lo farò di nuovo se ti avvicini a me!" gridò Chloe. Fu costretta a marciare verso l'Hummer. Non riusciva a liberare le braccia dalla presa di Black. Provò a zoppicare, ma questo aveva solo reso più facile all'uomo portarla più vicino al veicolo.

Chloe non era un'idiota. Conosceva le statistiche. Salire in macchina con i rapitori riduceva in modo esponenziale le probabilità di uscirne vivi. Non aveva alcuna intenzione di salire in macchina con loro. Neanche per sogno.

"Quei due si riprenderanno in fretta. Gliene abbiamo dato solo abbastanza per metterli fuori combattimento il tempo di andare via da qua. Sei sicuro che non ci siano telecamere qui intorno, Meat?"

Chloe non aveva mai sentito neanche il nome del terzo uomo. Meat. Iniziò ad inquietarsi, sicura di trovare delle ragioni terribili dietro i loro soprannomi.

"No. Siamo al sicuro" disse Meat al suo amico.

"Portala qui" disse quello che aveva morso, Ball.

Chloe alzò lo sguardo verso di lui e vide che aveva in mano una siringa. Quella vista la fece impazzire di paura. "No, stai lontano da me!" Iniziò a scalciare e a scuotere selvaggiamente la testa da un lato all'altro, rendendo il dolore molto più forte, ma non poteva lasciarsi mettere al tappeto. Non sapeva dove sarebbe finita se l'avessero fatto. Cosa le avrebbero fatto, una volta incosciente.

"Merda, sta sanguinando" disse Ball, le sue sopracciglia solcate dalla preoccupazione.

"Probabilmente ha battuto la testa quando abbiamo fatto la manovra PIT[1]", disse Meat. "Ci penserà Ro. Dai, Ball, vai".

Chloe riuscì a malapena a capire le loro parole, tra il panico e il dolore. Joe? Chi era Joe? Di cosa si sarebbe occupato? Anche lui era con la mafia? Doveva lottare ancora di più, cercando di sfuggire alla morsa dell'uomo.

Meat si avvicinò alla donna e le strinse una mano sul braccio, Black la bloccò sull'altro lato, tenendola assolutamente immobile mentre Ball si avvicinava con l'ago.

"Questo non le farà male" disse Ball mentre le afferrava il braccio.

"Vaffanculo" sputò Chloe. "Non è il tuo braccio che stai per trafiggere".

"Vero" disse, ridacchiando.

Le risate fecero infuriare Chloe. Tutta la frustrazione e la paura repressa che aveva provato negli ultimi anni, e soprattutto nelle ultime due settimane, le usciva dalla bocca quando sentì l'ago trafiggerle la pelle. "Non smetterò mai di lottare! Se ti avvicini a me, ti stacco il cazzo a morsi, stronzo. Stai rapendo la donna sbagliata. Perché gli uomini non possono lasciarmi in pace, cazzo? Che cazzo vi ho fatto? Niente!"

L'uomo che gli altri avevano chiamato Ball estrasse l'ago dal suo braccio e fece un passo indietro. La guardò scioccato dalle parole che lei gli aveva urlato contro. Bene.

"Cosa ti dà il diritto di drogarmi? Di rapirmi?" Cominciò a sentirsi già stordita, ma si oppose al richiamo di qualsiasi cosa con cui Ball l'avesse drogata.

"Sono stanca di sentirmi dire cosa devo fare! Cosa devo indossare. Perché gli uomini sono così prepotenti? Consegnerò te e i tuoi amici mafiosi alla polizia, e tu vorrai non aver mai eseguito gli ordini di Joe...".

Chloe chiuse gli occhi chiusi, tentata di tenerli così. Era così stanca. Stanca di essere spaventata. Stanca di essere maltrattata da tutti.

"Chi è Joe?" chiese Black, dietro di lei.

La domanda le fece riaprire le palpebre, ma era tutto sfocato perché i suoi occhi non si concentravano. La sua rabbia si diradava lentamente, lasciando spazio a puro terrore. "Oh, merda. Per favore, lasciatemi andare! Non vi denuncerò. Stavo scherzando. Voglio solo andarmene. Stavo per andarmene stasera...Stavo per sparire. Non dirò nulla degli investimenti. Non lo fate. Vi prego...Vi darò tutto quello che ho preso, se mi lasciate andare. Tutto quanto. Ogni centesimo!"

Chloe si sentì trascinata in avanti. Qualcuno aveva aperto la porta posteriore dell'Hummer, lei fu sollevata tra le braccia di un altro uomo e appoggiata delicatamente sul sedile posteriore. Voleva spostarsi dall'altra parte e aprire la portiera e scappare via, ma non riusciva a far sì che il suo corpo obbedisse ai comandi del suo cervello.

"Vuoi tornare a casa di tuo fratello?" chiese Black. Sapeva che era lui, anche con la vista sfocata. Stava in piedi sulla porta aperta, allungandosi verso di lei per allacciarle la cintura di sicurezza.

"No rispose subito Cloe. "Lasciami sul ciglio della strada da qualche parte. Era questo, il mio piano. Capirò dove andare una volta sveglia".

"Non ti lasceremo sul ciglio della strada, Chloe" disse Meat dall'altro lato.

Chloe ruotò la testa nella sua direzione. Era seduto accanto a lei sul sedile posteriore, e quando lei lo guardò, le mise un panno piegato sulla fronte. Lei sussultò per il dolore momentaneo, così causato.

"Mi dispiace."

Le sopracciglia di Chloe si sollevarono. Era così confusa. Perché era gentile? Cercava di fermare l'emorragia sulla testa? Si ricordò di quello che gli aveva detto. "Lasciarmi andare sarebbe meglio che portarmi da Joe o tornare da mio fratello per prostituirmi".

"Chi è Joe?" Chiese Ball dal posto di guida.

"Non lo so" sussurrò Chloe. "Hai detto che Joe si sarebbe preso cura di me. Il tuo capo. Non voglio che lo faccia. Ti prego..."

"Shhhhh" disse Meat in modo rassicurante. "Tranquilla. Andrà tutto bene".

"È facile per te sentenziare" disse lei.

Chloe chiuse di nuovo gli occhi, sentendosi come se stesse galleggiando. Qualunque cosa le avessero dato era roba potente. Non riusciva più a combatterla.

La disperazione si adagiò su di lei come la coperta sbiadita che aveva usato per coprirsi sul divano, prima di perdere il lavoro. Amava quella coperta. Si chiese cosa le fosse successo.

In pochi secondi, non pensò più a nulla. Il suo corpo crollò, incosciente e vulnerabile a qualsiasi cosa i tre uomini avessero pianificato per lei.

"Perché cazzo ci avete messo così tanto?" sbraitò Ro non appena Ball entrò nel suo vialetto a Black Forest. Non aveva avuto molto tempo per pianificare la liberazione di Chloe, ma i suoi compagni di squadra erano pronti, quando li aveva chiamati dal club.

Meat aveva fatto qualche rapida ricerca e aveva scoperto il percorso che probabilmente Leon avrebbe fatto per tornare a casa sua, e aveva trovato un'area dove non c'erano telecamere di sorveglianza. Ball era il miglior pilota dei tre ed era la scelta naturale per fare la Pursuit Intervention Technique, altrimenti nota come manovra PIT. Black si era occupato di sedare Leon e la sua ragazza. Tutto sommato, l'intera operazione sarebbe dovuta durare solo pochi minuti. Ma l'Hummer era arrivato circa dieci minuti più tardi del previsto. Ogni minuto che era passato aveva fatto sudare Ro ancora di più.

Raggiunse la maniglia del sedile posteriore, ma si bloccò quando Ball uscì dalla sua posizione per dire: "Ci sono state complicazioni".

Ro guardò attraverso la finestra e vide Chloe accasciata, sostenuta da Meat. Ma, cosa ancora più allarmante, vide che la stoffa che l'altro uomo le teneva in testa era imbevuta di sangue rosso vivo.

"Porca miseria" imprecò Ro, e aprì la porta. Tolse la cintura di sicurezza di Chloe e si diresse verso la porta di casa sua con lei in braccio, prima che qualcuno avesse il tempo di spiegare.

Arrow tenne la porta aperta per fare entrare Ro. Questi andò dritto verso il divano e vi posò sopra Chloe, dolcemente. La ispezionò da cima a fondo, controllando che non ci fossero altre ferite. Odiava la camicia che indossava, e i suoi pantaloncini erano così stretti che riusciva a vedere chiaramente il contorno del suo sesso attraverso il materiale.

"Gray, vai a prendere un paio di tute e una maglietta dalla mia stanza" ordinò Ro senza togliere gli occhi dal petto di Chloe, che si alzava e si abbassava lentamente.

"Non sono sicuro che sia l'idea migliore" lo avvertì Gray. "Non sarà affatto contenta se si sveglia e si accorge che le hai cambiato i vestiti".

Ro si inginocchiò accanto al divano e si girò, tenendo una mano sul braccio di Chloe, desideroso di maggiore empatia da parte dell'amico. "Credi che sarà più felice se si sveglierà indossando questi abiti succinti e ci vedrà fissarla come dei porci?"

Gray inclinò la testa in segno di riconoscimento. "Hai ragione".

"E tu sei ancora lì in piedi" aggiunse Ro.

Gray sorrise, si girò e lasciò la stanza.

"Che cazzo è successo?" chiese Ro, a nessuno in particolare, mentre tornava da Chloe. Sollevò delicatamente il panno e imprecò alla vista dello squarcio lì nascosto.

"Abbiamo fatto la manovra PIT, come previsto" rispose Ball. "Anche se quel coglione di Harris è ovviamente un pilota di merda, perché si è fatto prendere dal panico e ha accelerato, poi ha fatto sobbalzare la ruota. È allora che pensiamo che abbia sbattuto la testa sul finestrino. Siamo arrivati in pochi secondi e abbiamo bloccato Harris e la sua ragazza".

"Ti ha visto?" interruppe Arrow.

"No" disse Black. "Avevamo delle maschere. Non ricorderanno comunque molto di quello che è successo, quando si sveglieranno".

Meat arrivò dalla cucina per dare a Ro un panno pulito. Annuendo in segno di riconoscimento, Ro sostituì il panno insanguinato con quello nuovo e fece pressione sul taglio per fermare il flusso di sangue. Non pensava che ci sarebbero voluti dei punti di sutura...Forse un po' di colla per la pelle, però. Lui e i suoi compagni di squadra avevano già usato una semplice super colla, ma la colla medica era migliore. Le ferite alla testa sanguinavano sempre un sacco. Ro ne era consapevole, ma non si sentiva certo meglio costretto a vedere Chloe sanguinare.

"La tua donna è una guerriera" disse Ball. "L'avevo in braccio e la stavo portando in macchina, cazzo, e lei mi ha morso. Fottutamente forte, potrei aggiungere."

Ro fissò il suo amico incredulo. "Ti ha morso?"

"Sì, sul braccio. Mi ha sorpreso, cazzo, e l'ho fatta cadere. Ha cercato di scappare, ma Black l'ha presa. Ha anche provato a dargli una testata. Diciamo che non era per niente contenta che la stessimo rapendo. Pensava che la stessimo portando da qualcuno di nome Joe. So che non era nei piani ma abbiamo dovuto sedarla, Ro. Era nel panico più totale".

Ro sospirò e guardò Chloe. La vedeva per la prima volta senza che fosse spaventata o nervosa. Sembrava rilassata e serena, sdraiata sul suo divano. Certo, sanguinava e pensava di essere stata rapita, ma era con lui e finalmente al sicuro. Quel coglione di suo fratello non sarebbe riuscito a farla prostituire la notte successiva nel suo dannato strip club. Ro sapeva di doversi arrangiare. In fondo, era un buon inizio.

"Joe?" chiese Ro, ricordando cosa avesse detto Ball.

"Anche noi eravamo confusi" disse Meat. "Continuava a parlare di Joe. Ci pregava persino di lasciarla sul ciglio della strada per non farla tornare da suo fratello, e perché Joe non le facesse del male. Ci ho messo un attimo, ma quando lei era fuori e noi stavamo tornando qui, mi sono reso conto di aver detto a Ball che ti saresti preso cura della sua testa sanguinante. Credo che mi abbia sentito male e abbia pensato che avessi detto Joe".

"Ci penso io, dannazione" disse Ro sottovoce.

"Ecco i tuoi vestiti" disse Gray, entrando nella stanza con un paio di pantaloni della tuta di Ro e una maglietta.

"Hai bisogno di qualcos'altro da noi?" chiese Arrow.

Ro si alzò e guardò i cinque migliori amici che avesse mai avuto. Era stato membro della SAS, Special Air Service, l'unità delle forze speciali d'elite dell'esercito britannico. Aveva lavorato con altri uomini che aveva chiamato amici. Aveva salvato loro la vita e loro avevano salvato la sua. Ma non aveva trovato il suo "posto" finché non era stato assunto da Rex e non aveva iniziato a lavorare come Mercenario di Montagna. Lavorare per aiutare a liberare il mondo da stronzi come Leon Harris, che continuava ad abusare, manipolare e ricattare donne, era la vocazione di Ro.

Combattere contro gli zeloti religiosi quando era nell'esercito britannico era una cosa, ma il più delle volte le cose che aveva fatto per il suo paese erano state politiche, e si sentiva lontano, sia emotivamente che fisicamente, dai risultati delle sue azioni. Non era così per il salvataggio di donne e bambini. Aveva visto in prima persona quello che avevano passato, come erano stati trattati, e quanto erano grati di essere stati liberati dai loro oppressori.

Lavorare con Gray, Arrow, Black, Ball e Meat era diverso dal lavorare con gli uomini del suo vecchio plotone. Si conoscevano. Dentro e fuori. Non aveva fratelli di sangue, ma questi cinque uomini erano suoi fratelli. In tutti i sensi.

"Sto bene" disse Ro a Gray.

"Si incazzerà quando si sveglierà" lo avvertì Meat. "Non era contenta di essere stata sedata. Neanche un po'."

"Ci penso io" disse Ro con fermezza.

"Sul serio" aggiunse Black. "Lei..."

"Non la farò svegliare da un gruppo di uomini che le dicono che non può andarsene".

"Bene, ma l'ultima cosa che dovrebbe fare è scappare. E lo farà" lo avvertì Ball. "Non l'hai vista stasera. Era spaventata. Più che spaventata. È al capolinea. Disperata. Se le volti le spalle, lei se la svigna. Garantito."

Ro guardò il suo amico. "Allora devo solo convincerla che sono dalla sua parte e che non le farei mai del male".

Ro e Ball si fissarono a lungo. Alla fine, Ball scosse semplicemente la testa. "Non dire che non ti avevo avvertito" disse.

"Preso nota" rispose Ro.

"Vuoi che chiami Rex e gli dica cosa è successo?" chiese Arrow.

"Sì. Ma aspetta fino a domani. Parlerò con Chloe e mi assicurerò che stia bene, poi la aggiornerò. Così potrai chiamare Rex. Sai che vorrà quante più informazioni possibili e si arrabbierà molto se non le avremo quando lo chiameremo per aggiornarlo".

Arrow ridacchiò. "È vero".

"Grazie. Lo apprezzo" gli disse Ro.

Arrow ignorò i suoi ringraziamenti. "Come vuoi, stronzo."

Ro sorrise. "Grazie di tutto, ragazzi. Dico sul serio".

I suoi ringraziamenti furono accolti da dita medie e occhi alzati al cielo. Sì, si può dire che Ro adorava questo gruppo di uomini.

"Se non ti sento entro le dieci, ti chiamo" disse Arrow.

"Se vuoi che io e Allye passiamo da voi, fatemelo sapere" aggiunse Gray.

"Continuerò a indagare su Harris per vedere cosa posso trovare da usare contro di lui" si offrì Meat.

Black and Ball alzarono il mento in segno di saluto e, all'improvviso, Ro rimase solo con Chloe.

Si inginocchiò di nuovo al suo fianco, si chinò e le baciò delicatamente il panno sulla fronte. "Mi dispiace, tesoro" sussurrò. "Ora sei libera. E farò in modo che tu rimanga così. Non ti toccherà più…E non lo farà nessun altro stronzo".

Poi si alzò e si diresse verso il bagno per prendere la sua cassetta di pronto soccorso.

Prima le cose importanti. Chiuderle la ferita. Poi le avrebbe cambiato i vestiti e l'avrebbe sistemata a letto. Anche se era incazzato per Chloe, ed era stata una lunga notte infernale, Ro si sentiva più sistemato e in pace di quanto non si fosse mai sentito prima. Semplicemente perché Chloe era lì.

CAPITOLO SEI

CHLOE EMISE un lamento e si portò una mano alla testa. Le faceva male, ma non così tanto come le volte in cui Leon l'aveva colpita. Aprendo gli occhi, si rese conto che era molto più tardi rispetto all'orario in cui si alzava di solito. Non aveva mai dormito fino a così tardi. Anche quando tornava a casa nelle prime ore del mattino, dopo aver lavorato nello strip club del fratello, aveva l'abitudine di alzarsi presto. Era più sicuro stare sveglia e cosciente prima che Leon strisciasse fuori dal letto. L'aveva imparato nel modo più duro. Le due volte che Leon si era svegliato prima di lei, questi si era precipitato nella sua stanza, l'aveva trascinata violentemente fuori dal letto, l'aveva chiamata "puttana pigra" e le aveva detto di portare il culo di sotto e di iniziare a lavorare.

A quel pensiero, Chloe si sedette di scatto, ma se ne pentì amaramente.

La stanza intorno a lei girava come una trottola, dovette chiudere gli occhi per fermare la sensazione di nausea. Passate le vertigini, Chloe aprì gli occhi con cautela...E guardò con sgomento.

Dov'era? Non riconobbe la stanza. Sapeva solo che non era la sua camera da letto. Guardandosi dall'alto al basso, Chloe vide che indossava dei vestiti che non erano suoi. Il suo battito cardiaco aumentò, ma non si fece prendere dal panico. Aveva bisogno di capire dove si trovasse, prima di saltare giù dal letto come una pazza.

Accigliata, cercava di ricordare qualcosa di come fosse arrivata lì, ovunque fosse "lì". Aveva qualche sensazione disarticolata di paura, dopo essere stata al BJ, ma niente di più.

Proprio allora, la porta della stanza si aprì e Chloe guardò in quella direzione. Nel momento in cui l'uomo varcò la soglia, riaffiorarono i ricordi della sera precedente.

Immediatamente, Chloe iniziò ad andare in iperventilazione, si spostò dal lato opposto del letto per allontanarsi il più possibile da lui.

Non aveva idea di cosa stesse succedendo. Ma si ricordava di essere stata con quest'uomo al club, poi lui che se n'era andato, poi il sedile posteriore della Mercedes del fratello, l'incidente d'auto. Ricordava di essere stata rapita e drogata da tre uomini. In quel momento era lì. Indossava vestiti troppo grandi per lei, anche se comodi, nel letto di un uomo sconosciuto.

Riconobbe l'uomo che stava sulla porta. Ronan Cross. Le aveva detto di fidarsi di lui. Che l'avrebbe aiutata. Sapeva anche che lui era in qualche modo coinvolto nell'episodio precedente. Era stato lui a organizzare il suo rapimento? Era anche lui nella mafia? Merda!

"Va tutto bene, tesoro" le disse con un tono rassicurante. "Rallenta il respiro, o sverrai".

"Chi sei tu?" ansimò lei.

"Sai chi sono. Sono Ronan. Ro."

Chloe scosse la testa. "No, non è il tuo vero nome. Sei Joe? Mi hai rapito? Quegli altri uomini lavoravano per te? Anche tu sei nella mafia? Se ce l'hai con mio fratello, dovrai parlarne con lui".

"Oh sì, ho un problema con quello stronzo, ma mi occuperò di lui più tardi".

L'accento inglese di Ro era incredibilmente sexy, ma Chloe non ci fece caso in quel momento. Oscillò le gambe sul lato del letto, il suo corpo ancora debole per tenere Ro lontano da lei.

"Non alzarti" disse Ro in fretta. "Sei stata ferita la scorsa notte."

"Ma non mi dire" sbraitò Chloe. "I tuoi teppisti si sono schiantati contro la nostra macchina!"

"Chloe" disse Ro in modo severo, entrando nella stanza e sistemando la tazza che stava portando su un tavolino vicino al letto: "Non farlo".

Ma il suo avvertimento arrivò troppo tardi. Chloe si era già alzata e si stava allontanando da lui. Sapeva, nell'istante in cui si era alzata, che non sarebbe andata molto lontano. La stanza girava, la testa cominciò immediatamente a pulsare, ancora una volta. I bordi della sua vista si oscurarono, sentiva che avrebbe colpito il pavimento.

Ma prima che lo facesse, fu presa dalle forti braccia di Ro. Lui la prese in braccio e la rimise sul letto. Lei lo sentì seduto al suo fianco, ma si rifiutò di aprire gli occhi. Sentiva le lacrime nascere dentro di sé, fece tutto il possibile per trattenerle, ma non servì a nulla.

Era spaventata, sofferente e confusa. Non sapeva cosa stesse succedendo, dove si trovasse, o cosa le sarebbe successo in seguito.

Prima che potesse elaborare ciò che lui stava facendo, Ro la girò gentilmente su un fianco e si rannicchiò dietro di lei. Le mise un braccio intorno al collo e con l'altro la strinse intorno alla vita, standole molto vicino. Neanche un centimetro li separava. Chloe poteva sentire il calore emanato da Ro contro la sua schiena, era una bella sensazione. Questo la confondeva ancora di più.

Così, iniziò a piangere. Non riusciva a trattenere le lacrime, se c'era in gioco la sua vita. Piangeva perché era stata rapita la notte precedente. Piangeva per quello che suo fratello e Abbie le avevano fatto fare al club e per quello che avevano intenzione di farle fare ogni sera futura. Piangeva perché tutto ciò che voleva era sua madre, ma era impossibile. Piangeva perché suo fratello era una merda e la sua ragazza era una stronza di prima categoria.

Per tutto il tempo, Ro la strinse come se fosse la cosa più preziosa della sua vita. Non la interrompeva o rimproverava per il pianto. Semplicemente stringeva la sua presa, ed era come se le braccia di lui fossero le uniche cose che la tenevano insieme. Come se, senza di lui, Chloe potesse frantumarsi in un milione di pezzi, soffiati dal vento.

Gradualmente smise di piangere, i singhiozzi si trasformarono in tirate di naso occasionali. Chloe giacque sconfitta tra le braccia di Ro, chiedendosi cosa diavolo le sarebbe successo dopo. Le cose non potevano andare peggio, no?

"Non ti farò del male" disse Ro, da dietro di lei. "Ieri sera è stato un casino. Tutto quanto. Sono andato al BJ per vedere se riuscivo a trovarti. Non mi aspettavo di entrare in quella stanza privata con te, ma non mi dispiace di averlo fatto. So che se non fossi stato io, sarebbe stato qualcun altro, e non potevo permettere che accadesse".

"Perché?" chiese Chloe. "Perché lo stai facendo?"

"Perché nel momento in cui ho visto quel livido sulla schiena un paio di settimane fa, non riuscivo a toglierti dalla mia mente. Non mi piaceva il pensiero che qualcuno ti colpisse. Che ti maltrattasse. Io e la mia squadra abbiamo fatto ricerche su tuo fratello".

"Perché?" ripeté lei, sentendosi come una bambina di due anni.

Ro ridacchiò, Chloe cercò di ignorare come poteva percepire il petto di lui che si muoveva contro la sua schiena e come il suono basso sembrava vibrare nella sua pancia.

"Perché non è un bravo ragazzo, tesoro. Non credo che questa sia una grande notizia per te. Ma c'è di più. Avevo la sensazione che ci fosse qualcosa di strambo in tutta la tua situazione".

"Strambo?"

"Scusa, sospettoso. Non mi piaceva allora e non mi piace adesso. Quando ti ho visto l'altra sera, spaventata, non c'era modo che ti lasciassi lì. Ma credo che sarai d'accordo sul fatto che non potevo uscire dalla porta di quello strip club con te".

Chloe scosse la testa. No, anche se aveva fantasticato che lui facesse proprio questo. Non poteva succedere.

"Quindi ho dovuto escogitare come allontanarti da tuo fratello, in un altro modo. Ammetto che le cose non sono andate come previsto. Tuo fratello è un autista di merda, ha sterzato proprio nel momento sbagliato; hai sbattuto la testa contro il finestrino".

"Stavo per saltare fuori, quando ha rallentato per fare una curva".

"Sul serio? Potevi farti male!" esclamò Ro.

Chloe scrollò le spalle. "Volevo scappare. Hai fatto uccidere Leon?" chiese lei, con gli occhi fissi sulla finestra dall'altra parte della stanza. Non era sicura della risposta che voleva sentire, e questo la faceva sentire ancora peggio. Che tipo di persona si sarebbe sentita, se una parte di lei sperava che Ro avesse ucciso Leon?

"Cosa?"

"Hai ucciso lui e Abbie?"

Chloe sentì Ro muoversi dietro di lei, si irrigidì quando lui la voltò verso di lui. Lei alzò lo sguardo verso di lui e fu sorpresa di vedere l'espressione sul suo volto. Si aspettava rabbia per ciò che aveva chiesto, forse anche shock. Ma non si aspettava certo di vederlo deluso.

"No, tesoro. Non li abbiamo uccisi. Non siamo quel tipo di uomini. Non posso negare che abbiamo inviato sicari in passato, ma di solito non è quello che vogliamo fare. Ammetto che il pensiero mi è passato per la testa, quando ho capito che ti avrebbe costretto a fare sesso con gli avventori del locale, ma è ancora vivo e vegeto; almeno, i miei amici lo hanno lasciato in vita, ieri sera."

Chloe si rifiutò di scusarsi per averlo chiesto, anche se le parole erano sulla punta della lingua.

Ro sospirò, poi continuò. "Li abbiamo sedati. Ho pensato che tuo fratello non ti avrebbe lasciato andare per il suo gran cuore, è ovvio che non ha nemmeno una goccia di gentilezza dentro quel cuore nero raggrinzito. Non avresti dovuto reagire" aggiunse, con un pizzico di umorismo. "Ball ha detto che gli hai tolto un bel pezzo di carne dal braccio".

Di nuovo, Chloe si rifiutò di sentirsi in colpa per quello che aveva fatto. "Mi stava rapendo. Cosa avrei dovuto fare?"

Ro le tolse una ciocca di capelli dalla fronte. "Credo che si aspettassero la tua gratitudine".

I suoi polpastrelli erano morbidi e lenitivi contro la pelle di Chloe, ma lei era concentrata sulla loro conversazione. "Grata di essere stata rapita?"

Ro sussultò e scrollò le spalle. "Non ho avuto molto tempo per pianificare, tesoro. È stato il meglio che mi è venuto in mente. Ma non dovevano drogarti. Devi credermi".

"Allora perché l'hanno fatto?" chiese lei.

"Perché dovevano andarsene di lì, sapevano che non avresti smesso di combatterli, cosa che, ad essere onesti, mi è piaciuta. Non ti sei arresa, e questo ti rende forte come una tigre. E, nel caso te lo stessi chiedendo, ammiro le donne che sanno difendersi da sole. Inoltre, stavi sanguinando".

Chloe alzò una mano, ma si impigliò nelle grandi dita di Ro prima che potesse toccare la benda sulla fronte. "Ho usato un po' di colla per chiuderla. Avrai una piccola cicatrice, ma niente di serio. So che probabilmente ti fa ancora male, ti ho portato degli antidolorifici con il caffè. Non puoi bagnarla per un paio di giorni perché l'acqua scioglierà la colla, ma posso aiutarti a lavarti i capelli, se vuoi".

Chloe lo guardò con incredulità. "Devo andare", sussurrò.

"Andare dove? Tornare a casa tua?"

Chloe scosse la testa con tanta forza da sentire forti fitte di dolore. "No, non ci tornerò mai più. Ci sono cose che vorrei prendere. Il mio passaporto, i ricordi di mia madre e di mio padre, ma se questo significa essere di nuovo catturata da Leon, ne farò a meno. Ma devo comunque andarmene. Andarmene dalla città. Andarmene dallo stato. Andarmene!"

Ro scosse immediatamente la testa. "Non andrai da nessuna parte", disse.

"Quindi sono prigioniera?"

"No. Ieri sera mi hai detto che non eri al BJ di tua spontanea volontà. E hai ragione, se torni a casa di tuo fratello, probabilmente non avrai un'altra possibilità di scappare di nuovo. Ma non puoi nemmeno andare in giro a bighellonare senza un documento d'identità. E per quanto riguarda i soldi? Non andrai lontano senza".

Gli occhi di Chloe si riempirono di nuovo di lacrime, non cercò nemmeno di evitare che traboccassero e che le colassero dai lati del viso, tra i capelli. Accidenti, odiava piangere, ma si sentiva così sconvolta, non sarebbe riuscita a fermare le lacrime. Aveva bisogno di sfogarsi. "Ho i soldi. Beh, più o meno. Non so se posso averli senza il passaporto".

"Ti aiuterò, Chloe. Ti sto aiutando ora" disse Ro con delicatezza. "Giuro su Dio che non soffrirai mai, mentre sei con me. Tuo fratello è un maledetto segaiolo, deve starti alla larga.

Non si interessa delle persone a cui fa del male o che usa. Ma a questo punto ho più domande che risposte".

"Tipo?" chiese Chloe.

"Per esempio, perché ti ha fatto trasferire da lui? Aveva già qualcuno che si occupava delle tasse, quindi perché trasferirti lì? Lavora con le famiglie Carlino e Smaldone, su a Denver. Sanno del club che gestisce? Non è il loro solito tipo di affari. Anche tuo fratello sta facendo un bel po' di soldi, e da quello che ha scoperto Meat, non è possibile che venga tutto dal BJ. Allora da dove viene? Stiamo parlando di decine di migliaia di dollari al mese, tesoro, non di qualche migliaio di dollari in più. E perché tu?"

"Perché io *cosa*?" Chloe aveva molte delle stesse domande che si poneva Ro, ma a questo punto non aveva intenzione di ammetterlo. Voleva fidarsi di lui. Credere di essere al sicuro, ma per lei era davvero difficile fidarsi di qualcuno. Ad essere onesti, Ro non le aveva fatto del male. Sì, l'aveva fatta rapire, ma lei stava per saltare da una macchina in corsa, santo cielo. Le aveva quasi fatto un favore. Aveva bisogno di aiuto, e lui era lì, a dirle che avrebbe fatto tutto il possibile per tenerla al sicuro.

Aveva bisogno di fidarsi di qualcuno. Ma dopo la scorsa notte, non era sicura che quella persona fosse Ronan Cross.

"Perché dovrebbe cercare di trasformare la sua stessa sorella in una prostituta? Perché costringerla a lavorare al club, quando ci sono così tante altre donne che potrebbe assumere? Non ha senso. Le cose che non hanno senso mi danno fastidio".

Ro le portò lentamente la mano al lato del viso e usò il pollice per asciugare le lacrime. "Non sei prigioniera qui, Chloe. Ma non è neanche il momento di andartene".

Lei emise un sospiro straziante, voltando il viso, e rompendo così il contatto visivo. Ma Ro non fu d'accordo. Ancora con le dita sul volto di lei, la costrinse a guardare verso di lui. "Ci tengo a te" ammise con voce sommessa. "Non so perché, ma è così. Ti prego, promettimi che non salterai fuori da una delle mie finestre e non correrai in strada per cercare di uscire da qui in autostop. Dammi qualche giorno per saperne di più. Condividerò con te tutto quello che avrò scoperto su tuo fratello. Se decidi di non voler rimanere dopo aver ascoltato tutti i fatti, ti accompagnerò ovunque tu voglia andare".

Era passato così tanto tempo da quando qualcuno l'aveva guardata con qualcosa di diverso dal disprezzo, che lei si godette ogni istante di quello sguardo rassicurante. "Ok."

Ro sorrise, ma non era un sorriso felice. "Sei d'accordo con me o mi stai solo assecondando?"

"No, sto facendo del mio meglio per fidarmi di te, per credere in te. Ma è difficile dopo tutto quello che ho passato".

"Capisco" disse Ro, mettendosi seduto sul letto, lasciandole un po' di spazio (di cui aveva un disperato bisogno). "Prendi le pillole, Chloe. Ti faranno passare il mal di testa. Chiamerò Allye più tardi. È la donna del mio amico. Può portarti qualcosa da indossare. Ti farà sentire meglio avere un'altra donna con cui parlare, credo".

"Dici?"

"Non è vero?"

Chloe fissò Ro per un lungo momento. Non riusciva a leggere nulla di sinistro nel suo sguardo, ma questo non significava che si fidasse al cento per cento di lui. Quella mattina, lui indossava un altro paio di jeans con una maglietta grigia. Aveva il logo di una specie di sala da biliardo sul davanti. Non indossava scarpe, la vista dei suoi piedi scalzi le sembrò estremamente intima. Chloe si appoggiò lentamente con la schiena alla testiera, mettendosi seduta. Alzò le ginocchia e le strinse forte, avvolgendole con le braccia.

"Ho pensato la stessa cosa di Abbie, una volta" disse

Chloe. Ro non disse più nulla, aspettando pazientemente che lei spiegasse il suo commento. "Mi sbagliavo".

Ro continuò a fissarla e disse: "Un paio di mesi fa, Allye Martin è stata rapita dalle strade di San Francisco. Doveva essere portata da un uomo che l'aveva comprata perché gli piacevano i suoi capelli e i suoi occhi unici. Per farla breve, l'uomo non ci è riuscito e noi siamo riusciti a salvarla da quel destino. Lei è l'ultima persona al mondo di cui devi avere paura, Chloe. La sua esperienza non è stata come la tua, ma ha passato comunque un inferno".

"Ero felice quando Leon mi ha detto che la sua ragazza sarebbe venuta a vivere con noi" raccontò Chloe. "Pensavo che avere un'altra donna intorno avrebbe fatto sciogliere mio fratello e lo avrebbe reso meno...Scontroso. Ma Abbie si è rivelata ancora più cattiva di lui. Naturalmente, non ho capito che non potevo fidarmi di lei finché non le ho detto che volevo disperatamente uscire di casa. Lei è corsa subito da Leon a dirglielo, e lui ha iniziato a mettermi con le spalle al muro. Penso anche che sia stata un'idea di Abbie, farmi iniziare a lavorare al BJ".

Ro fece per tornare verso il letto, ma quando Chloe si spinse ancora più verso il bordo del letto, si fermò sui suoi passi, facendo anche un passo indietro per darle spazio. "Allye non è così, tesoro. Mi rendo conto che le mie parole da sole non bastano, solo il tempo mi darà ragione, ma lo dirò di nuovo. Tu non sei prigioniera qui, Allye è una donna affidabile e buona, io non ti farò mai e poi mai del male".

Chloe voleva credergli, ma non ci riusciva. Era stata ferita troppe volte negli ultimi cinque anni per poter credere alla parola di qualcuno. Ci sarebbe voluto del tempo prima che si fidasse di lui.

Ro sospirò, poi fece con la testa un cenno alla tazza di caffè. "Prendi le pillole, Chloe. Il bagno è di là" indicò sempre con la testa una porta accanto a lui "Sarò di sotto ad aspettare l'arrivo di Allye e Gray. Prenditi il tuo tempo, e non bagnare quella ferita sulla testa". Detto ciò, Ro si voltò e se ne andò, chiudendo dolcemente la porta dietro di lui.

Chloe tirò un sospiro di sollievo. Non pensava che Ro avrebbe iniziato a prenderla a schiaffi o qualcosa del genere, ma c'era qualcosa in lui che le rendeva difficile respirare.

Rimase seduta sul letto per diversi minuti, facendo scorrere nella sua testa tutto quello che lui le aveva detto quella mattina. Lentamente, iniziò a ricordare sempre più dettagli anche della sera prima. La cosa che le era rimasta più impressa era che, per tutto il tempo in cui era stata con Ro nella stanza privata, a strusciarsi sulle sue ginocchia, praticamente nuda, lui non si era eccitato. Neanche una volta. Anche quando lei era in ginocchio davanti a lui e gli aveva sfiorato il cazzo mentre gli slacciava i pantaloni, lui non aveva avuto un'erezione.

Forse era gay, ma lei non la pensava così. Chloe gli aveva creduto quando le aveva detto che non c'era modo di farglielo drizzare quando era ovvio che era spaventata a morte.

Un piccolo barlume di speranza si sprigionava nel suo ventre, ma lei lo schiacciò spietatamente. Non sapeva abbastanza di Ro, o dei suoi amici, per fidarsi ciecamente di loro. Suo fratello le aveva estirpato la capacità di fidarsi. Aveva pianificato di fuggire da sola, forse quella era ancora la sua migliore linea d'azione.

Fece oscillare le gambe sul lato del letto e si è alzò con cautela, vacillando per un attimo prima di trovare l'equilibrio. La testa tornò a pulsarle di nuovo mentre camminava intorno al grande letto, tenendo la mano sul materasso per assicurarsi di non cadere. Prese la tazza di caffè e la annusò con cautela. Sapeva di...Caffè. Non che sapesse comunque quale fosse l'odore di una tazza di caffè drogata.

Ignorando le pillole che Ro aveva messo sul tavolino, Chloe andò verso il bagno. Se si aspettava di parlare con qualche strana donna più tardi, doveva svuotare la vescica e vedere di persona quanto fosse grave il taglio sulla testa. Doveva andare avanti con la sua vita e affrontare ciò che l'aspettava. Qualunque cosa fosse, doveva essere meglio che servire gli uomini contro la sua volontà al BJ. Giusto?

CAPITOLO SETTE

"GRAZIE PER ESSERE VENUTI" disse Ro aprendo la porta a Gray e Allye. Sorprendentemente, c'era anche Arrow, appoggiato al suo portico anteriore.

"Non c'è di che" rispose Gray.

"Non posso credere che tu non mi abbia chiamato, ieri sera" si lamentò Allye mentre entrava.

"Come sta?" chiese Arrow.

Ro chiuse la porta dietro i suoi amici e li seguì nel soggiorno principale. La prima volta che era entrato in quella casa, se ne era innamorato. Non era enorme, ma la zona giorno aveva ampie finestre. La vista offriva solo alberi, ed era proprio quello il motivo per cui Ro amava quel posto. La casa era circondata da pini, gli piaceva tanto aprire le porte e le finestre in autunno e in primavera e lasciare che l'odore della natura riempisse quegli ambienti.

C'erano tre camere da letto al piano superiore della casa, ma erano state la vista e l'enorme dependance che poteva trasformare in garage a conquistarlo. Smanettare sui motori tranquillizzava Ro. Gli faceva dimenticare le cose che aveva fatto in passato e le cose terribili che gli esseri umani potevano farsi l'un l'altro. Quando era immerso fino al gomito in un motore e cercava di capire come rimetterlo a posto, non doveva pensare ad altro.

Gray andò in cucina, dritto alla caffettiera. Arrow si accomodò sul divano. Allye stava in piedi davanti a Ro con le braccia incrociate e batteva impaziente un piedino sul suo parquet.

"Sta bene", disse Ro, rispondendo alla domanda di Arrow. "Ho fatto in modo di svegliarla ogni ora circa, ieri sera. Si è svegliata circa mezz'ora fa, abbiamo parlato, e si sta sistemando proprio ora", disse Ro ai suoi amici. Non disse loro, però, che era stato così preoccupato per lei da passare la notte su una sedia accanto al suo letto, guardandola dormire. Ogni volta che lei si lamentava durante la notte, lui l'accarezzava e lei si calmava subito. Non aveva detto loro che i vestiti indossati da Chloe erano in fondo al suo bidone della spazzatura, di fianco casa.

Non ammise che la diffidenza di Chloe nei suoi confronti, quella mattina, era stato un colpo da cui non era sicuro che si sarebbe ripreso presto, o che i dieci minuti in cui l'aveva tenuta tra le braccia erano stati i più alti momenti di vicinanza con un altro essere umano in tutta la sua vita adulta.

"La testa? Le fa male?" chiese Arrow.

"Sta bene...Avrà un bel livido, ma la colla regge...A meno che non decida di ignorare il mio consiglio e si bagni la testa, stamattina", disse Ro al suo amico.

"Vado su" annunciò Allye.

Gray la trattenne per il braccio, fermandola. "Aspetta, gattina. Che cosa sa Chloe?" Chiese Gray a Ro.

"Non molto" ammise questi. "Stamattina era ancora un po' stanca. Non era contenta, così per il momento non le ho detto nulla su di noi. Volevo che si calmasse un po', così più tardi avrebbe ascoltato meglio".

Allye sospirò e alzò gli occhi al cielo. "Uomini! Guarda, lei non conosce nessuno di voi, si sveglia in una casa sconosciuta senza sapere che diavolo sta succedendo. Non ha intenzione di 'accontentarsi'. Se fossi in lei, cercherei di trovare un modo per andarmene da qui".

Gli occhi di Ro andarono verso le scale e fece un passo in quella direzione, sentì l'impulso di controllare Chloe e di assicurarsi che lei fosse ancora lì, quando la mano di Arrow gli afferrò il braccio. L'altro uomo si era alzato dal divano e si era avvicinato a lui senza che Ro se ne accorgesse. Era stato così concentrato a raggiungere Chloe che non aveva nemmeno sentito il suo amico muoversi.

"Allye ha ragione" disse Arrow. "Non ha motivo di fidarsi di te. O di noi. Lasciale un po' di spazio. Lascia che Allye vada a parlarle".

Ro odiava ammetterlo, ma sapeva che i suoi amici avevano ragione. "La ragazza di suo fratello era violenta", disse ad Allye. "Era una spia del fratello. Non si fiderà di te solo perché sei una donna".

Le labbra di Allye si serrarono, ma lei annuì. "Ok. Grazie." Si voltò verso Gray. "Mi porteresti due tazze di caffè? Le cose potrebbero andare meglio se arrivo con della caffeina".

"Le ho già portato una tazza" disse Ro, mentre Gray tornava in cucina.

"Va bene, ma potrebbe aver bisogno di qualcosa di più" rispose Allye.

"Sii cauta con lei", disse Ro con dolcezza. "Ultimamente non ha avuto vita facile".

Allye annuì. "Lo farò. Sa dei Mercenari di Montagna?"

Ro scosse la testa.

"Posso dirglielo?"

La domanda di Allye era più profonda di quanto probabilmente non si rendesse conto. Quando erano stati assunti, Rex era stato categorico – non dovevano andare in giro a dire a tutti per chi lavoravano e cosa facevano. Naturalmente, avevano tutti lavori "normali", ma non era di questo che Rex parlava. Aveva messo in chiaro che l'unico momento in cui potevano dire a una donna chi e cosa erano era se avevano una relazione seria e impegnata.

Ro e gli altri avevano preso a cuore la cosa e, per quanto ne sapeva, Allye era stata la prima donna a conoscere i dettagli dei Mercenari di Montagna. Ovvero, che erano più di un gruppo di amici che frequentavano una sala da biliardo e sparavano cazzate.

Gray si avvicinò ad Allye proprio in quel momento con due tazze di caffè fumante in mano. Senza perdere un colpo, Ro disse: "Sì, potrebbe andare meglio se sentisse parlare della squadra da te, piuttosto che da me".

Sapendo che stava implicitamente ammettendo ad Arrow e Gray di nutrire un interesse profondo per Chloe e non il semplice desiderio di aiutarla ad uscire dalla situazione di abuso in cui si era trovata, Ro se ne fregò.

"Grazie" disse Allye, rivolgendosi sia a Ro che a Gray. Questi le porse le tazze e la baciò sulla fronte prima che lei si girasse per salire le scale.

I tre uomini guardarono Allye dirigersi verso il piano di sopra con cautela, in modo da non versare il caffè. Quando lei scomparve dalla loro vista, Gray disse tranquillamente: "Hai una montagna ripida da scalare, amico mio".

"Lo so" gli disse Ro. "Ma ho la sensazione che alla fine ne varrà la pena".

Arrow batté le mani, in segno di supporto. "Andiamo. Dobbiamo parlare di quello che è successo ieri sera e di quali sono i nostri prossimi passi".

"Ho chiamato Meat prima di partire; ha detto che stava controllando alcune cose e che ci aspetta al The Pit, più tardi", disse Gray.

"Riunione di squadra?" Chiese Arrow.

"Sì."

Ro non disse nulla, seguì gli amici nel salotto. Ma non prestò attenzione ai discorsi sulla notte precedente, o alla conversazione tra Gray e Arrow su Leon Harris. Si chiedeva come stesse Chloe e se fosse stata spaventata dall'apparizione di Allye nella sua camera da letto.

Chloe si era limitata a fare pipì, a lavarsi i denti e a fissarsi allo specchio sopra il lavandino. I capelli, normalmente lisci, avevano più pieghe di quante ne avesse mai viste prima. Aveva del trucco spalmato sul viso per il pianto, naturalmente c'era il grande livido sul lato della fronte. Si era tolta la benda bianca ed era sorpresa di quanto fosse "bella" la ferita. Proprio come le aveva detto, Ro aveva usato una specie di colla e ci aveva messo sopra anche un piccolo cerotto con delle farfalline.

Aveva sangue secco nei capelli, ma non sulla pelle. Si chiedeva se Ro l'avesse pulita. Si guardò e si chiese anche dove fossero finiti i suoi vestiti. Era certamente più a suo agio con la maglietta e la tuta, rispetto ai vestiti striminziti che Abbie l'aveva obbligata ad indossare, ma il pensiero di come fosse entrata in quei vestiti la preoccupava un po'. Un pensiero malizioso iniziò a farsi strada, ma lo bloccò rapidamente.

Chloe abbassò la testa e se la tenne con entrambe le mani. Voleva fidarsi di Ro, ma non era sicura di poterlo fare. Era più grande, più alto, più forte, e ovviamente aveva più conoscenze di lei. Stare con lui doveva essere meglio rispetto a tornare a casa con Leon e Abbie. Aveva escogitato la fuga dal fratello per quella che sembrava un'eternità, ora che ci era riuscita non sapeva cosa fare. Niente aveva funzionato nel modo in cui aveva pianificato. Era finita per essere solo la prigioniera di qualcun altro?

Esausta, Chloe si disperava allo specchio, sentendosi come se avesse novantotto anni invece di trentaquattro.

"Ciao?" disse una voce femminile, seguita subito da una bussata alla porta del bagno.

Chloe si spaventò tanto che scattò all'indietro e inciampò nei sui suoi stessi piedi. Emise un gridolino cadendo, con le braccia che si agitavano per cercare di mantenere l'equilibrio. Ma non servì a nulla: atterrò sulle chiappe e non riuscì a trattenere un "Ahi".

La porta del bagno si aprì e una bella donna dai capelli castani la guardò preoccupata "Oh mio Dio. Stai bene? Mi dispiace tanto! Non volevo spaventarti".

Chloe rimase sul pavimento, strisciando all'indietro sul sedere dolorante fino a quando non colpì con la schiena il lato della vasca. Alzò le ginocchia e le avvolse con le braccia, per proteggersi.

La bella donna appoggiò le tazze che teneva in mano sul ripiano sopra il lavandino e si inginocchiò sul pavimento, davanti a Chloe. Non le si avvicinò e non la toccò, per fortuna.

"Sono proprio un'idiota" disse. "Avrei dovuto saperlo che avrei potuto spaventarti. Ti sei fatta male? Vuoi che vada a chiamare Ro?"

Chloe scosse la testa con decisione, ma con attenzione. Il mal di testa con cui si era svegliata era ancora presente, dal momento che si era rifiutata di prendere le pillole che Ro le aveva lasciato.

"Sono Allye. Come lo spazio tra due edifici, ma la y viene prima della e[1]" disse, in un modo così pacato che Chloe immaginò fosse una battuta ricorrente. Poi Allye si spostò, sedendosi a sua volta di fronte a Chloe, imitandone la posizione. Portò le ginocchia al petto e le abbracciò.

Chloe osservò la ragazza. Confermò la sua prima impressione: era proprio bella. Aveva i capelli castani con una vistosa ciocca bianca, dalla radice alla punta. Aveva gli occhi di colore diverso, il che la rendeva ancora più unica. Sembrava un po' più bassa di Chloe, ma era molto più magra di quanto lei fosse mai stata. La nuova arrivata era delicata e aggraziata, le ricordava alcune ballerine del BJ.

"Esco con Gray. Forse te lo ricordi, l'hai visto ieri sera. Ha detto di averti incontrato al BJ".

Chloe fissò Allye, confusa. "Sapevi che è andato in uno strip club ieri sera, e ti andava bene?"

Allye ridacchiò. Ma non era una risata di scherno, come quelle di Abbie e Leon, bensì aperta e amichevole. "Oh, sì. Ma era per lavoro. Era lì perché Ro voleva vedere come stavi. E poi, mi fido di lui. Non mi tradirebbe mai".

"Questo è quello che dicono tutti" disse Chloe con amarezza.

Allye divenne seria, ma non smise di sostenere lo sguardo di Chloe. "Non mentirebbe mai. Gray è l'uomo più onorevole che abbia mai conosciuto. Per qualche strana ragione, mi ama e non passa giorno che non me lo ricordi. Non sono un'idiota, so che gli uomini tradiscono. Lo fanno sempre...Ma Gray no. Mi lascerebbe, se volesse davvero stare con un'altra donna. Non è nel suo DNA essere disonesto".

"Sembra troppo bello per essere vero" disse Chloe, sentendo fitte di invidia nei confronti dell'altra donna.

Allye sorrise. "Oh, non è perfetto, fidati. Potrei raccontarti un sacco di storie su cucine disordinate, frasi avventate e altre sue fastidiose abitudini, ma il punto è che mi fido di lui. Ciecamente. E puoi farlo anche tu".

"Non lo conosco nemmeno" disse Chloe immediatamente, sentendosi ancora più confusa. Non si sentiva a suo agio a parlare con Allye. Una volta, non avrebbe esitato a fare amicizia con quella donna, ovviamente dolce e gentile, ma era rimasta scottata con Abbie.

"Lo conoscerai" disse Allye, emozionata. "Sono super

contenta di conoscerti. Pensavo che Gray sarebbe stato l'unico del gruppo a trovare una donna, per molto tempo".

Chloe fissò Allye in silenzio, non avendo idea di cosa stesse parlando.

Allye si alzò un secondo per afferrare una delle tazze che aveva portato in bagno e la offrì a Chloe. "Caffè? Non sapevo come ti piacesse, quindi è senza zucchero, ma posso far portare a Gray un po' di panna e zucchero se vuoi".

Chloe aveva finito la prima tazza che Ro aveva lasciato per lei e afferrò subito la tazza offerta. Amava il caffè. Ne prendeva almeno tre tazze ogni mattina, dato che era molto più tardi del solito, il suo corpo aveva una voglia matta di caffeina. "Va bene senza zucchero", disse ad Allye. Ne bevve un sorso.

Allye si avvicinò di nuovo al bancone, recuperò l'altra tazza e ne bevve un sorso a sua volta. "Hmmmm. Giuro che non so come fa Ro, ma in qualche modo il suo caffè ha sempre un sapore migliore del mio. Lui dice che non fa niente di diverso, ma credo che aggiunga un ingrediente segreto ai chicchi o qualcosa del genere".

Chloe era d'accordo. Era così disperata quando aveva bevuto la prima tazza che non aveva davvero assaggiato la bevanda, ma ora che ci stava facendo caso, il caffè aveva un sapore diverso dal normale. Era delizioso.

Le due donne bevvero il loro caffè in silenzio. Poco dopo, Chloe iniziò a sentirsi nervosa. Doveva alzarsi, dire qualcosa. Ma era praticamente paralizzata, chiedendosi quale fosse il vero scopo per cui Allye era lì.

Poco dopo, l'altra donna disse: "Allora, devo dirti una cosa".

Ecco. Chloe si irrigidì. Sapeva che probabilmente stava lavorando con i rapitori. Sapeva di non potersi fidare di nessuno di loro. Leon probabilmente doveva loro dei soldi, loro la tenevano in ostaggio finché lui non li avrebbe pagati o qualcosa del genere. O forse facevano parte della mafia e volevano ucciderla per dimostrare qualcosa, o...

"Ro e gli altri fanno parte di un gruppo chiamato i Mercenari di Montagna", disse Allye.

Chloe sbatté palpebre. I suoi pensieri erano stati annientati dall'annuncio di Allye, non era affatto quello che pensava avrebbe detto l'altra donna, non aveva proprio idea di cosa stesse parlando. "Cosa?"

"Il mio uomo, Gray, Ro e gli altri fanno tutti parte di un gruppo chiamato i Mercenari di Montagna. Il loro capo, Rex, li chiama e dice loro quando e dove sono le loro missioni, e loro vanno. Sono i buoni, Chloe. Devi credermi."

"Ma...I mercenari non sono buoni" balbettò Chloe. "Non sono assunti da chiunque abbia bisogno di fare qualcosa di sporco? Come uccidere la gente?"

Sorprendentemente, Allye iniziò a ridacchiare. Si mise una mano sulla bocca e continuò fino a quando Chloe si irritò un po'.

"Mi dispiace" rispose infine Allye. "Non sto ridendo di te. Ho detto a Gray la stessa identica cosa quando mi ha detto come si chiamavano. Il nome è da duri, lo ammetto, ma non gli si addice molto. Sono più che altro dei vigilanti. Sai, come quando un padre affronta un uomo che ha violentato la sua bambina e lo fa fuori. Potrebbero fare cose non proprio legali, ma lo fanno perché è la cosa giusta da fare. Lottano per i bisognosi. Per le persone che non possono lottare per se stesse. Rex si concentra sugli abusi contro donne e bambini. Non li sopporta proprio. I ragazzi vanno dove c'è bisogno di loro, ovunque sia. Non importa. Farebbero tutto il necessario per aiutare le donne rapite, maltrattate e perseguitate. È una vocazione, per loro".

Chloe fissò Allye incredula, dimenticandosi di avere in mano il caffè, ma l'altra donna non se ne accorse nemmeno.

"Ecco perché Ro non riusciva a dimenticarsi di te quando

ti sei presentata da lui, qualche settimana fa. Ha visto il tuo livido e ha fatto quello che ha potuto per scoprire di più sulla tua situazione. È andato al BJ per controllare le cose. Gray ha detto che sperava disperatamente che tu non fossi lì. Ma ovviamente c'eri. La sua prossima mossa, naturalmente, è stata quella di tirarti fuori da quella situazione".

"Mi ha fatto rapire" disse Chloe.

Allye la fissò, sorpresa. "Davvero?"

Chloe annuì.

Allye scosse la testa. "Non è proprio così".

"Un grosso Hummer si è schiantato contro la Mercedes di mio fratello, prima che mi rendessi conto di cosa stesse succedendo, un tizio mi ha caricato in spalla e mi ha infilato un ago nel braccio, mi ha sbattuto in macchina e via. Ora sono in questa casa, non so nemmeno dove mi trovo, indosso i vestiti di qualcun altro e non ho idea di cosa stia succedendo".

Allye si avvicinò a Chloe, ma questa si allontanò. L'altra donna si bloccò e lentamente tirò indietro la mano.

"Mi dispiace per quello che è successo" disse Allye a bassa voce. "Ma probabilmente era l'unico modo per portarti in salvo".

La bella donna aveva ragione, ma Chloe non voleva ammetterlo. Il fatto di essere stata rapita l'aveva in realtà salvata dal doversi buttare dall'auto in corsa, lì si sarebbe ferita molto di più. Chloe scosse testa. "Gli ho detto che volevo andarmene e lui non me l'ha permesso. Sono trattenuta contro la mia volontà e ho paura. Mi aiuterai?"

Allye la fissò così a lungo che Chloe non aveva idea di cosa le passasse per la testa. "Ho incontrato Gray quando si è presentato alla porta della barca su cui ero prigioniera. Sono stata rapita dalle strade di San Francisco, buttata su una barca e portata via, in mezzo all'Oceano Pacifico. Ok, forse non proprio nel mezzo, ma sembrava proprio così. Sono stata comprata da un tizio che voleva tenermi per il suo divertimento personale. Quella barca è affondata sotto di noi, io e Gray abbiamo dovuto nuotare per miglia prima che Black ci salvasse. Sarei morta, allora, ma Gray non me lo ha permesso. Si è rifiutato di farmi arrendere."

"Poi, un mese dopo, sono stata rapita di nuovo. Ma questa volta non ce l'ho quasi fatta. Se non fosse stato per Gray, Black, Ro e gli altri, sarei diventata un fenomeno da baraccone. Costretta a ballare, a scopare e a servire un uomo psicotico, pazzo e pervertito per il resto della mia vita, o così, o aspettare che si stancasse e mi vendesse ad un altro stronzo come lui. Ro è un buon uomo, Chloe. Devi solo dargli la possibilità di dimostrartelo".

Le speranze di Chloe naufragarono. Allye sembrava simpatica, ma ovviamente le era stato fatto il lavaggio del cervello. Non vedeva il lato cattivo del suo ragazzo. Non voleva ammettere che lui e i suoi amici non erano gli angeli che lei credeva.

"Tu non mi credi" disse Allye con un sospiro. "Suppongo di non poterti biasimare". Poi, invece di continuare a cercare di convincerla, si alzò lentamente.

Chloe la guardò, temendo qualsiasi cosa stesse per succedere. Mise la tazza ormai vuota a terra, accanto a lei, e si strinse le gambe con ancora più vigore.

"Spero di poter parlare di nuovo con te più tardi, Chloe" disse Allye. Poi uscì dal bagno, chiudendo la porta dietro di lei con un leggero click.

Guardando la porta incredula, Chloe rimase immobile. Pensò che fosse un trucco, che Allye sarebbe tornata con i rinforzi. Ma quando passò un minuto e non sentì nessuno entrare in camera da letto, Chloe si avvicinò lentamente alla maniglia della porta e l'afferrò. Chiuse la porta a chiave e riprese la posizione sul pavimento, accanto alla vasca.

Sapeva che la serratura non avrebbe trattenuto Ro a

lungo, ma le avrebbe dato un po' di tempo per proteggersi, se lui la stava prendendo in giro.

Ro si voltò verso le scale quando sentì qualcuno scendere. Apparve Allye - sembrava assolutamente furiosa.

"Cosa c'è che non va?" chiese Gray, saltando in piedi quando la vide.

Allye evitò le braccia di Gray e andò dritta da Ro. Anche lui si era alzato nello stesso momento di Gray; anche se era quindici centimetri più bassa di lui, Allye non esitò a colpirlo al petto. "Hai un problema, Ro".

"Io? Cosa?"

"Quella donna è spaventata a morte! Pensa che tu l'abbia rapita e che la stia trattenendo contro la sua volontà".

Ro sospirò. "Lo so. Le ho detto che l'ho fatto per il suo bene".

"Beh, lei non ti crede."

"Lo so!" sbraitò Ro. "Ecco perché ti ho mandato lassù. Per rassicurarla. Per convincerla che l'ho salvata da suo fratello".

Allye si rivolse a Gray e disse con esasperazione: "Era scioccata che mi fidassi di te, che saresti andato in quel brutto strip club e che avresti tenuto il cazzo nei pantaloni".

Gray scrollò le spalle. "Non posso dire di biasimarla. Non ci sono molte donne che vorrebbero che i loro uomini andassero in uno strip club".

Allye sbuffò, il gruppo restò in silenzio, considerando la loro situazione per qualche minuto di tensione, poi lei si rivolse a Ro. "Devi dimostrarle che non è trattenuta contro la sua volontà".

"Lo farei, se sapessi come. Non crede a una parola di quello che le dico" si lamentò lui.

"Allora devi mostrarglielo", intervenne Arrow. "I fatti

contano più delle parole".

Ro si rivolse all'amico, con i pugni stretti ai fianchi. "Scapperà".

Arrow si alzò. "Forse lo farà. Ma se non le fai vedere che non è prigioniera, scapperà comunque alla prima occasione".

Ro si passò una mano tra i capelli e cominciò a camminare. "Non l'avete vista ieri sera" disse ai suoi amici, agitato. "Era spaventata. Non voleva avvicinarsi a quella cazzo di stanza sul retro. Ma sapeva di non avere scelta. Ho fatto del mio meglio per tenerle gli occhi sul viso e non sul corpo, per mostrarle che poteva fidarsi di me. Ho pensato che quando quel maledetto timer è scattato, lei si sarebbe fidata di me. Black e gli altri dovevano solo fermare la macchina e portarla via da quegli stronzi. Non dovevano farle del male e non dovevano drogarla".

"Però, è successo. Ora bisogna fare i conti con i risultati. Non sempre le cose vanno come vogliamo noi, lo sai, Ro. Perché adesso te la stai prendendo tanto?" Chiese Arrow.

Ro si voltò verso l'amico e fece un passo verso di lui prima di rendersi conto di quello che stava facendo, e di fermarsi. "Non tentarmi di prenderti a calci in culo", lo avvertì Ro.

"Non puoi prendermi a calci in culo" rispose Arrow. "Inoltre, non vuoi prendermi a calci in culo, vuoi prendere a calci te stesso per non aver fatto tutto quello che quella donna di sopra ha bisogno per fidarsi di te". La sua voce si ammorbidì. "Questo è l'unico modo, amico. Non puoi starle addosso tutto il tempo per assicurarti che non scappi, lei non può fidarsi completamente di te finché non le dimostri che può farlo. Che non è prigioniera. Le parole contano poco, e tu lo sai".

Ro voleva reagire, ma si trattenne. Guardò Arrow negli occhi e ammise: "Mi piace. C'è qualcosa in lei che mi ha colpito la prima volta che l'ho vista. Ieri sera era spaventata, non c'è dubbio, ma era anche arrabbiata. Percepivo la sua forza da quel poco che ho visto di lei, volevo solo liberarla da suo fratello per farla diventare la donna che sento morire dalla voglia di liberarsi. Ho fatto un macello di tutta questa situazione, ma l'ho fatto perché potesse essere libera".

"Se ami qualcuno, devi lasciarlo libero, altrimenti non tornerà mai più" disse Allye sommessamente.

Gray ridacchiò accanto a lei e le mise il braccio intorno alle spalle. "Non è proprio così che si dice" disse alla sua donna. Lei scrollò le spalle e disse: "Non mi interessa. Ro sa cosa intendo. Senti, non è stupida. Se quello che hai detto è vero, che suo fratello la costringeva a fare cose in quel brutto locale di spogliarelli, non tornerà da lui di corsa. Ma più a lungo la terrai qui e le farai credere di essere tenuta prigioniera, più difficile sarà convincerla a fidarsi di te".

Ro sapeva che i suoi amici avevano ragione, ma il pensiero di uscire dalla porta e di lasciare Chloe vulnerabile gli faceva proprio male. Voleva tenerla al sicuro, per assicurarsi che suo fratello non potesse più metterle le mani addosso. Non poteva farlo se lei se ne andava in giro per la città da sola.

Chinando la testa e strofinando il retro del collo, Ro sospirò. "Ok. Gli altri stanno andando al The Pit, giusto?"

"Sì, credo che Meat abbia detto che voleva trovarci lì verso mezzogiorno."

Ro guardò il suo orologio. Avevano circa trenta minuti per arrivare. "Gray, puoi darmi un passaggio?"

"Ma certo."

"Aspettatemi fuori. Arrivo subito" disse Ro ai suoi amici.

Arrow e Gray annuirono, Allye gli diede un grande abbraccio. Se ne andarono senza dire una parola, sapendo che quello che stava per fare era estremamente difficile per lui.

Facendo un respiro profondo, Ro si preparò a mostrare a Chloe che poteva fidarsi di lui, anche se questo andava contro tutto ciò a cui aveva dedicato la sua vita negli ultimi cinque anni.

CAPITOLO OTTO

CHLOE CORSE RAPIDAMENTE verso la stanza in cui si era svegliata e aprì la porta. Si sedette sul bordo del letto e aspettò qualsiasi cosa stesse per succedere.

Il cuore le martellava nel petto. Aveva imparato che il modo migliore per ottenere informazioni, mentre viveva a casa del fratello, era spiarlo. Leon non le diceva nulla, il più delle volte rischiava di essere punita. Aveva imparato a comportarsi in modo spaventato e sottomesso intorno a lui, perché era quello che lui voleva che facesse. Aveva funzionato abbastanza bene da ingannare Leon, ma non era sicura che avrebbe funzionato con Ronan.

Dopo che Allye aveva lasciato il bagno, Chloe era rimasta seduta nella stanza chiusa a chiave per un minuto o due prima di costringersi ad alzarsi e andare in punta di piedi per portarsi verso la porta della camera da letto. Fu sorpresa nel trovarla aperta, ma approfittò rapidamente del trambusto del piano di sotto e si inoltrò nel corridoio. Aveva sentito gli altri parlare al piano di sotto e si era seduta sulla scala, fuori dal loro campo visivo, ad ascoltare la fine della loro conversazione.

"Per favore, per favore, per favore", supplicava in silenzio. "Lasciami in pace, così posso andarmene da qui". Non sapeva cosa avrebbe fatto per il suo passaporto, o per procurarsi dei vestiti che le andassero bene, ma lo avrebbe scoperto più tardi. L'importante era fuggire. Il suo obiettivo era rimasto invariato, anche se ora doveva fuggire dalla casa di Ronan invece che da quella di Leon.

Nel giro di pochi minuti, sentì il pesante rumore di passi sulle scale.

Chloe fece il possibile per cercare di mantenere neutra la sua espressione facciale. L'ultima cosa che voleva era che Ro capisse che aveva origliato lui e i suoi amici.

Ro bussò alla porta e Chloe si accigliò, chiedendosi perché non fosse entrato. Quella era casa sua, dopotutto. Ne aveva tutto il diritto.

Quando lui bussò di nuovo, Chloe disse: "Entra".

La manopola girò, ed ecco Ro. Stava in piedi sulla porta, non andò verso di lei. Le lasciò i suoi spazi. "Devo uscire per un po'" le disse.

Sì!

Chloe voleva saltare dalla gioia, ma si limitò ad annuire.

"So che non ti fidi di me, ma non sei prigioniera qui. Sei a casa mia. La stessa in cui sei capitata l'altra volta. Siamo un po' lontani da qualsiasi altra casa, ma entrambi i miei vicini sono amichevoli".

Le sopracciglia di Chloe si abbassarono. Perché le parlava dei suoi vicini?

"Non avevi le scarpe quando sei arrivata ieri sera. Probabilmente le hai perse da qualche parte tra la macchina di tuo fratello e l'Hummer. Le mie non ti andranno bene, ma se infilassi dei calzini sulle punte degli stivali, probabilmente ti andrebbero bene, almeno per un po'. Vado in centro per incontrare i miei compagni di squadra. Parleremo di tuo fratello e di cosa diavolo sta succedendo."

"Sei al sicuro qui, Chloe. Lui non sa dove sei - almeno pensiamo, non lo sa ancora. Non ho avuto molto tempo per fare progetti, ieri sera, mi scuso per come sono andate le cose. Non volevo spaventarti, ma sapevo anche che dovevamo aspettare che tu fossi lontano dal club e dagli scagnozzi di Harris prima di portarti via. Se avessi avuto più tempo, mi sarei inventato qualcosa che non ti spaventasse così tanto. Ho lasciato alcune cose per te al piano di sotto. Io..."

Allora esitò, e Chloe si trovò a chinarsi in avanti, volendo alzarsi e rassicurarlo in qualche modo, folle a dirsi.

"Spero che deciderai di fidarti di me. Dicevo sul serio. Non ti farò mai del male, e farò tutto ciò che è in mio potere per evitare che qualcun altro ti faccia del male. Ma come mi hanno detto i miei amici al piano di sotto, la fiducia non è qualcosa che si può prendere. Deve essere data. Spero che ti prenderai un po' di tempo per rilassarti. Prendi degli antidolorifici". Fece un cenno con la testa sul tavolo accanto al letto. "Ne troverai tanti nel mio armadietto dei medicinali. Puoi scegliere quelli che pensi possano funzionare meglio per te. Trova qualcosa da mangiare, guarda la televisione, fai quello che vuoi. Tornerò più tardi e ti aggiornerò su ciò che Meat ha scoperto su tuo fratello. Poi potremo discutere di quali saranno i nostri prossimi passi".

Con un lungo, ultimo sguardo, uno sguardo che Chloe non riusciva a interpretare, Ro chiuse la porta.

Lo scatto del chiavistello suonò forte nella stanza silenziosa, Chloe trattenne il respiro in attesa di sentirlo chiudere dall'esterno. Quando non accadde nulla, si avvicinò con cautela e girò la manopola. Si aprì immediatamente. Chloe ne fu sorpresa.

Sentì Ro al piano di sotto, udì lo scatto di un'altra porta, poi il silenzio.

Chloe tornò a letto e si sedette. Aspettava. Cosa, non lo sapeva. Ma era convinta che fosse una trappola. In nessun modo Ro l'avrebbe lasciata da sola in casa sua, anche se i suoi amici l'avevano avvertito che lei non si fidava di lui.

Sentendo il rumore dell'accensione di un motore, Chloe corse alla finestra e guardò fuori. Vide un'Audi nera che percorreva il vialetto con dietro un vecchio pick-up malconcio.

Ci vollero altri dieci minuti di silenzio perché Chloe trovasse il coraggio di lasciare la camera da letto. Camminò più lentamente possibile fino alla cima delle scale e aspettò ogni segno che Ro, o uno dei suoi amici, fosse rimasto indietro per vedere se lei avrebbe provato a scappare. Per coglierla sul fatto e punirla. Quando non sentì niente, o nessuno, scese lentamente le scale.

Una volta scesa, si guardò intorno. Il soggiorno era vuoto. Così come la cucina. Stava per dirigersi verso la porta d'ingresso quando qualcosa attirò la sua attenzione. Girandosi, Chloe fissò il tavolo della sala da pranzo. O meglio, quello che c'era sul tavolo.

Guardandosi intorno ancora una volta, e non vedendo nessuno, Chloe andò verso il tavolo. C'era una lettera accanto a vari oggetti. Raccogliendola, la lesse:

Chloe,

Vorrei che la mia parola fosse abbastanza rassicurante da farti fidare di me, ma come mi ha detto il mio amico Arrow, devo guadagnarmi la tua fiducia invece di esigerla. Capisco che tu ti senta a disagio, lo sarei anch'io se fossi nei tuoi panni. Per la cronaca, voglio che tu rimanga. Sarai più al sicuro qui con me che da sola. Voglio aiutarti a far sì che tuo fratello non possa più raggiungerti. Ma ti capisco, se non mi credi. Se hai bisogno di scappare.

Ho lasciato le chiavi della mia McLaren per te. Prendile. Vale un bel po' di soldi se la vendi, il che ti aiuterebbe a lasciare la città. È una 650S. Non prendere meno di 100.000 dollari. L'ho comprata per molto di più, ma questo è il prezzo minimo che dovresti ottenere. Ti consiglio di andare da Bob's Auto Sales. Lo so, è un nome ridicolo, ma Bob è un mio amico, sono anni che vuole mettere le mani sulla mia McLaren. Si comporterà bene con te, e pagherà in contanti.

Ammetto che questa macchina non è proprio discreta; se preferisci, ci sono due veicoli nel mio garage, in questo momento, li ho appena riparati. Sono una Accord e una Kia. Le chiavi sono sui ganci all'interno della porta del garage. Prendi una delle due. Mi occuperò dei proprietari e dirò loro che è stata rubata, ma dovresti avere abbastanza tempo per uscire dalla città e scambiare le targhe prima che questo accada.

Ti lascio anche tutti i soldi che ho a disposizione. Mi dispiace che non siano di più.

Non ho vestiti che ti stiano bene, ma sentiti libera di prendere tutto quello vuoi. Magliette, boxer, qualsiasi cosa.

Sono andato a fare la spesa solo un paio di giorni fa, quindi ho un sacco di cibo. C'è una borsa che puoi usare nell'armadio del salone. Puoi fare un bel po' di scorte per campare fino a quando non arrivi in un posto sicuro.

Ho anche lasciato un paio di telefoni usa e getta non rintracciabili. Li ho presi per lavoro; a volte le donne che aiutiamo hanno bisogno di un modo per rimanere inosservate per un po' di tempo, per allontanarsi da chi abusa di loro. Prendili.

Non c'è trucco, non c'è inganno. L'unica cosa che ho sempre voluto è che tu fossi al sicuro. Se non sarai qui al mio ritorno, ti auguro buona fortuna. Se mai avrai bisogno del mio aiuto, però, io sono qui. Puoi chiamarmi, e io verrò da te, non importa dove sei.

Spero di vederti presto.

Ro

PS. So che prima eri sulle scale, nel caso non avessi capito il riferimento di Allye, ecco il detto completo:

Se ami qualcosa, lasciala libera.

Se ritorna, è tua.
Se così non fosse, non era destino.

Chloe fissò la lettera con il cuore di nuovo in subbuglio, poi la abbassò per guardare la pila di roba sul tavolo. Due telefoni, ancora nella loro confezione, un set di chiavi della macchina e un mucchio di soldi.

Senza toccare nulla, si guardò intorno e si diresse verso il luogo indicato per il cibo. Scoprì una dispensa piena fino all'orlo. La chiuse e si diresse verso la porta principale.

Ci vollero alcuni tentativi, ma alla fine ha trovò quello che cercava. Il garage.

Aprì la porta e fissò l'elegante e lussuosa macchina sportiva lì custodita. Era nera e sembrava decisamente costosa. Non aveva mai sentito parlare di una McLaren, ma guardando il veicolo poteva immaginare che valesse almeno i centomila dollari che secondo Ro quel tale di nome Bob avrebbe pagato. Centomila dollari le sarebbero bastati per molto tempo. Avrebbe potuto andarsene molto lontano da Colorado Springs e da suo fratello.

Invece di correre in casa per prendere le chiavi e decollare, cliccò il pulsante per aprire la porta automatica e sussultò per il rumore acuto del meccanismo. Strizzando gli occhi al sole del Colorado, Chloe uscì e guardò alla sua sinistra. Si ricordò di aver trovato quel vialetto un paio di settimane prima, dopo che Leon l'aveva costretta a scendere dall'auto come punizione. Aveva camminato lungo la strada vuota per almeno un chilometro e mezzo prima di imbattersi nel vialetto di Ro. C'era un altro edificio sulla sinistra della casa. L'officina del meccanico. Ci si avvicinò e vide, proprio come aveva detto lui, una Honda Accord e una Kia. Su una delle pareti era appesa anche una tavola di legno con due mazzi di chiavi. Non aveva mentito.

Deglutendo rumorosamente, Chloe tornò in casa attraverso il garage e premette il pulsante per chiuderlo. Tornò in sala da pranzo e fissò i soldi, le chiavi e il telefono.

Tenendo ancora in mano il biglietto, si diresse in salotto, si sedette sul divano, accavallò le gambe e provò a mettere ordine nei suoi pensieri.

Non aveva idea di quanto tempo Ro sarebbe stata via. Doveva infilare la roba in una di quelle borse di cui parlava Ro e andarsene da lì. Ma...

Gli occhi tornarono in fondo. Al post-scriptum.

Se ami qualcosa, lasciala libera.

Sapeva che Ro non voleva lasciarla da sola.

Sapeva che non voleva che se ne andasse.

Ma fidarsi di lui sarebbe stato un salto di fiducia enorme, Chloe non era sicura di riuscire a farlo. Non da quando la persona di cui avrebbe dovuto potersi fidarsi di più in al mondo, la sua stessa carne e il suo stesso sangue, l'aveva venduta. Letteralmente.

Ma tutto quello che Ro aveva fatto dal giorno in cui l'aveva conosciuto era stato a suo beneficio.

Le aveva prestato il suo telefono. Era preoccupato per il livido sulla schiena. Era andato a cercarla al club dopo aver scoperto che il fratello ne era il proprietario. Aveva dato a Dan quattrocento dollari per portarla in una stanza privata, in modo che non dovesse servire qualcun altro. Aveva chiesto ai suoi amici di prenderla da sotto il naso del fratello. Le aveva medicato la ferita alla testa. Aveva invitato altri amici per cercare di farla stare meglio.

E infine, l'aveva lasciata sola. Le aveva dato tutto ciò di cui aveva bisogno per andarsene da Colorado Springs e da suo fratello, una volta per tutte.

Sapeva che c'erano buone possibilità che se ne fosse andata al suo ritorno, ma l'aveva fatto comunque.

Tutto per dimostrarle che poteva fidarsi di lui.

Le lacrime le punsero gli occhi, ma lei si ostinò a trattenerle.

Non voleva andarsene. Era passato molto tempo da quando aveva avuto qualcuno dalla sua parte. Scoprì che la sensazione le piaceva. Molto.

Il pensiero di andarsene e di stare da sola non l'allettava. Certo, era il suo piano fin dall'inizio, ma dopo essere stata la destinataria della preoccupazione di Ro e dei suoi amici, improvvisamente non era più così entusiasta di andare da sola nel crudele mondo là fuori.

Pensare che Leon in qualche modo la trovasse e la trascinasse a casa sua, o al BJ, era terrificante. Chloe sapeva che molte delle donne che lavoravano allo strip club non erano lì per scelta. Aveva visto gli sguardi cupi e disperati nei loro occhi. Era ovvio che Leon aveva appeso una spada di Damocle sopra le loro teste. Le aveva in qualche modo costrette a fare quello che voleva.

Chloe rifletté sul bordello che gestiva Leon. Per la prima volta, si chiese se quelle donne fossero lì di loro spontanea volontà. Ne dubitò fortemente.

Improvvisamente Chloe si sentì male, si chinò a fare dei respiri profondi per evitare di vomitare. Voleva fare la loro stessa fine? Assolutamente no.

Ricordando quanto Allye fosse stata aperta e amichevole, Chloe ammise a malincuore che non era affatto come le donne del club. Non era stata costretta dal suo ragazzo. O da Ro. Chloe voleva fidarsi di lei. Voleva fidarsi del fatto che i Mercenari di Montagna fossero una cosa reale. Ricordò che i tre uomini della sera prima non avevano cercato di farle del male durante il rapimento. Anche dopo aver morso il tizio che la teneva in braccio, lui non l'aveva colpita. Non si era vendicato. Chloe sapeva che se l'avesse fatto a Leon o a uno dei suoi scagnozzi, l'avrebbero picchiata a sangue.

Aprendo gli occhi e di nuovo seduta con la schiena dritta,

Chloe osservò la casa di Ro. Aveva un televisore costoso, il divano sotto di lei era di buona qualità, ma niente di pretenzioso. Lo stesso Ro era stato prudente e amichevole con lei. Non le aveva urlato contro. Non l'aveva costretta a fare niente, nemmeno a prendere le pillole che le aveva lasciato.

Ricordare quanto dolcemente l'avesse tenuta tra le braccia mentre piangeva fu il punto di svolta. Ro non l'aveva presa in giro e non sembrava nemmeno irritato dalle sue lacrime. Leon sghignazzava sempre, quando lei si arrabbiava. Le diceva di farsene una ragione e di smettere di comportarsi come una bambina.

Forse si sarebbe pentita della sua decisione. Forse si sarebbe guardata in quel momento, dal futuro, e si sarebbe voluta prendere a calci in culo da sola. Ma decise di rimanere. Voleva cercare di fidarsi di Ro e dei suoi amici. Se avesse pensato che Ro la stesse prendendo in giro, bene, se ne sarebbe andata in un secondo momento.

A decisione presa, Chloe si sentì come se le fosse stato tolto dalle spalle un peso di dieci tonnellate. Respirò più facilmente, la vita non sembrava così disperata come venti minuti prima.

Ro si era fidato di lei. Lasciandola da sola, in casa sua, con le sue cose. Sperando che lei non se ne fosse andata appena lui avesse girato le spalle.

Una volta presa la decisione di restare, riemerse una parte di ciò che Allye le aveva detto poco prima. Mercenari di Montagna. Era un nome accattivante per un gruppo di uomini che non faceva niente di vagamente simpatico. Se quello che Allye aveva detto era vero, l'avevano salvata da una vita da schiava del sesso. Chissà quante altre donne avevano salvato? Chloe doveva ringraziare la sua buona stella di aver vagato nel garage di Ro. Se non l'avesse fatto...

No, non se ne sarebbe andata.

Era finalmente al sicuro.

Per la prima volta dopo tanto tempo, Chloe si rilassò. Completamente. Non doveva preoccuparsi di chi la guardava e di cosa avrebbe riferito al fratello. Non doveva preoccuparsi che Leon irrompesse nell'ufficio chiedendo un resoconto di come aveva trascorso ogni minuto dell'ultima ora... O che le facesse del male se a lui non fosse piaciuta la risposta. Non doveva preoccuparsi che lui portasse a casa uomini a caso e le dicesse di uscirci. Non doveva preoccuparsi della contabilità, dei soldi o della mafia.

Poteva essere se stessa, e basta.

Con questo in mente, Chloe tolse la coperta dallo schienale del divano e si rannicchiò su un fianco, adagiata sui comodissimi cuscini. Fissò le grandi finestre panoramiche, guardando gli alberi ondeggiare nella leggera brezza, e cadde rapidamente in un sonno profondo e rilassato per la prima volta dopo molto tempo.

———

Due ore dopo, Ro si trovò davanti alla sua porta di casa, sentendo fitte di paura. Ed era un uomo che non aveva paura di niente! Aveva affrontato teppisti con coltelli e pistole, persino dei terroristi con le bombe. Ma stare lì, chiedendosi se sarebbe entrato in casa sua per trovarla vuota, era terrificante.

Facendo un respiro profondo, spinse la porta, poi la chiuse silenziosamente dietro di sé.

La prima cosa che fece fu guardare sul tavolo della sala da pranzo. I soldi e le altre cose che le aveva lasciato erano ancora lì.

Ro chiuse gli occhi, sollevato, e lasciò andare un sospiro che non sapeva di avere in corpo.

"Chloe?" chiamò.

Nessuna risposta, così si recò immediatamente sulle scale

e salì nella sua stanza. La porta era socchiusa, sbirciò dentro. Niente Chloe. Anche la porta del bagno era aperta, la luce era spenta. Ro rimase a lungo in piedi sulla porta, confuso.

Preso da sgomento, Ro si girò e corse giù per le scale. Andò dritto alla porta del garage e la aprì. Fissò la sua amata McLaren, ancora lì nel suo parcheggio. Premette il pulsante per aprire la porta del garage e aspettò impaziente che si alzasse. Appena si alzò abbastanza in alto, si abbassò e uscì sul suo vialetto. Arrow era già andato via, ma in quel momento non gli importava nulla del suo amico.

Ro guardò verso il suo garage e restò esterrefatto - entrambi i veicoli citati nella lettera erano lì.

Se Chloe non aveva preso i suoi soldi o le sue macchine, dove diavolo era?

Ro tornò in casa, tirando fuori il telefono per chiamare i rinforzi. Aveva detto che l'avrebbe lasciata andare, ma non poteva vivere con sé stesso se lei se ne fosse andata in giro con i suoi vestiti larghi, senza soldi e senza telefono. Sarebbe stato troppo facile rapirla, per quel coglione del fratello.

Proprio mentre digitava furiosamente il numero di Rex, Ro si fermò a fissare il suo divano.

Chloe era lì. Era raggomitolata sotto la coperta che di solito lui metteva sul bordo del divano. Tutto quello che riusciva a vedere era un po' dei suoi capelli neri.

Spegnendo il telefono e rimettendolo in tasca, Ro crollò sulla sedia accanto al divano e si limitò a guardare la sua ospite, decisamente sollevato.

Non se n'era andata.

Non solo, ma stava dormendo.

Dormendo.

Sapeva bene che la maggior parte delle donne che erano in fuga, o maltrattate, raramente dormivano tranquille. Erano nervose e agitate, incapaci di concedersi un sonno profondo.

Ma il fatto che Chloe avesse continuato a dormire mentre

lui la chiamava per nome, aprendo e chiudendo le porte e facendo baccano, diceva molto.

Ro non seppe quantificare il tempo in cui rimase lì seduto a guardarla dormire. Fu lo squillo del suo cellulare a scuoterlo da quello stato. Lo ripescò velocemente dalla tasca, ma non abbastanza velocemente da evitare di disturbare Chloe.

Anche mentre portava il dispositivo all'orecchio, lei tirò giù la coperta mentre apriva gli occhi. Non si svegliò come la maggior parte delle persone, ovvero lentamente e in modo confuso. Si svegliò nervosa e vigile.

Che scena familiare. Troppo familiare.

"Pronto?" disse Ro, senza smettere di fissare Chloe.

"Leon Harris è incazzato da morire" disse Rex. Il programma che usava per camuffare la sua voce lo faceva sembrare un po' computerizzato, ma l'emozione era comunque facile da sentire. Il capo non era contento.

Ro fece una smorfia e distolse lo sguardo da quello di Chloe. "Rex" disse a titolo di saluto.

Il suo capo non gli diede la possibilità di dire altro. "Sono contento che tu sia riuscito a recuperare la sorella, lì, ma hai visto il telegiornale? Harris ha un sacco di fottuti giornalisti a casa sua, tra dieci minuti apparirà in diretta su un notiziario".

"Lui sa dove si trova?" chiese Ro, non curandosi di nient'altro al momento. Vide gli occhi di Chloe spalancarsi alla sua domanda. Si alzò rapidamente, stringendosi la coperta come se potesse proteggerla da suo fratello. E questo fece infuriare Ro.

"Non ne ho idea. I miei contatti dicono che al momento sta indagando su tutti quelli che hanno parlato con la sorella ieri sera, cercando di capire se può fare un collegamento tra la sua scomparsa e il club. È sconvolto dal fatto che sia stata rapita, ma le sue azioni sembrano più arrabbiate che preoccupate".

Ro non sentiva Rex così agitato da molto tempo. "Non mi

sorprende. Non ho parlato con Chloe di tutto quello che ha passato, ma ho la sensazione che suo fratello le abbia reso la vita un inferno. Meat ha fatto in modo che non ci fossero telecamere di sorveglianza nel luogo dell'acquisizione", disse al suo capo. "Alla fine potrebbe capire chi sono, ma non avrà alcuna prova che i Mercenari di Montagna abbiano fatto qualcosa".

"Questo non va bene" disse Rex. "E se alla fine ti riconosce dalla tua seduta privata con Chloe, la tua casa è il primo posto in cui verrà a cercarti. Quella sua ragazza è stata anche a casa tua. Se fanno il collegamento, non puoi restare lì. L'attenzione su di te significa attenzione sulla squadra, il che non va bene. Siamo in grado di fare quello che facciamo solo perché ce ne stiamo nascosti. Se un filmino porno con uno dei miei agenti viene sparso per tutta Internet, ed è sospettato di un fottuto rapimento, non andrà bene per i Mercenari di Montagna".

Ro si spostò in avanti e afferrò il telecomando, cliccando sulla televisione. Si sentì male per il fatto che Rex fosse arrabbiato, anche se alla fine Chloe era quella importante. Ma se avesse dovuto lasciare la squadra per far sì che restasse in vita, l'avrebbe fatto.

Appena il pensiero gli passò per la testa, Ro si bloccò. Davvero avrebbe lasciato la squadra a causa di una donna?

Si girò a guardare Chloe. Lei lo fissava con grandi occhi marroni. Il livido sul lato della fronte sembrava osceno, sulla sua carnagione pallida. Lei sembrava preoccupata, ma lui poté vedere anche il fuoco nei suoi occhi. Era la determinazione a non tornare ad essere alla mercé del fratello.

In quel momento, si rese conto che sì, lo avrebbe fatto. Avrebbe lasciato i Mercenari di Montagna per lei. Meritava una vita senza doversi preoccupare di nulla se non di fastidiosi autisti, di arrivare puntuale al lavoro, di cosa preparare per cena e di altri normali inconvenienti quotidiani.

Lui non era innamorato di lei, né lei di lui... Ma ciò non toglieva che ci fosse qualcosa in lei che gli faceva venir voglia di uccidere tutti i suoi draghi. Ro ebbe l'improvviso pensiero che se mai avesse voluto amare qualcuna, lasciarla entrare in tutta la merda che aveva fatto e visto nella sua vita, poteva essere lei.

"Il club era buio, ho fatto quello che ho potuto per tenere la faccia nascosta per tutto il tempo. Se mi riconosceranno, organizzerò il nostro soggiorno altrove. Ehi, c'è il giornalista. Ti richiamo," disse a Rex, poi riattaccò senza dire una parola. Ro sapeva che l'avrebbe pagata dopo, ma voleva sentire cosa avrebbe detto Harris. Con che cosa aveva a che fare.

Spostandosi sul divano accanto a Chloe, Ro fece in modo di lasciare un paio di centimetri tra loro. Voleva portarla verso di lui e rassicurarla, ma c'erano già state abbastanza emozioni per quel giorno. Ro voleva anche ringraziarla per essere rimasta. Per essersi fidata di lui. Ma in quel momento avevano altre cose di cui preoccuparsi. Inoltre, forse era meglio lasciar perdere. Lei aveva deciso di restare; lui doveva supporre che questo significasse che si fidava di lui. Almeno un po'. Poteva iniziare a lavorare da questo punto.

"Che succede?" chiese lei tranquillamente.

Ro trovò un canale con un reporter fuori dalla casa di Leon Harris e smise di cercare la conferenza stampa. Si rivolse a Chloe. "Sembra che tuo fratello non sia contento che tu sia sparita. Sta usando la stampa per trovarti".

Chloe impallidì, stringendo i denti, Ro voleva prendersi a calci in culo. Corse il rischio e le mise una mano sulla coperta che aveva appoggiata sul ginocchio. "Non ti troverà".

Lei scosse la testa. "Farà del suo meglio. Non lo conosci".

"Conosco degli stronzi proprio come lui. E ti dico, tesoro, tra me e i miei amici, lo supereremo in astuzia e ti terremo al sicuro".

"Forse per ora" ammise lei. "Ma tra una settimana? Un

mese? Un anno? Non posso restare nascosta qui in casa tua per sempre. Lui è uno che porta rancore. Non dimenticherà mai. Devo andarmene dalla città, proprio come avevo pianificato. Forse andare in Messico, o meglio ancora, a Timbuktu".

Ro si acciglio. Aveva ragione. Poteva tenerla nascosta per un po', ma Harris viveva a Colorado Springs. Se Chloe avesse voluto restare, sarebbe stata ancora alla sua mercé. Ogni volta che andava al supermercato, o da un parrucchiere, o anche al lavoro, avrebbe dovuto guardarsi alle spalle per vedere se suo fratello fosse in agguato. L'opzione migliore sarebbe trasferirsi, magari nel programma di protezione dei testimoni.

Il pensiero di non rivederla mai più non fu affatto positivo per Ro.

Non rispondendo al suo commento, dato che non sapeva cosa dire, Ro si voltò verso la televisione. Una bella giornalista bionda sorrise alla telecamera. I capelli le soffiavano nella leggera brezza, e sembrava che fosse in piedi a un evento di beneficenza piuttosto che fuori dalla casa di un uomo preoccupato per la sorella scomparsa.

"Grazie per averci raggiunto. Come probabilmente saprete, Chloe Harris, sorella dell'imprenditore e filantropo Leon Harris, è scomparsa da quasi dodici ore. Il capo della polizia parlerà tra un momento e ci aggiornerà su ciò che si sta facendo per trovare la signora Harris, ma prima sentiremo il signor Harris in persona".

Ro strinse gli occhi in due fessure quando il fratello di Chloe uscì dalla porta d'ingresso della sua villa e si mise in bella mostra con la sua ragazza Abbie.

Aveva un aspetto impeccabile, indossava un abito grigio con una camicia bianca e una cravatta grigia. I suoi capelli erano pettinati all'indietro, aveva l'aspetto più disinvolto e brillante che mai...Non sembrava certo un fratello in lutto. Abbie stava al suo fianco con un vestito bianco scollato. I suoi capelli erano perfettamente ordinati, il suo trucco era stato applicato con una mano pesante. Si tenevano per mano quando Leon cominciò a parlare.

"Mia sorella è scomparsa. Stavamo tornando a casa da una serata fuori, ieri sera, e abbiamo avuto un incidente d'auto. Quando abbiamo ripreso conoscenza, Chloe era sparita. La sua borsa era in macchina, sembrano esserci segni di lotta. Abbiamo contattato tutti gli ospedali della zona, anche quelli di Denver, senza alcun risultato. Sono convinto che qualcuno ci abbia messo fuori combattimento e abbia rapito mia sorella di proposito. Non riesco a credere che questo stia succedendo, ho tanta paura per lei. Ho personalmente messo una ricompensa di cinquantamila dollari per qualsiasi informazione che possa portare a lei, su chi l'ha portata via dalla sua amata famiglia".

Leon guardò verso la telecamera, Ro sentì Chloe rabbrividire accanto a lui. Senza pensarci, si avvicinò e le mise un braccio intorno alle spalle. Sembrò che lei si sciogliesse inconsciamente nel suo fianco, afferrandogli la camicia stretta nel pugno. La sua attenzione era sullo schermo, ma lei lo teneva stretto come se fosse l'unica salvezza tra lei e il mostro che le stava davanti... Probabilmente era proprio così.

"Se tenete prigioniera mia sorella, per favore, lasciatela tornare a casa. Tutto quello che voglio è che Chloe torni qui. Lei è una parte importante di questa famiglia, ci manca molto. È vulnerabile, ultimamente non è stata bene. Ha bisogno della sua famiglia e delle sue cure. Farò tutto il necessario per riportarla a casa, tutto il possibile. Grazie".

Ro guardò Chloe. "Hai bisogno di cure?" chiese. Non aveva nemmeno pensato che potesse avere qualche tipo di malattia o problema medico.

Lei scosse la testa, decisa. "No. Stronzate. Sta mentendo."

Non dubitò di lei per un secondo. Lei gli aveva risposto automaticamente. Ro spense la televisione, sapendo che Rex e gli altri lo avrebbero tenuto aggiornato su qualsiasi informazione la polizia avesse avuto. Si sentiva fiducioso, in quel momento, del fatto che il mondo esterno non conoscesse molti dettagli. Black, Ball, e Meat erano stati attenti sulla scena, ne era sicuro. Anche se Chloe li aveva affrontati, non c'erano grandi prove.

"E ora che facciamo?" chiese Chloe, alzando lo sguardo verso di lui.

"Informazioni" disse subito Ro.

"Come?"

"Informazioni. Ne abbiamo bisogno. Non possiamo combattere Harris, senza saperne di più su di lui". Ro non aveva spostato il braccio dopo averla confortata, e si rese conto che gli piaceva averla vicina. "La conferenza stampa di tuo fratello ci costringerà a muoverci velocemente, io e la squadra abbiamo bisogno di quante più informazioni possibili su Harris".

Chloe aprì la bocca per replicare, ma lui la anticipò.

"...Ma non oggi. Per il resto della giornata ci rilasseremo e basta. Se vuoi fare un pisolino, nessun problema. Scommetto che hai fame. Tra un po' ti preparo qualcosa. Voglio che tu ti senta a tuo agio con me. Prima non ho avuto modo di dirtelo, ma...Grazie".

"Per cosa?" chiese lei, sorpresa.

"Per essere rimasta. So che non è stata una decisione facile, farò tutto ciò che è in mio potere per assicurarmi che tu non te ne penta".

La vide deglutire rumorosamente, ma lei non rispose.

"Credo che Allye tornerà più tardi...Almeno, prima mi ha detto così. Mi ha anche detto che non potrai continuare a indossare i miei vestiti per il resto della vita, concordo con lei. Le ho dato un po' di soldi, ti comprerà delle cose per aiutarti a rimetterti in sesto. Quando te la sentirai, ti darò il mio portatile, così potrai ordinare alcune cose online. Potremmo andare al negozio e prendere alcune cose di prima necessità, ma credo sia meglio per ora se ci nascondiamo, soprattutto perché l'intera città ti sta cercando. Magari riusciremo a trovare la roba lillà che usi tu. Se vuoi, dopo ti aiuterò anche a lavarti i capelli, ma per ora dovrai accontentarti del mio shampoo".

Ro si fermò nel momento in cui si rese conto che stava farfugliando. E in genere lui non balbettava mai! "Se per te va bene", aggiunse, incerto.

"La roba lillà che uso io?" chiese lei.

Scrollando leggermente le spalle, Ro disse: "Sì, è stata una delle prime cose che ho notato di te. Che profumavi di lillà".

"Oh sì, mi ricordo che avevi commentato la mia lozione. Mia madre me ne diede una bottiglia quando avevo sedici anni. Da allora non ho più usato nient'altro".

"Mi piace" le disse Ro, e la guardò affascinato mentre un leggero rossore le affiorava sulle guance. Volendo alleviare il suo imbarazzo, Ro continuò. "Quindi oggi ce la prenderemo comoda. Immagino tu abbia ancora mal di testa, stai strizzando gli occhi. Dovrei vedermi con la squadra, li incontreremo domani per iniziare a capirci qualcosa in più".

"Ti metterò nei guai" rispose lei. "Sono anni che cerco di allontanarmi da mio fratello, aspettando di avere abbastanza soldi. Aspettando il momento perfetto. Ieri sera mi sono resa conto che il mio tempo era scaduto, avevo pianificato di fare tutto il necessario per andarmene per conto mio. Ma poi sei arrivato tu e ti sei offerto di aiutarmi. Lo ammetto, ho pensato che avessi deciso fosse impossibile, dal momento che te ne sei andato senza dire una parola. Poi mi sono arrabbiata quando ho pensato di essere stata portata da una prigione all'altra, ma...Sto cercando di fidarmi di te. Di credere che non lavori per la mafia e che non mi stai solo prendendo per il culo. Ma devi sapere che, se mi stai ingannando, ho dei soldi nascosti che riuscirò a recuperare e sarò fuori di qui in un batter d'occhio. Ricevuto?"

"Forte e chiaro" disse Ro, trattenendo un sorriso. "Ma non ti sto prendendo per il culo. Mi dispiace che tu abbia pensato per un secondo che ti offrissi aiuto per poi rimangiarmi la promessa".

"Facciamo così. Farò il possibile per darti informazioni su mio fratello in cambio del tuo aiuto per uscire da questo pasticcio".

"Affare fatto" disse Ro, poi alzò lentamente il braccio dalle spalle di Chloe e si alzò in piedi. "Ma non adesso. Comincio a preparare qualcosa da mangiare. Qualche preferenza?"

Chloe si morse un labbro, poi fece un respiro profondo e gli chiese: "Un hamburger?"

A Ro piacque molto il fatto che lei lo guardasse dritto negli occhi mentre gli esponeva la sua richiesta. La maggior parte delle persone non si sarebbe soffermata su questo dettaglio, ma lui sapeva che probabilmente non era facile per lei chiedere quello voleva. La maggior parte delle donne che aveva conosciuto, dopo essere state maltrattate e picchiate, non osavano guardare negli occhi nessuno della squadra, mentre venivano salvate o trasportate verso una casa sicura. Erano timide, spaventate a morte. Ma Chloe aveva trovato la forza di guardarlo negli occhi e stava imparando ad essere onesta sui suoi bisogni. Lo intrigava e lo impressionava continuamente.

"Ho capito, tesoro. Un hamburger americano in arrivo". Voleva toccarla. Tanto che la sua mano si contrasse, ma si trattenne. Invece le fece un cenno con la testa, poi si voltò e si diresse verso la cucina. Lungo la strada, prese le chiavi della sua auto, i telefoni e i soldi che aveva lasciato per lei e li mise tutti nella ciotola decorativa al centro del tavolo. Non voleva che lei le usasse, ma non voleva nemmeno che si sentisse in trappola.

Non voleva che si sentisse *più* in trappola.

Sapeva di dover trattare con Rex. E di doversi mettere d'accordo con Meat e gli altri per organizzare un incontro il giorno successivo. Avevano parlato quel giorno, ma non erano andati molto lontano, perché tutto quello che avevano erano tante domande e nessuna risposta. Sperava che Chloe fosse in grado di riempire alcuni buchi della trama.

CAPITOLO NOVE

CHLOE SI PULÌ la bocca e si appoggiò allo schienale della sua sedia con un sospiro. L'hamburger che Ro le aveva preparato era assolutamente delizioso. Era molto ricco, ma si era sforzata di mangiarne ogni boccone. L'ultima cattiveria di Abbie era stata quella di costringerla a non mangiare carboidrati o zuccheri. Poteva mangiare solo insalata e pollo alla griglia.

Abbie si divertiva un mondo a insultare Chloe chiamandola "vacca grassa", insisteva sul fatto che avesse bisogno di perdere peso. Poi diceva che la stava aiutando ad attrarre un uomo e a sposarsi, ma Chloe sapeva che lei e suo fratello erano imbarazzati dal suo aspetto.

Fino a quando Abbie non era entrata nella vita di suo fratello, Chloe non dubitava del suo peso o del suo corpo. Sapeva di non essere magra, ma era felice così. Aveva ereditato la sua costituzione dalla madre, Chloe amava il fatto che ogni volta che si guardava allo specchio, vedeva i lineamenti della madre con la sua figura a clessidra.

Si allenava almeno tre volte alla settimana e amava fare escursioni in montagna con gli amici. Beh, con gli amici che aveva prima di essere licenziata. Il punto è che, pur non essendo considerata snella per gli standard della società, Chloe non aveva mai avuto problemi con il suo corpo.

Tutto questo finché non era stata costretta a lavorare al BJ e suo fratello continuava a provare a sistemarla con i suoi amici. Le aveva detto che sarebbero stati più interessati a lei se avesse perso peso, o se fosse assomigliata di più alle ballerine del club. Poi era entrata in scena Abbie. Così Chloe aveva subito le restrizioni culinarie. La cuoca preparava per Leon dei piatti dall'aspetto delizioso, ma lei poteva avere solo le sue tristi insalatine.

Per questo motivo si godette il ricco hamburger di Ro. Non aveva bisogno di sgattaiolare per mangiare quello che voleva. Il fatto che l'uomo la guardasse sorridendo, come se fosse perfetta così com'era, le fece molto bene – era sulla strada giusta per sentirsi di nuovo sé stessa.

"Buono?" chiese Ro.

"Delizioso" rispose Chloe, poi sbadigliò.

Ridacchiando, Ro si alzò in piedi, poi raccolse i loro piatti e si avviò verso il lavandino. "Perché non vai a sdraiarti un po'?" le suggerì.

"Non so cosa c'è che non va in me. Di solito dormo solo quattro o cinque ore a notte. La scorsa notte ho dormito molto di più. Dovrei essere sveglia, ora".

Rientrando nella sala da pranzo, Ro disse: "È lo stress. È un vero e proprio peso, per il corpo. Vuoi fare un pisolino di sopra o qui sul divano?".

"Ovunque ti disturbi di meno" disse lei.

"No" rispose Ro. "Sono finiti i giorni in cui dovevi stare attenta a quello che dicevi, a quello che facevi e a quello che mangiavi. Dimmi cosa vuoi e mi adatterò".

Chloe apprezzò quelle parole. Ro aveva ragione. Gli aveva detto cosa voleva mangiare per pranzo, ma era tornata subito alle vecchie abitudini quando lui le aveva chiesto dove volesse dormire. Si era abituata ad adattarsi a Leon e Abbie per renderli meno sospettosi nei confronti di lei e di ciò che stava progettando. Quando le venivano poste delle domande, lei rimandava automaticamente le domande agli altri.

"Il divano" disse, decisa.

"Brava ragazza" disse Ro.

Il suo elogio la face sentire ridicolmente bene.

Per la prima volta da quando si era svegliata, Chloe aveva capito che poteva trovarsi in un altro tipo di guai. Stava cominciando a piacerle molto Ronan. Era l'esatto opposto di suo fratello, grazie a Dio. Era un po' grezzo nell'aspetto; le mani avevano del grasso sotto le unghie, indossava stivali e jeans, per nulla simile all'immagine raffinata e pulita che suo fratello proiettava al mondo. Ma Ro era dieci volte...No, cento volte migliore del fratello.

In meno di ventiquattro ore, era riuscito a restituirle la fede nell'umanità, cosa che non avrebbe mai immaginato. L'aveva salvata da una vita da schiava del sesso, aveva curato la sua ferita, le aveva dato una via d'uscita, se l'avesse voluta, l'aveva nutrita e le aveva promesso di cercare di tenerla al sicuro. Era più di quanto avesse avuto per molto tempo.

"Vuoi che prenda una coperta e un cuscino dal piano di sopra?" chiese lui.

Chloe scosse la testa. "No, grazie. La coperta sul divano andrà bene".

"Ok, ma se hai freddo, fammi sapere. Allye dovrebbe essere qui tra qualche ora. Dopo aver visto cosa ha portato, se hai bisogno di qualcos'altro, puoi fare acquisti online o fare una lista, manderò Arrow o qualcuno a prendere quello che ti serve".

"Ok." Chloe era troppo sopraffatta per dire qualcos'altro.

"Oh, ma prima di sdraiarti... Scrivimi il nome della lozione lillà. Vedrò se Allye riesce a trovarla e gliela faccio portare qui".

"Va tutto bene. Posso usare qualcos'altro" disse timidamente Chloe. "Non c'è bisogno di prendersi tutto questo disturbo".

Ro fece un passo verso di lei, lo sguardo intenso nei suoi occhi la spinse a fare un passo indietro, ma Chloe non cedette. Restò ferma.

L'uomo allungò una mano e le tolse i capelli dal viso. Lei tremò al contatto di quelle dita ruvide lungo la guancia.

"Vorrei dire che lo sto facendo per te...Ma mentirei".

Deglutendo rumorosamente, Chloe fissò Ro per un lungo momento. Le piaceva il suo tocco gentile. Infine, annuì.

"Grazie" disse Ro, poi si girò e prese un blocco di appunti e una penna e glieli porse. Lei scrisse velocemente il nome della lozione che aveva usato per tutta la vita e gliela restituì. Vedere la soddisfazione negli occhi di lui le fece provare un calore nel petto. Non sentiva una sensazione simile, come di farfalle nello stomaco, da molto tempo.

"Vai, tesoro. Chiudi gli occhi per un po'," suggerì Ro. "Sono fuori in garage, se hai bisogno di me. Aspetto una consegna tra circa un'ora".

"Una consegna?"

"Qualcuno sta portando la sua auto perché io la sistemi".

"Oh. Ok."

"Grazie per essere rimasta" disse Ro con dolcezza, con un altro sguardo intenso.

"Grazie per avermi permesso di restare".

Ro sorrise e si allontanò da lei. Continuò a guardarla fino a poco prima di girare l'angolo, poi sparì.

Chloe liberò un sospiro che non sapeva di avere in corpo e si disse: "Non innamorarti di lui, Chloe. Non farlo e basta".

Poi si girò e si diresse verso il divano su cui si era svegliata non molto tempo prima. Cercando di toglierle dalla mente la conferenza stampa e la prova di recitazione del fratello, Chloe si sdraiò e chiuse gli occhi. In pochi minuti, era già nel mondo dei sogni.

Chloe fu svegliata più tardi da una mano sulla spalla. Con uno scatto si alzò da quello che pensava fosse il suo letto, nel tentativo di allontanarsi da chi l'aveva svegliata.

"Tranquilla, tesoro" disse una voce calma.

Chloe sbatté le palpebre e si ricordò tutto. Facendo un respiro profondo, cercò di far finta di non aver reagito in modo eccessivo. "Oh, ciao, Ro."

"Non ti farò del male" le disse. "Qui sei al sicuro. Lo dirò tutte le volte che avrai bisogno di sentirlo, per crederci".

Chloe fu sorpresa nel rendersi conto di aver ferito i suoi sentimenti. "Mi dispiace" disse dolcemente. "Ogni volta che Leon o Abbie mi svegliavano, erano guai".

Sospirando, Ro si passò una mano tra i capelli castani, scompigliandoli ancora di più di quanto non fossero già disordinati. "No, mi dispiace. Dovevo pensare di non toccarti così per svegliarti. L'ho fatto ad Arrow una volta, e mi ha quasi ucciso".

"Sul serio?"

"Sì, ha tirato fuori un coltello e mi ha mancato la giugulare di circa un centimetro. Per fortuna ho i riflessi pronti".

"Wow."

"Comunque, mi dispiace svegliarti, ma sono passate tre ore e Gray e Allye stanno arrivando. Ho pensato che forse avresti voluto darti una rinfrescata prima del loro arrivo".

"Tre ore?" Chloe chiese con incredulità. "Porca miseria!"

Ro ridacchiò, il suono le faceva arricciare le dita dei piedi dal piacere. "Come ho detto prima, lo stress può essere estenuante".

"Sì, credo tu abbia ragione".

"Sono venuto a vedere se volevi un aiuto per lavarti i capelli. È ancora troppo presto per bagnare quel taglio. Ci vorrà almeno un'altra notte per lasciare che l'adesivo faccia il suo effetto".

"Oh, uhm...Sì...Ma non sono sicura di come..."

"Ho una sdraio, sul retro, che penso possa funzionare. Fuori non fa troppo freddo, così ho pensato che potremmo farlo fuori. Non posso promettere che non farò un casino, ma ho pensato che fuori sarebbe stato più facile".

"Sembra logico." Chloe guardò la maglietta oversize che indossava. "Devo tenerla addosso?"

Provò a non arrossire quando lo sguardo di Ro si fermò sul suo seno. Era abbastanza ben dotata ma in quel momento non indossava il corsetto, come al club, quindi le sue tette non erano impacchettate come al solito. Ma avrebbe dovuto sapere che Ro non l'avrebbe fatta sentire a disagio.

"Sì, penso che vada bene. Allye sarebbe già stata qui se non avesse insistito a fermarsi al centro commerciale per comprarti altre cose". Ro scrollò le spalle. "All'inizio le avevo chiesto di prestarti dei suoi vestiti, ma lei si è rifiutata per qualche motivo".

Chloe fissò Ro, accigliata. "I suoi vestiti?"

"Sì. È una ballerina, Gray dice che ha una montagna di leggings, canottiere e cose del genere. Non capisco perché non abbia portato alcune di queste robe. Siete alte uguali, più o meno."

Chloe non sapeva se Ro si stesse comportando in modo volutamente ottuso o se pensava onestamente che sarebbe entrata nei vestiti di quell'agile donna. Ro non le diede la possibilità di commentare ulteriormente.

"In ogni caso, probabilmente avrà qualcosa che ti piacerà più della mia maglietta, ma per ora ci arrangeremo. Dai, andiamo".

Chloe seguì Ro, cercando di non notare quanto fosse bello il suo culo, stretto nei suoi jeans attillati, mentre si dirigevano al portico sul retro della casa. Si affacciava su una piccola radura di erba, con alberi a perdita d'occhio. Chloe inspirò profondamente, godendosi l'odore dei pini e dell'aria fresca e pulita.

Lui le indicò un punto e lei si sedette.

"Mettiti lì" le disse Ro, e Chloe obbedì. La donna si sdraiò, appoggiò il collo alla sbarra più in alto, lasciando i capelli davanti a Ro. Questi si sistemò su uno sgabello che aveva ovviamente messo all'altezza giusta.

"Chiudi gli occhi".

Chloe obbedì di nuovo. Sentì un'ondata di acqua calda, calata lentamente da un secchio, sui capelli. La sensazione fu paradisiaca.

I dieci minuti successivi furono stupefacenti. Non aveva mai avuto qualcuno che facesse questo genere di cose per lei. Prima di andare a vivere con Leon, certo, era uscita con qualcuno. In passato si era persino fatta la doccia con il fidanzato, ma lui non si era preso il tempo di lavarle i capelli.

Sentire le mani di Ro massaggiarle delicatamente il cuoio capelluto e strofinare lo shampoo sembrava strano, ma allo stesso tempo naturale. Ro non aveva fretta, non le aveva rovesciato addosso troppa acqua. Non le era entrata neanche una goccia negli occhi, capì che l'uomo stava facendo molta attenzione alla ferita sul lato della testa.

"Senti, cos'erano quelle lenti a contatto viola che avevi quando ti ho visto la prima volta?" chiese Ro, all'improvviso.

"Abbie voleva farmi sembrare più esotica". Scrollò le spalle. "Ma mi facevano un male cane, così ho fatto finta di perderne una. Non doverle indossare valeva assolutamente la pena di non poter mangiare per un giorno e mezzo". Aggiunse l'ultimo dettaglio senza pensare, solo quando si rese conto che le dita di Ro avevano smesso di muoversi sulla sua testa, aprì gli occhi e lo guardò.

Sembrava estremamente incazzato. Come se fosse sul punto di perdere la testa.

"Va tutto bene, Ro" disse Chloe. "Non è stato un gran problema. Preferisco che mi puniscano in quel modo, piuttosto che ricevere botte. E poi non è che stessi per morire di fame. Ho un sacco di grasso immagazzinato". Si accarezzò la coscia mentre lo diceva, volendo farlo ridere.

Ma Ro non sorrise.

"Non va bene" disse lui. "Odio il fatto che abbiano osato alzare le mani su di te. E tu sei perfetta esattamente come sei. Chiunque dica il contrario è uno stronzo".

Chloe non sapeva cosa dire. Era un gran bel complimento.

Dopo un attimo, Ro fece un respiro profondo e si concentrò di nuovo a insaponarle i capelli. Qualche minuto dopo, disse: "Ok, tesoro, penso che basti così".

Chloe aprì gli occhi e prima che avesse il tempo di sedersi da sola, lui era lì con una mano sulla schiena, ad aiutarla. Le aveva anche avvolto i capelli in un asciugamano per non farli gocciolare sulla schiena.

"Grazie", gli disse Chloe, una volta seduta in posizione eretta.

"Non c'è di che".

Chloe si voltò a guardare Ro per la prima volta e rimase a bocca aperta di fronte a ciò che vide. Era fradicio. Dal petto alle ginocchia, era fradicio. "Oh mio Dio, mi dispiace tanto!" esclamò.

"Per cosa?" chiese lui, visibilmente sorpreso.

"Per averti fatto bagnare così tanto".

Ro sorrise, il cuore di Chloe ebbe un tuffo. Il sorriso trasformava completamente il suo volto. Di solito era serio e intenso, ma la piccola inclinazione verso l'alto delle labbra lo faceva sembrare più leggero, più spensierato.

"Non è colpa tua, tesoro. Ho sopravvalutato la mia capacità di lavarti i capelli e di rimanere asciutto. Ma ne è valsa la pena".

Il modo in cui disse quelle ultime sei parole fece arrossire

Chloe. Ancora una volta, si fissarono intensamente negli occhi. Chloe si ricordò della sera prima, quando lei era praticamente nuda sulle sue ginocchia, e lui l'aveva rispettata abbastanza da fare del suo meglio per non metterla in imbarazzo.

Leccandosi le labbra inconsciamente, Chloe sentì la prima crepa del muro che era stata costretta ad erigere intorno a sé. Lo sguardo di Ro cadde sulle labbra di lei, lei vide le sue narici dilatarsi mentre inspirava. Spostò rapidamente lo sguardo di nuovo nei suoi occhi, ma questa volta le sue pupille erano un po' più dilatate di prima, Chloe poté leggere una sorta di emozione nei suoi occhi.

L'incantesimo tra di loro si spezzò quando l'orologio al polso di Ro si mise a vibrare. L'uomo interruppe il contatto visivo, spostando la sua attenzione sul polso. "Allye e Gray sono qui" disse. "Vai di sopra. Mando su Allye, così potete guardare i vestiti. Va bene?"

Sentendosi ancora una volta fuori posto, Chloe si limitò ad annuire. Non capiva cosa stesse succedendo tra loro. Si conoscevano da poco tempo. Non doveva sentirsi attratta da Ro. Non era solo per il suo accento sexy: era il modo in cui la trattava. Con rispetto. Con cura. Come se lei fosse davvero importante per lui.

Forse perché per tanto tempo era stata trattata come una schiava, un'indesiderata. Forse per quella situazione. Ma qualsiasi cosa fosse, Chloe sapeva di dover procedere con cautela. L'ultima cosa che voleva era innamorarsi di Ro. Lui stava facendo il suo lavoro. Tutto qui. Ok, forse anche lui poteva essere attratto da lei, ma era solo una questione di situazione. Tutto lì.

Chloe si alzò e si maledisse in silenzio quando ondeggiò e Ro la prese per il gomito per tenerla ferma. Le venne la pelle d'oca nel punto in cui lui l'afferrò e lei si chinò verso di lui, prima di rimettersi in posizione eretta.

"Grazie" gli disse dolcemente, senza guardarlo, prima di girarsi e di entrare.

———

Mentre Allye entrava in casa sua con diverse borse in mano, Ro provò a tenersi sotto controllo.

Il lavaggio dei capelli di Chloe era stato un errore da parte sua, ma non aveva saputo resistere. Voleva toccarle i capelli e vedere di persona se erano così setosi come li ricordava. Era così. La verità è che non si era nemmeno accorto che l'acqua gli colava sulle ginocchia mentre le sciacquava i capelli, perché le fissava il viso.

Chloe aveva gli occhi chiusi e aveva un piccolo sorriso sulle labbra. Aveva un aspetto sereno e rilassato, qualcosa che lui non aveva mai visto da quando l'aveva incontrata. Poi Ro aveva abbassato lo sguardo. Si era sforzato di evitare il più possibile di guardare direttamente il suo corpo da quando si erano incontrati. Nello strip club, era stata una questione di rispetto. Lei era praticamente nuda, ma siccome non voleva stare lì, gli sembrava troppo simile a uno stupro perché lui approfittasse di guardare ciò che lei non gli offriva liberamente.

La sera prima, quando lei era priva di sensi, le aveva tolto i vestiti e le aveva messo i suoi, ma, di nuovo, aveva cercato di mantenere il suo tocco clinico, aveva fatto del suo meglio per preservare il più possibile la sua modestia.

Ma mentre Chloe era sulla sdraio sul retro, con la testa all'indietro, rilassata e felice, non riuscì a trattenersi dal guardarla. Aveva proprio il tipo di corpo che lui adorava. Florido e sinuoso. Non riusciva proprio a capire il motivo per cui il fratello voleva che lei perdesse peso. I suoi seni erano grandi, anche indossando la sua maglietta extra-large, spingevano contro il tessuto. I suoi capezzoli si erano induriti a causa dell'acqua che lui le versava sui capelli, Ro aveva avuto l'immediata fantasia di far scorrere le sue mani bagnate e insaponate lungo il petto della donna e pizzicare quei capezzoli, facendoli irrigidire ancora di più.

Era un momento inopportuno - per la prima volta, gli si era indurito l'uccello vicino a lei. Chloe non aiutò, emettendo dei leggeri mugolii di piacere mentre le dita di Ro le massaggiavano il cuoio capelluto durante lo shampoo.

Non si può negare. Ro voleva Chloe. Era bella, sì, ma non era solo questo. Gli piacevano la sua forza. La sua determinazione. La sua fiducia. Quelle caratteristiche lo colpivano molto di più della bellezza.

"Sei in un bel casino" disse Gray, battendo la mano sulla spalla di Ro.

Ro sobbalzò. Aveva dimenticato che il suo amico era lì, questo non gli era mai successo.

"E allora" ringhiò lui. "Sto solo cercando di capire che cazzo sta succedendo".

Gray aveva un sorrisetto scemo in faccia. "Ceeerto. Proprio come quando ho offerto rifugio ad Allye mentre cercavamo di catturare quello stronzo di Nightingale".

"A questo proposito, vado di sopra" disse Allye, sorridendo. "Va bene?"

"Certo cara. È appena salita. Non spaventarla" la avvertì Ro.

Allye alzò gli occhi al cielo. "Non lo farò. Ho imparato la lezione la prima volta".

"Hai bisogno di aiuto con quelle borse?" chiese Gray.

Allye scosse la testa. "No amore. Grazie." Si girò e si diresse verso le scale. Le sue braccia erano piene di borse provenienti da diversi negozi. Ro sperava che fosse riuscita a trovare la lozione al profumo di lillà che le aveva chiesto di comprare. Era strano quanto fosse spaventosamente affascinato dall'odore di Chloe, non riusciva proprio a dimenticarlo.

Costretto a pensare a qualcosa di diverso da Chloe nuda che si provava vestiti o si passava la lozione su tutto il corpo, Ro si girò e si diresse verso il divano. Raccolse la coperta che Chloe aveva usato e la piegò, il leggero profumo di lillà lo rese ansioso di rivederla.

Odiando quanto ne fosse ossessionato, chiese a Gray con durezza: "Qualcuno ha parlato con Rex, ultimamente?"

Sapeva che Gray voleva prenderlo in giro, ma questi lasciò cadere l'argomento della sua nuova ospite e rispose: "Sì. Ci ha parlato Meat".

"È ancora arrabbiato?"

"Sì, ma Meat è riuscito a calmarlo, abbiamo tempo fino a domani per contattarlo con un piano".

"Un piano" disse Ro. "Abbiamo un piano?"

Gray fece una smorfia. "Speravo che tu avessi un'idea".

"Ho passato tre ore, questo pomeriggio, a pensare a tutta la situazione..."

"Fuori in garage?" chiese Gray.

Ro annuì. "Sai che penso meglio quando lavoro su un motore. Come dicevo, ci ho pensato tutto il pomeriggio e ci manca qualcosa. Qualcosa di grande. Ci deve essere un motivo per cui Leon odia sua sorella così tanto. Non è naturale. La maggior parte degli uomini fa di tutto per proteggere le proprie sorelle. Ovviamente non tutti i fratelli vanno d'accordo, ma perché l'intenso odio che Leon prova per Chloe?".

"Hmmm" rispose Gray. "Dovremo capirlo domani, quando Chloe ci dirà quello che può".

"Mi dispiace, la metteremo in mezzo a tutto questo discorso" disse Ro. "L'ultima cosa di cui ha bisogno è rivivere il suo tempo con quello stronzo".

"Lo so, ma se non capiamo la situazione, sarà sempre vulnerabile", disse Gray. "Per non parlare del fatto che non appena metterà piede fuori da questa casa, verrà riconosciuta e chiunque sia con lei verrà trascinato dalla polizia e dovrà rispondere a molte domande. Harris ha convinto tutti che sua sorella è stata rapita. Dobbiamo tenerlo a mente. Questa è la principale preoccupazione di Rex, al momento".

Ro si passò una mano tra i capelli, agitato. I suoi pantaloni e la camicia erano ancora bagnati, ma non voleva disturbare le donne del piano di sopra nella sua stanza per cambiarsi i vestiti. "Lo so. Non può tornare a casa, ma in qualche modo dobbiamo far capire che sta bene e non è in pericolo".

"Sembra che tu abbia bisogno di un drink" gli disse Gray.

"Più che altro, di una bottiglia intera" replicò Ro.

Gray gli diede una pacca sulla schiena e andarono verso la cucina.

Chloe fissò tutti i vestiti sul letto. Allye era arrivata con una dozzina di borse in mano e le aveva detto che le aveva preso "alcune cose" per tirarla su di morale.

"Alcune cose?" Chloe chiese con incredulità.

Allye rise. "Ro ha detto che i soldi non erano un problema, voleva che tu avessi abbastanza cose per poter scegliere cosa indossare e non dover fare il bucato ogni sera. Ho dovuto indovinare le tue taglie, ma ho preso della roba con l'elastico in vita, nel caso in cui avessi sbagliato le misure". Poi l'altra donna iniziò a svuotare le borse e a mostrarle quello che aveva comprato.

Un timido sorriso si formò sul viso di Chloe, alle parole di Allye. Il pensiero che Ro non pensasse ai soldi, ma solo al suo conforto, la fece sentire bene. Davvero bene.

Allye sorrise dicendo: "Ro non è obbligato a farti stare qui, Chloe".

"Che cosa intendi dire?”

"Rex ha un sacco di contatti. Voglio dire, una tonnellata di contatti. Questo è quello che fanno i Mercenari di Montagna.

Aiutano a tirar fuori le donne dalle brutte situazioni. Ro avrebbe potuto chiedere a Rex di metterti in contatto con una delle sue risorse secondarie. Sai, tipo in un rifugio? Saresti al sicuro lì, tanto quanto lo sei qui. Ma per qualche ragione, Ro si è rifiutato di considerare quest'opzione. Sono sicura di questo, so che è stato Gray a suggerirlo. Ma tu sei ancora qui. Ro mi ha dato i suoi soldi per comprarti delle cose da indossare. Ha insistito anche perché ti trovassi questo". Allye tirò fuori una bottiglia da una piccola borsa che aveva in mano.

Chloe riconobbe subito la marca della sua lozione.

"Lo dirò una volta sola, poi non ne parlerò mai più... Ma sento di doverlo fare".

Chloe si irrigidì.

"Non fargli del male" disse Allye. "Questi ragazzi...Sono dei veri duri. Soldati professionisti. Possono spaccare il culo come pochi. Si mettono in situazioni che nessun altro vorrebbe vivere. Corrono grandi rischi, fanno tutto il necessario per salvare le donne in difficoltà. Non conosco ancora così bene gli altri ragazzi, ma conosco Gray, e ho la sensazione che nel profondo, in un modo o nell'altro, siano tutti traumatizzati. Sono tutti impegnati a salvare donne e bambini dai mali del mondo, ci dev'essere una ragione più profonda dietro a tutto questo, non è il solo voler fare la cosa giusta. Se Ro è un po' come Gray, una volta che decide di impegnarsi, si impegna. Smuoverà il cielo e la terra per assicurarsi che tu sia felice, contenta e al sicuro. Gray fa così, con me. So senza dubbio che Gray non mi tradirà mai, lui fa di tutto per assicurarsi che io sia soddisfatta... In ogni modo, se capisci cosa intendo".

Chloe fissò Allye con occhi spalancati, mentre l'altra donna continuava.

"Ro mi sembra lo stesso tipo d'uomo. Sto ancora imparando a conoscere i ragazzi della squadra, ma credo che non sarebbero così amici se non condividessero gli stessi valori e le stesse convinzioni. Ro si comporta come un beone inglese il più delle volte, ma è molto profondo. Gli piaci, Chloe. Mi ha sorpreso quando ti ha lasciata qui da sola. Pensava che saresti scappata. Diavolo, io pensavo che te ne saresti andata. Ma non l'hai fatto. E questo significa qualcosa per Ro."

"Dico solo che se stai usando il suo aiuto per allontanarti da tuo fratello, bene, non ti biasimo...Ma per favore, non illuderlo. Chiedi se puoi entrare nella protezione testimoni. O nel programma segreto che i Mercenari di Montagna hanno organizzato. Non stare qui a fargli credere che ci sia qualcosa tra di voi, se non è così".

Il discorso di Allye fu lungo, Chloe sentì di nuovo le farfalle nello stomaco. Non aveva pensato molto a come si sentiva Ro, perché lei stessa era così incerta e si sentiva così fuori controllo. Ma l'idea che Ro la tenesse intorno per un motivo personale era allettante. Più che attraente. Pensava a come lui le aveva lavato i capelli, a come le sue mani si erano intrecciate nel suo cuoio capelluto. Un uomo che stava semplicemente salvando un'altra donna da una brutta situazione non lo avrebbe fatto, vero?

Allye si schiarì la gola e Chloe si rese conto che stava aspettando che lei dicesse qualcosa. "Non lo ingannerò" disse Chloe in fretta. Non pensava di volere un fidanzato da molto tempo, dopo aver vissuto sotto il controllo del fratello, ma Ro non era affatto come Leon. Questi era prepotente e tendeva a fare le cose senza chiederglielo, ma Chloe in qualche modo sapeva che, se avesse obiettato o respinto, Ro l'avrebbe ascoltata e sarebbe stato flessibile.

"Fico" disse Allye con un sospiro di sollievo. "Ora, vogliamo capire quale di queste cose ti piace e vuoi tenere?"

Chloe sorrise provvisoriamente all'altra donna. "Sì. Grazie."

"Prego. Ho la sensazione che diventeremo buone amiche"

disse Allye, passando la bottiglia di lozione a Chloe e tornando verso il letto.

Guardandola maneggiare i vestiti e iniziare a metterli in una sorta di ordine, Chloe afferrò la bottiglia di plastica con forza. Allye non avrebbe mai capito quanto fossero significate le sue parole per Chloe. Era passato molto tempo da quando aveva avuto un'amica. Una vera amica.

———

"Perché ci mettono così tanto?" brontolò Ro a Gray, più tardi. Erano passati almeno quarantacinque minuti da quando Allye aveva salito le scale. "Quanto tempo ci mettono a guardare i vestiti, comunque?"

Gray ridacchiò. "Oh, non ne hai idea, amico mio", disse. "Segui il mio consiglio: abituatici. Quando devi essere da qualche parte, assicurati di dire a Chloe che l'appuntamento è trenta minuti prima dell'orario effettivo, così non farai tardi".

"Sul serio?" chiese Ro.

"Sul serio."

"Ma tu e Allye non siete mai in ritardo".

Gray sorrise, compiaciuto. "Esattamente."

Ro scosse la testa. Poi si rese conto di ciò che Gray stava insinuando. Fece eco alle parole di Chloe di prima. "Non può rimanere qui per sempre".

"Perché no?" chiese Gray.

"Beh, perché sì."

"Non è una risposta" disse Gray. "Guarda, ho capito. Ti senti incasinato, è difficile conciliare i tuoi sentimenti. Ci sono passato, amico. Seriamente, mi sono sentito allo stesso modo con Allye. L'ho lasciata stare con me perché mi sono detto che era per la sua protezione. La verità era c'era molto di più di questo. Il pensiero della sua partenza era ripugnante. Volevo essere io a far sì che quello stronzo non le mettesse le mani addosso. Ma devi capire cosa vuoi prima che sia troppo tardi. Ho fatto una cazzata e ho quasi perso Allye come risultato. Impara dai miei errori, Ro."

"Ma...Io...È passato solo un giorno. Non siamo...Cazzo", imprecò Ro, frustrato di non riuscire a tradurre in parole quello che provava.

Gray mise una mano sulla spalla dell'amico. "Un giorno. Una settimana. Dieci fottuti anni. Quando lo sai, lo sai. Non sto dicendo che devi farle la proposta qui e ora. Ma non ignorare i tuoi sentimenti per lei. Il modo in cui viviamo, le cose che abbiamo fatto, meritiamo di essere ricompensati. Ed è così che scelgo di guardare Allye. Lei è la mia ricompensa. Ci siamo piaciuti fin dalla prima volta che ci siamo incontrati. Più la conoscevo, più mi piaceva. Ho detestato lasciarla a San Francisco, quando ho avuto la mia seconda occasione, l'ho colta. Fanculo quello che dice la società, basta un attimo per innamorarsi. Se c'è, c'è. E in questo momento...C'è, amico. Mi sbaglio?"

Ro pensò per un momento alle parole di Gray. Aveva ragione. Non si era mai sentito così con nessun'altra donna che aveva incontrato nel corso degli anni, comprese quelle che aveva salvato. Era qualcosa di speciale, voleva vedere dove poteva arrivare. Forse da nessuna parte, ma sarebbe stato uno stupido a non provarci.

"Non hai torto" disse a Gray.

Questi fece un cenno con la testa. "Certo che no".

Entrambi si voltarono al suono dei passi sulle scale. Ro attese mentre Allye scendeva, poi finalmente arrivò Chloe dietro di lei.

Non riusciva a toglierle gli occhi di dosso. Non aveva senso quanto fosse emozionato nel vederla, l'aveva vista solo meno di un'ora prima, ma dal momento in cui lei era scomparsa su per le scale, non vedeva l'ora di rivederla.

Ro apprezzò molto i nuovi vestiti: aveva una felpa e una

maglietta, per Ro qualsiasi cosa indossasse era eccitante; ma vederla con vestiti che le stavano bene era ancora meglio. Aveva addosso un paio di leggings blu scuro che si aggrappavano a ogni curva delle sue gambe. I suoi polpacci sembravano incredibilmente piccoli, ma le sue cosce erano spesse e formose. Il pensiero di avere quelle gambe avvolte intorno ai suoi fianchi mentre spingeva tra di loro era quasi più di quanto potesse sopportare.

Costringendosi a guardare il resto di lei, squadrò rapidamente la camicia che indossava. Copriva molto di più del corsetto che aveva indossato al club, ma era questo che lo rendeva molto più sexy. La camicia bianca era velata, e sotto di essa aveva una specie di canotta. Riusciva a vedere il pizzo attraverso la camicia. Era ben dotata, la maglietta aveva in qualche modo nascosto le curve del suo seno, ma la canotta era aderente e metteva in mostra i suoi beni in un modo al tempo stesso sexy ed innocente.

Allye andò dritta da Gray, lui le mise un braccio intorno alle spalle. Chloe rimase in piedi nervosamente in fondo alle scale, si stava stritolando le mani.

Volendo rassicurarla, Ro si mosse verso di lei. "Stai benissimo", le disse dolcemente.

Chloe guardò in basso. Poi la vide fare un respiro profondo e guardò verso di lui. "Grazie. Allye non mi ha voluto dire quanto ha speso, per poterla ripagare".

Ro scosse la testa. "Non mi devi un soldo", disse tranquillamente.

"Ma..."

"Niente ma" la interruppe. Poi, non riuscendo a trattenersi, prese una delle sue mani e la portò verso il suo viso. Si sfiorò le labbra contro il dorso della mano, poi la girò e annusò il polso interno di lei. Sorridendo, la guardò negli occhi. "Vedo che Allye ha trovato la tua lozione", disse con soddisfazione.

Chloe annuì. "Grazie".

"Non c'è di che".

"Allora...Qual è il piano per domani?" chiese Gray.

Riluttante a lasciarlo andare, Ro fu costretto a far cadere il polso di Chloe. Voleva stringerla tra le braccia e seppellire il naso nello spazio tra la spalla e il collo di lei, ma si trattenne.

"Questo dipende da Chloe" disse Ro.

"Da me?" chiese lei.

Ro annuì. "Mi sembra che tu abbia avuto fin troppe persone che hanno preso decisioni per te e non abbastanza opportunità per prenderne di tue, almeno pubblicamente. Ti ho detto che dovevamo parlare. Che dobbiamo sapere tutto di tuo fratello e di quello che sai delle sue attività e delle sue motivazioni, ma che in cambio dovresti anche essere informata di tutto quello che sappiamo. Tra tutti noi, potremmo essere in grado di collegare alcuni punti".

"Ok. E?" Chiese Chloe.

"Avevo pensato di darti un po' più di tempo".

"Tempo per cosa?"

"Per fidarti di me. Per fidarti del fatto che non ti stavo solo riempiendo di informazioni per farti fare qualcosa per peggiorare le cose".

Chloe si morse il labbro, Ro ebbe la sensazione che ad un certo punto avesse pensato esattamente la stessa cosa. Superò la delusione. "Ma con Harris che va dalla polizia e dalla stampa dicendo che sei stata rapita, le nostre opzioni sono limitate, dovremo fare qualcosa prima o poi".

"Mi va bene incontrare la tua squadra" disse Chloe con dolcezza. "Finché ci sei tu", aggiunse frettolosamente.

Ro non riuscì a trattenersi dall'allungare un braccio e prendere una mano di Chloe. "Perché non dovrei essere lì?"

Lei scrollò le spalle. "Non lo so. Voglio dire...Sono solo nervosa all'idea di incontrare quei tizi che mi hanno rubata ieri".

"Rapita, vuoi dire" disse Allye con un pizzico di umorismo.

"Zitta, Allye" la sgridò Gray.

"Perché? Tanto vale dire le cose come stanno" rispose lei.

Le labbra di Chloe si arricciarono in un piccolo sorriso.

Ro sospirò. "Non me la perdonerai mai, vero?"

"Il fatto che hai dovuto far rapire Chloe per portarla via da suo fratello? No", Confermò Allye. "Voglio dire, siete voi che di solito salvate le donne che sono state rapite. Il fatto che voi stessi siate ricorsi al rapimento di una ragazza è davvero esilarante".

Gray rivolse uno sguardo serio a Chloe. "Black, Ball e Meat non ti farebbero mai del male".

Chloe annuì, ma Ro poteva ancora vedere l'incertezza nella sua espressione.

"Mi ricordano alcune delle guardie del corpo di mio fratello" ammise Chloe. "C'è stata una volta, prima che sapessi di non essere libera di andare dove volevo, quando volevo - sono andata a pranzo con alcuni amici. Ero al ristorante da soli venti minuti quando due di loro sono entrati e mi hanno trascinato fuori. È stato imbarazzante e umiliante. Non mi hanno fatto male quando eravamo in giro con gli altri, ma appena mi hanno fatto salire in macchina, quello che non guidava mi ha tenuto il braccio così stretto che ho avuto un livido a forma di mano sul braccio per una settimana. Quando mi sono lamentato con Leon, se n'è fregato e mi ha detto che probabilmente il tizio non si era reso conto della sua forza, e se non fossi stata così smidollata da andarmene in giro senza dirgli dove stavo andando, non sarebbe successo".

"Ascoltami" disse Ro in tono molto serio. "Io e i miei amici non siamo come loro. Preferiremmo prenderci a calci in culo piuttosto che farti del male. Il fatto che tuo fratello ti faccia credere che sia stata colpa tua è una sciocchezza. Niente di quello che è successo è stata colpa tua". La sua voce si ammorbidì. "Se non ti senti a tuo agio nell'incontrarti con la squadra, puoi restare qui, ci inventeremo qualcos'altro".

"Forse potremmo chiamare, o usare Skype" suggerì Allye. "Potrei stare qui con lei mentre vi incontrate".

"O potremmo venire tutti qui" disse Gray. "Invece di trovarci al The Pit".

"Non voglio lasciarla da sola" disse Ro, senza interrompere il contatto visivo con Chloe. "E non perché non mi fido di te", le disse. "Ora che Harris ha reso pubblica la tua scomparsa, non sono disposto a scommettere che non abbia ancora capito chi sono. O dove vivo".

"La mia presenza qui ti mette in pericolo?" chiese Chloe all'improvviso.

"No. E niente di quello che succede da qui in poi è colpa tua", le disse sinteticamente Ro. "Niente. Capito?"

Quando lei annuì, Ro sospirò. Si rivolse a Gray. "Ti chiamerò più tardi e ti farò sapere cosa decidiamo".

Gray fece un cenno con la testa. "Dai, Allye. Andiamo".

Allye annuì, ma si avvicinò a dove si trovavano Ro e Chloe. Senza preavviso, mise le braccia attorno a Chloe e la abbracciò forte.

Ro vide Chloe irrigidirsi, ma poi si rilassò e ricambiò l'abbraccio. Allye si tirò indietro e guardò Ro. "Prenditi cura di lei" ordinò con prepotenza. "Deve anche lavare la biancheria. Nessuno vuole indossare biancheria intima direttamente dal negozio".

Ro si voltò a fissare Chloe. Significava che non indossava niente di intimo, sotto i vestiti? Senza pensarci, i suoi occhi caddero sul suo petto, e giurò di poterle vedere i capezzoli sotto la camicia, ora che sapeva che non indossava il reggiseno. Altrettanto velocemente, immaginò di cadere in ginocchio davanti a lei, tirarle giù i leggings e di seppellirle la testa tra le gambe.

Deglutendo rumorosamente, si voltò dalla tentazione chiamata Chloe e annuì ad Allye. "Ma certo."

"Ro, ci sentiamo dopo. E Chloe, non hai niente da temere dal resto della nostra squadra. Faremo tutto il necessario per proteggerti. Credimi", disse Gray, prima di voltarsi e uscire di casa con Allye.

Prima che potesse battere ciglio, Ro era solo con Chloe. Non riusciva a togliersi dalla mente il pensiero di lei nuda sotto i vestiti. Era una cosa stupida, davvero. La sera prima le aveva tolto il corsetto, quindi sapeva che non aveva indossato nulla sotto la maglietta, ma aveva lasciato il minuscolo perizoma al suo posto quando l'aveva spogliata.

Non che quel piccolo pezzo di cotone potesse far molto per nasconderle le parti intime, ma in qualche modo, sapendo che in quel momento Chloe era nuda sotto i suoi nuovi vestiti, Ro si sforzò di controllarsi.

Se ne stavano lì, fissando tutto tranne che loro stessi, imbarazzati, prima che Ro rompesse il silenzio ridacchiando. "Vieni, ti faccio vedere dove sono la lavatrice e l'asciugatrice, poi ti lascio stare".

"Grazie" disse lei tranquillamente.

Trenta minuti dopo, Ro si costrinse a pensare a tutto tranne che a biancheria intima, canottiere e tette. Lui e Chloe erano seduti nel suo salotto.

"Vuoi fare un gioco?" le chiese dopo che lei gli aveva detto di non essere interessata a guardare la televisione.

"Che tipo di gioco?" chiese sospettosamente.

"Guerra".

"Cosa?"

"Guerra. Sai, il gioco di carte?"

La donna inarcò le sopracciglia, ma accettò.

Ro si alzò dal divano e prese un mazzo di carte. Si avvicinò di nuovo al punto in cui era seduta e tirò via il tavolino dal divano. Si sedette di fronte a lei, dall'altro lato del tavolo sul pavimento, e mise le carte in tavola.

Ghignando, Chloe scivolò a terra e si sedette con le gambe incrociate, il tavolo tra loro, la schiena contro il divano.

"Le regole sono: vince la carta più alta. Se c'è un pareggio, mettiamo tre carte a faccia in giù e una a faccia in su. Anche in questo caso, vince la carta più alta".

"Gli assi sono alti o bassi?", chiese.

Ro le sorrise. "Alti". Non era tanto il fatto che volesse fare un gioco, ma voleva che lei smettesse di pensare così tanto a tutto quello che le era successo di recente. Una volta rilassata, le avrebbe chiesto se avrebbe voluto partecipare all'incontro con la squadra. Non voleva lasciarla a casa da sola, non perché non si fidasse di lei, ma perché non si fidava di quel maledetto coglione di Harris. Ro non si sarebbe mai perdonato se quel mostro avesse scoperto dove si nascondeva Chloe e l'avesse trascinata di nuovo al BJ, o peggio, se si fosse sbarazzato di lei.

Ro distribuì con pazienza le carte e mise in mostra le sue, per far partire il gioco.

Gli otto di Chloe sconfissero i suoi due. Era iniziata la partita.

CAPITOLO DIECI

CHLOE NON AVREBBE MAI PENSATO di trovarsi, un giorno, seduta sul pavimento a giocare a carte con uno come Ro. Secondo lei, non era il tipo d'uomo che passava le ore a fare quel gioco monotono e un po' noioso. Ma, in qualche modo, si stavano divertendo un mondo.

Aveva riso più di quanto non avesse fatto negli ultimi tre anni. Ro era davvero sfortunato, quando si era ridotto ad avere solo sette carte, aveva assunto un'espressione preoccupata e lei lo aveva stracciato. Poi avevano pareggiato, lui aveva rimediato un asso e aveva rapidamente ripreso la maggior parte delle carte che aveva perso.

In passato, se qualcuno avesse avuto la stessa sfortuna di Ro, Chloe sarebbe stata discreta, invece l'aveva deriso e preso in giro per essere un povero perdente. Sorprendentemente, lui sopportava le prese in giro senza lamentarsi, gioì addirittura, quando Chloe vinse ancora una volta.

Chloe sapeva cosa stava facendo Ro, ma non le importava. Sapeva che lui stava cercando di farla rilassare, di farla smettere di pensare a suo fratello e a tutto quello che era successo. In realtà, lei apprezzava i suoi sforzi. Era arrivata al limite. Ma per fortuna era passata dall'essere totalmente sicura di essere capitata in un'altra terribile situazione, quella mattina, all'essere totalmente rilassata, al tramonto di quella stessa giornata.

Si potrebbe forse pensare che non fosse intelligente lasciarsi andare così tanto, ma Chloe sapeva fare i suoi conti. Ro non era come suo fratello o i suoi amici. Gli era stata intorno abbastanza a lungo per poter capire la differenza. Quella mattina era spaventata, ma vista la circostanza era normale. Però lui l'aveva lasciata da sola, con gli strumenti per andarsene – se avesse voluto – e alla fine lei aveva fatto esattamente quello che Ro aveva sperato: non solo era rimasta, ma si era anche fidata di lui.

Chloe rise quando Ro perse l'ennesima partita e si riprese uno dei due assi che aveva nel suo mazzo.

"Porca miseria" imprecò Ro, sottovoce, mentre lei raccoglieva le carte con gioia.

Sentirono l'asciugatrice ronzare in sottofondo e Chloe arrossì di nuovo. Aveva davvero bisogno di smettere di sentirsi in imbarazzo per il bucato, ma era ovvio che Ro non aveva pensato al fatto che non indossava nulla sotto i vestiti nuovi, finché Allye non le aveva accennato di usare la lavatrice e l'asciugatrice. Chloe aveva visto gli occhi di Ro caderle sul petto e sui fianchi prima che lui riuscisse a distogliere lo sguardo.

Invece di sentirsi imbarazzata o spaventata dalle sue occhiate, si sentiva eccitata. Il che la sconvolse. Come era passata dal sentirsi totalmente dissociata dal suo corpo e dal non volere nessun uomo vicino a lei, al volere che Ro la toccasse? Dappertutto?

Chloe si alzò in piedi: "Vado a prendere la roba". Fece un cenno con la testa verso la lavanderia.

"Hai davvero intenzione di portarti dietro le carte?" le chiese Ro.

Lei rise. "Uh, sì. L'ultima volta che mi sono alzata, mi hai rubato un asso dal mio mazzo", lo sgridò per finta.

"Non ho fatto niente del genere" replicò Ro, con occhi spalancati e innocenti.

Le labbra di Chloe si aprirono in un sorriso. Era un bugiardo tremendo. Almeno, faceva *finta* di essere un bugiardo tremendo. "Come vuoi" gli disse, dirigendosi verso l'asciugatrice.

"Vuoi qualcosa da mangiare?" le chiese Ro, ancora seduto.

Chloe si fermò. Era tardi. Avevano già mangiato l'hamburger, ma lei aveva di nuovo fame. Fuori era buio e lei era abituata a stare sveglia ben oltre la mezzanotte, allo strip club. Non era ancora pronta per andare a letto; inoltre, stava vincendo di nuovo la partita. "Hai del cibo spazzatura?" chiese timidamente. Sì, sapeva che non avrebbe dovuto mangiare cibo spazzatura, ma era passato così tanto tempo dall'ultima volta che si era concessa tale piacere.

"Credo di poter trovare qualcosa di interessante" disse subito Ro. "Vai. Prendi i tuoi vestiti. Ma non perdere tempo! Ho una vena di fortuna in arrivo. Lo sento".

Chloe non poté fare a meno di ridere, come si aspettava che lui volesse.

Mentre piegava gli indumenti intimi, caldi e asciutti, insieme ad altri vestiti che Allye le aveva comprato, le lacrime le punsero improvvisamente gli occhi. In piedi davanti alla lavatrice, con in mano un paio di mutandine di pizzo nero, Chloe cercò di ricordare l'ultima volta che si era sentita così tranquilla. Non ci riuscì.

Non le era mai stato permesso di fare il bucato a casa di Leon. Avevano del personale per questo. Non le era mai stato permesso di mangiare quello che voleva. Nessuno le aveva mai chiesto se avesse fame - le cucinavano semplicemente quello che Leon o Abbie ordinavano, secondo un programma prestabilito. I vestiti che doveva indossare erano scelti ogni mattina da Abbie. Chloe aveva fatto del suo meglio per ribellarsi, ma doveva essere subdola. Qualsiasi mossa azzardata poteva significare un altro pestaggio. Anche se aveva cercato di non farsi intimidire dal fratello, aveva comunque fatto quello che voleva lui per la maggior parte del tempo, per continuare a fargli credere che lui la controllasse completamente.

Era così bello non doversi più nascondere. Poter fare quello che voleva, quando voleva. Mangiare quello che voleva. Fare il bucato da sola. Sapeva che la maggior parte delle persone non avrebbe capito la sua gioia per piaceri così semplici, ma per la prima volta si sentiva libera: era incredibile poter abbassare la guardia ed essere semplicemente se stessa.

Guardando l'orologio che Allye le aveva regalato, Chloe si rese conto che lei e Ro avevano giocato a carte per cinque ore. Cinque ore! Non era mai stata così felice.

"Stai bene?"

La domanda improvvisa di Ro la sorprese, Chloe fece cadere il paio di mutandine che teneva in mano e scattò verso il muro, appoggiandosi contro di esso, pronta a proteggersi.

"Porca miseria" imprecò Ro, allontanandosi da lei, tenendo le mani alzate, mostrandole di essere disarmato. "Mi dispiace, tesoro. Di nuovo. So che è meglio non prenderti alla sprovvista".

Chloe scosse la testa e si mise una mano sul petto, proprio sopra il cuore che ballava una rumba. "No, scusami tu. Non dovrei essere così nervosa".

"Sciocchezze" replicò subito lui. "Hai tutto il diritto di essere prudente. Avrei dovuto fare più rumore, arrivandoti alle spalle. Ci lavorerò su. Hai bisogno di aiuto?"

Chloe fece cadere la mano dal petto e scosse la testa. "Ho quasi finito".

Ro si avvicinò a lei e raccolse il paio di mutandine che le erano cadute. Le fissò a lungo prima di tenerle tese, per poterle vedere meglio. Lei lo vide deglutire rumorosamente, poi incontrò il suo sguardo.

Il calore che riuscì a leggervi la fece impazzire. Non si sarebbe potuta muovere, se la sua vita fosse dipesa da questo. Chloe si leccò le labbra, incapace di articolare una frase.

"Per la cronaca, queste sono molto più sexy del perizoma che indossavi ieri sera" disse Ro con calma. I suoi occhi sfrecciarono dal suo viso al suo petto, lei vide le sue labbra dischiudersi in modo erotico. "Stessa cosa lì" aggiunse lui, con un piccolo cenno di testa verso il seno di Chloe. Poi si schiarì la gola, piegò con cura le mutandine in mano e le posò sopra l'asciugatrice. "Prenditi tutto il tempo che vuoi. Aspetterò di stracciarti a carte, quando avrai finito". Poi si girò e uscì dalla piccola lavanderia.

Chloe rimase immobile per alcuni minuti. Poi guardò lentamente verso il basso, inspirando.

Non era sicura di indossare il top bianco con la canotta di pizzo sotto, ma Allye l'aveva rassicurata che era un abbinamento pudico e che le stava proprio bene con i leggings blu scuro. Ma vedendosi in quel momento Chloe si rese conto che i suoi capezzoli erano diventati duri, si era eccitata per la presenza di Ro.

Lottavano per farsi strada tra il materiale di cotone della canotta e della camicetta setosa.

Chloe aveva ricevuto il segnale di Ro, forte e chiaro, e lo aveva condiviso. Aveva già visto uomini nudi, certo, ma in qualche modo vedere lo sguardo appassionato negli occhi di Ro era più eccitante rispetto alla mera carne. Proprio prima che lui si girasse per uscire dalla lavanderia, lei aveva scorto l'erezione nei suoi pantaloni.

Era attratto da lei. Dalla vera lei. Era incredibile.

L'erezione di Ro era una dolce tortura, più eccitante rispetto al calarsi i pantaloni. Erano sicuramente sulla stessa lunghezza d'onda per quanto riguardava ciò che era erotico e sexy, quello era sicuro.

La domanda era: dove sarebbero arrivati?

Lui l'aveva rassicurata che quando lei sarebbe tornata nell'altra stanza, avrebbero ripreso il loro gioco di carte da dove lo avevano lasciato, ma le cose sarebbero state imbarazzanti tra di loro? Si sarebbe aspettato da lei più di quanto lei fosse disposta a dargli?

Ecco, con quei pensieri, il nervosismo e la diffidenza di Chloe tornarono a pieno regime. Che cosa stava facendo? Era sola in casa di Ro, non aveva un posto dove andare. Lui poteva fare tutto quello che voleva di lei, non sarebbe stata in grado di fermarlo. Era più grande e più forte.

Le ci vollero altri dieci minuti per piegare lentamente il resto della sua roba, per evitare di dare di matto. Uscendo dalla lavanderia con il cesto di vestiti appena lavati e piegati, fu molto più prudente di quanto lo fosse stata quando era entrata.

Appoggiando il cestino sul pavimento accanto alle scale, entrò nel soggiorno - e lo fissò.

Ro era seduto nello stesso posto di prima. Il tavolino era traboccante di ciotole di snack: pretzel, cioccolatini, popcorn, tortillas, formaggio fuso, salse, noci, c'erano anche diversi bastoncini di carne essiccata ancora confezionati.

Chloe si avvicinò con cautela. "Ma che cavolo...?" chiese, mentre si avvicinava per vedere meglio tutto il cibo che Ro aveva portato sul loro campo da gioco.

"Hai detto che volevi del cibo spazzatura" disse Ro, alzando le spalle. "Eccolo qui."

Chloe si sedette al suo posto e si limitò a fissare tutto quel ben di Dio. "Ro, qui c'è abbastanza cibo per un esercito", protestò. Ma le venne l'acquolina in bocca nel vedere tutte quelle porcherie. Era passato così tanto tempo dall'ultima volta che aveva mangiato robe simili. Le voleva. Davvero tanto.

"Sì, beh, stiamo giocando a guerra. Ci serve del carburante" disse lui. "Credo che sia il tuo turno" disse, accennando alle carte che lei aveva in mano.

Chloe si rilassò. Cercò di raccontare a se stessa che aveva frainteso lo sguardo di Ro, ma sapeva di mentirsi. C'era una certa chimica tra loro, ma lui era il più gentile possibile, lei lo apprezzava.

Ma una piccola parte di lei si chiedeva come avrebbe reagito, se avesse fatto la prima mossa. Cosa avrebbe fatto Ro, se gli si fosse avvicinata e si fosse messa in ginocchio, come la sera precedente? L'avrebbe allontanata, avrebbe tenuto gli occhi sul suo viso, le avrebbe stretto i fianchi o l'avrebbe stritolata tra le ginocchia?

Ricordando l'erezione dell'uomo in lavanderia, scatenata dalla vista dei suoi capezzoli turgidi, Chloe si chiese come sarebbe stato averlo tra le gambe.

"Riprenditi, Chloe" le ordinò Ro. "È il tuo turno".

Si sarebbe offesa, se non lo avesse sorpreso, in quel momento, a fissarle le tette.

Sorridendo internamente, Chloe decise di seguire il corso della serata. Allungando una mano per afferrare una manciata di cioccolatini, usò l'altra mano per girare una carta. Il gioco era ripartito. Tutto il resto sarebbe andato come doveva andare.

———

Ro fece ogni sforzo possibile per tenere la mente concentrata sul gioco. Ma era dura. Era difficile. Era così da quando aveva visto le mutandine sexy che Chloe aveva fatto cadere quando si era spaventata.

L'aveva guardata e aveva visto i suoi capezzoli spingere verso il materiale della canotta e della camicia. Voleva spingerla contro il muro, sollevarla in modo da avere la testa all'altezza di quei seni fantastici e metterseli in bocca. Voleva sentirla contorcersi contro di lui mentre le succhiava e le mordeva le tette.

Anche il piacere di lei, provocato dal cibo spazzatura, lo eccitava.

Giocarono per altri trenta minuti, poi Ro tirò fuori con attenzione l'argomento del giorno dopo. Aveva bisogno di capire cosa fare, ora che lei era di nuovo rilassata, era giunto il momento.

"Vorrei che tu venissi con me, domani" le disse mentre metteva una carta sul tavolo. "Il The Pit è una sala da biliardo locale che io e i miei amici usiamo come base, per così dire, per lavoro. Lì sarai al sicuro".

Chloe mise giù una delle sue carte e sorrise per la vittoria, il suo *jack* più alto del dieci. "Ok" disse, poi sollevò un'altra carta, prese una tortilla e la immerse nel formaggio fuso.

"Va bene?" chiese lui, appoggiando un'altra carta. Vinse, il suo tre batté il due di Chloe.

"Sì. Ok."

"Chloe" disse pazientemente, "Non sei costretta".

Allora Chloe alzò lo sguardo. "Sì, è vero. Ma fidati, non vuoi che io resti qui da sola nel caso in cui Leon venga a cercarmi. Non voglio che mi trovi. Quindi devo venire con te. Se ti devi incontrare con la squadra, vengo anche io. Devo dirvi quello che so su mio fratello".

Ro fu spiazzato. Fu sorpreso di quanto la sua fiducia significasse per lui. "Come ha detto prima Allye, noi due possiamo restare qui e chiamare gli altri. Oppure potremmo farli venire tutti qui".

Lei lo fissò, con gli occhi pieni di comprensione della situazione. Era intelligente, molto intelligente, e anche questo fece eccitare Ro. "La cosa migliore sarebbe che tu e i tuoi amici continuaste a fare quello che fate sempre. Quindi se questo significa andare al bar, o come vuoi chiamarlo, dove vi trovare di solito, allora facciamolo. L'ultima cosa di cui hai bisogno è che mio fratello si insospettisca".

"Sei incredibile" disse Ro con dolcezza.

La donna scrollò le spalle. "Sono disperata", replicò con altrettanta calma. "Ho finito le congetture, Ro. Non so dove sia finito il fratello che conoscevo. Ci ho pensato più e più volte, fino a farmi venire il mal di testa. Non so perché si sia trasformato nella persona orribile che è oggi. Perché mi odia così tanto. Da quando mio padre è morto, è diventato sempre peggio. Voglio sapere perché, voglio liberarmi di lui una volta per tutte. Farò tutto il necessario affinché ciò accada. Voglio incontrare i tuoi amici. Voglio dirvi tutto quello che so perché, come avete detto, forse vi aiuterà a collegare i punti con quello che sapete già. Se non mi rimbocco le maniche ora, alla lunga le cose peggioreranno".

Senza pensarci, Ro si mise in ginocchio e si appoggiò al tavolo. Chloe aveva una patatina in una mano e una carta nell'altra. Le mise la mano dietro il collo e la tirò più vicino a sé. Lei si mise in ginocchio, imitandolo, ansimò di sorpresa, ma lui non vide alcuna paura nei suoi occhi.

"Troveremo una soluzione. Insieme" le disse sottovoce.

Lei annuì.

"Allora domani verrai con me al The Pit?"

Chloe annuì di nuovo.

"E non avrai paura di Black, Ball e Meat?".

"Ci sarai?" chiese lei.

"Ma certo."

"Allora non avrò paura dei tuoi amici" rispose.

"Porca miseria" sussurrò Ro. "Mi dispiace" le disse.

"Per cosa?"

"Per questo."

La baciò. Non fu un bacio a stampo. Si attaccò alla sua

bocca come se fosse un uomo affamato e lei fosse un banchetto delizioso. Ro le passò la lingua sulle labbra ed emise dei mormorii profondi, soddisfatto di come lei aprì immediatamente la bocca. Quando la lingua di Chloe uscì timidamente per incontrare la sua, Ro la spinse di nuovo nella sua bocca e prese il controllo del bacio. La presa dietro il collo di lei si strinse, lui la tenne ferma, mentre prendeva ciò che aveva sognato da quando l'aveva vista per la prima volta nel suo vialetto.

In tutto questo, Chloe non protestò. Non cercò di allontanarsi e, anzi, aprì la bocca ancora di più e inclinò la testa, dandogli la possibilità di prendere ciò che voleva.

Ro alla fine si tirò indietro, con riluttanza, ma spaventato da ciò che lei avrebbe detto o fatto.

Guardandola attentamente, Ro si sentì sollevato quando vide Chloe leccarsi le labbra sensualmente, senza rimproverarlo o allontanarsi.

Le tenne la nuca ancora per un po' di tempo, poi la lasciò andare per tornare a sedersi. Lei rimase appoggiata sul tavolino per un secondo, prima di sprofondare di nuovo sul pavimento. Poi sorrise. "Bene, allora", disse lentamente. Si portò la patatina verso la bocca e mise la carta a faccia in su sul tavolo. "Tocca a te".

Ro restituì il sorriso, si sistemò l'uccello nei pantaloni in modo che non premesse contro la cerniera lampo, e pescò una carta dal suo mazzo. Non era sicuro di cosa sarebbe successo dopo, ma per il momento si accontentava di sedersi con lei, giocare a carte e guardarla mangiare quello che voleva. Era un inizio.

CAPITOLO UNDICI

CHLOE SI SENTIVA NERVOSA, ma fece del suo meglio per non farlo notare a Ro. Forse se n'era accorto quella mattina, ma era stato gentile e non ne aveva fatto parola.

Era nervosa, ma non spaventata.

La differenza era enorme. Negli ultimi anni era sempre di pessimo umore, ma spesso aveva paura. Paura di stare vicino a Leon e Abbie. Paura perché c'era una delle sue guardie del corpo che vegliava su di lei. Paura che il fratello scoprisse che stava dirottando una parte dei fondi. Paura che scoprisse che stava organizzando un piano per scappare. Paura che un giorno la mafia si facesse viva e la trascinasse via per torturarla. Paura di lavorare in quel fetido club.

Ma Ro non le faceva paura. La rendeva semplicemente nervosa. Probabilmente perché lei provava qualcosa per lui...In un modo che non provava da molto tempo. La sera precedente le aveva aperto gli occhi. Vedere il suo sguardo su di lei e il desiderio nei suoi occhi l'aveva fatta sentire bella e femminile. Non come un oggetto da avere o da controllare, come si era sentita intorno agli uomini con cui Leon voleva sistemarla.

E quel bacio.

Chloe avrebbe voluto registrarlo, solo per ricordarselo.

La mano di Ro sulla nuca le aveva fatto sentire un brivido, ma invece di provocarle il panico, le aveva fatto venir voglia di avvicinarsi. Lui l'aveva baciata come non era mai stata baciata prima. Aveva il controllo, il che non era del tutto sorprendente, ma era gentile. Uno degli ultimi uomini con cui era uscita (su insistenza di Leon) l'aveva baciata a fine serata, ma il suo bacio era stato molto diverso. Il suo era stato un bacio di controllo e di forza.

Chloe sapeva che se avesse protestato, se avesse cercato di tirarsi indietro, o se gli avesse dato il più piccolo cenno di non volere quel bacio, Ro l'avrebbe subito lasciata andare.

Ma Chloe non voleva che lui la lasciasse andare. Il modo in cui l'aveva dominata era stato eccitante. Perché si era concentrato sul piacere di lei, non sul suo. Come lei lo sapesse, non ne aveva idea, ma lo sapeva. Da quel momento, tutto quello a cui Chloe riusciva a pensare era come si sarebbe sentita se lui l'avesse baciata dappertutto. Se l'avesse toccata, durante baci appassionati.

Avevano giocato a quello stupido gioco di carte fino a notte fonda. Verso mezzanotte e mezza, avevano finalmente smesso. Lei aveva vinto, lui disse che avrebbe messo da parte le loro carte, per poterle riprendere in un secondo momento.

Ro le disse di andare a dormire di sopra, perché molto probabilmente sarebbero usciti presto, la mattina dopo. Lei non realizzò che stava per dormire nella stanza dell'uomo, fino a quando non si rannicchiò sotto le coperte, avvolta nel nuovo pigiama che Allye le aveva comprato.

Il profumo selvatico e maschile di Ro dominava ogni cosa. Il cuscino profumava di lui. Le lenzuola avevano il suo odore. Chloe strinse un cuscino al petto e si girò su un fianco, inalando il suo confortante profumo.

Poi si tirò su, seduta. Non poteva prendere il suo letto.

Sicuramente Ro aveva una stanza per gli ospiti. Quella era una casa grande. Poteva dormire ancora sul divano al piano di sotto, come aveva fatto quel pomeriggio.

Chloe scese di sotto per dire a Ro che in nessun caso avrebbe preso il suo letto, ma lui scacciò tutte le sue argomentazioni con una sola frase.

"Se non posso stare al tuo fianco, posso proteggerti meglio se sono quaggiù."

Proseguì dicendole tutto sugli allarmi che aveva sulle finestre, in modo che nessuno potesse intrufolarsi in nessuna stanza senza farli scattare. Degli allarmi che aveva sul suo vialetto, in modo che nessuno potesse accostare senza che lui lo sapesse. Aggiunse anche informazioni sugli allarmi perimetrali che aveva installato intorno alla casa stessa, in modo che nessuno potesse introdursi nella sua proprietà a piedi.

Ma lei non lo ascoltava più, era rimasta ferma alla prima frase: Ro avrebbe potuto proteggerla meglio se fosse rimasto stato al piano di sotto e se lei fosse stata nel suo letto.

Non sapeva cosa dire. Come poteva dire a un uomo che proteggeva e salvava le donne come prima occupazione che nessuno da molto, troppo tempo si era preoccupato di tenerla al sicuro?

La mattina dopo, Chloe si svegliò e si mise seduta, scorgendo Ro in piedi sulla porta in un secondo momento. Era appoggiato allo stipite della porta, braccia incrociate, muscoli gonfi nella maglietta nera che indossava, jeans che delineavano le sue gambe spesse e impressionanti, i piedi nudi, la stava guardando.

"Oh, buongiorno" disse Chloe, lentamente. "Sono in ritardo?"

Lui scosse la testa. "No, tesoro. Sei in perfetto orario".

Si fissarono per un attimo, prima che lei gli chiedesse: "Va tutto bene?".

Ro si spostò dallo stipite, rimanendo dritto. Camminò

lentamente verso di lei fino a quando non raggiunse il bordo del materasso. Si chinò su Chloe e le baciò la testa. Rimase lì alcuni secondi, inspirando sonoramente.

"Ro?"

"Amo i lillà. Almeno, su di te" disse lui, poi si rialzò. "La colazione è pronta, quando vuoi scendere. Se riesci a resistere un altro giorno senza che la ferita si bagni, sarebbe meglio. Domani potrai farti una doccia normale. Se hai bisogno di qualcosa, fammelo sapere".

Detto ciò, Ro le fece un cenno con la testa e la lasciò da sola nella stanza.

Aveva preparato una grande colazione, completa di uova, pancetta, biscotti e frutta fresca, Chloe aveva mangiato un po' di tutto. Ro aveva chiamato Black, si erano dati appuntamento al bar un'ora dopo. A quanto pare, Black si era offerto volontario per chiamare gli altri e avvisarli.

Un'ora dopo, eccoli lì.

Erano seduti nella sua McLaren, fuori dall'edificio malandato conosciuto come The Pit.

"Stai bene?" le chiese Ro.

Chloe annuì.

Le mise la mano sul ginocchio. "Andrà tutto bene" disse.

"Sei sicuro?" non poté fare a meno di chiedere lei. "Non conosci Leon. Non si arrenderà facilmente. È per questo che avevo pianificato di andare il più lontano possibile da lui".

"Non l'ho mai pensato" rispose Ro.

"Allora cosa faremo?" chiese lei.

"Iniziamo ad entrare. Ti presenterò ai miei amici e parleremo. Troveremo un piano. Se non funzionerà, passeremo al piano B. Se non funzionerà neanche questo, passeremo al piano C. Faremo tutto il possibile per fare in modo che tu sia al sicuro e per liberarti da tuo fratello. Il mio obiettivo è assicurarmi che tu possa fare tutto ciò che vuoi e andare dove vuoi. Se vuoi trasferirti a Londra per allontanarti da tutto, farò in modo che ciò avvenga tramite i contatti che ho ancora lì. Se vuoi trasferirti a New York, o vagare nel bel mezzo dell'Idaho, ti aiuterò a farlo. Ma se decidi che ti piace vivere qui a Colorado Springs e vuoi restare, cosa che ovviamente mi renderebbe felice, mi farò in quattro per far sì che questo accada".

"Ro" Chloe si bloccò, capendo quello che le stava dicendo tra le righe. La voleva lì. Con lui. Ma come al solito, non le faceva pressioni. Le stava dando una scelta.

"Andiamo, tesoro. Entriamo prima che qualcuno ti veda e che arrivino i poliziotti".

Chloe annuì e, prima che se ne accorgesse, stavano camminando mano nella mano con passo affrettato verso la porta d'ingresso.

"Ma questo posto è aperto anche a quest'ora?" chiese lei mentre si avvicinavano.

Ro ridacchiò. "Questo posto è aperto quasi sempre. I clienti abituali cominciano ad arrivare verso le dieci di mattina, gli irriducibili non se ne vanno prima delle tre del mattino".

"Wow, e io che pensavo che gli uomini del BJ fossero pessimi", disse Chloe, bloccandosi mentre Ro le teneva aperta la spessa porta di legno.

"Gli uomini che vengono qui sono generalmente buoni. Amano giocare a biliardo, bere birra e ascoltare *rock 'n' roll* o musica *country*. Non sto dicendo che qui non succeda niente, ma la maggior parte degli uomini se ne sta per i fatti propri, non vogliono creare problemi. Molti sono veterani che hanno bisogno di un posto a cui appartenere, o di allontanarsi dalla loro vita per un poco."

Chloe annuì e si guardò intorno, nel bar poco illuminato, mentre Ro chiudeva la porta dietro di loro. Non sembrava molto diverso da come se lo immaginava. Alla sua destra c'era un grande bancone con un paio di avventori che si scolavano delle birre. C'era un *juke-box* in un angolo alla sua sinistra e tavoli sistemati intorno alla stanza. Un corridoio portava ai bagni, probabilmente. Una porta sul retro al centro della stanza conduceva a un altro ambiente, che ospitava tavoli da biliardo.

Ro non le diede il tempo di guardarsi intorno, le mise una mano sulla schiena e la condusse al bancone. Dietro di esso, Chloe intravide un uomo di grande statura intento ad asciugare un bicchiere con un asciugamano. Era alto, certo; sembrava che tutti gli amici di Ro fossero alti, tranne Black, ma il barista non era semplicemente alto. Le sue braccia erano enormi, come se fosse stato un culturista o qualcosa del genere. Aveva il petto largo, anche le sue mani erano grandi. Aveva una barba cespugliosa, marrone e con striature grigie, una cicatrice gli correva lungo il lato del collo e scompariva nel colletto della camicia. Chloe riuscì a vederla perché i peli della barba non crescevano sul tessuto cicatriziale. Era scuro di carnagione, entrambe le braccia erano coperte da tatuaggi neri.

Chloe si sarebbe girata e avrebbe camminato il più lontano possibile da quell'uomo, se Ro non fosse stato in piedi accanto a lei e se la sua mano non l'avesse spinta in avanti. Il barista le ricordava troppo le guardie del corpo di Leon. Sapeva che se lui l'avesse colpita con una delle sue mani da mammut, avrebbe perso immediatamente i sensi.

"Ehi, Dave" disse amichevolmente Ro, mentre si fermavano davanti al bancone di legno intagliato.

Dave si acciglió, il che spaventò Chloe ancora di più. "È lei il motivo per cui siete qui così presto?" Il suo accento del sud era marcato, la voce bassa.

"Purtroppo sì" rispose Ro.

Dave la fissò con i suoi occhi marroni penetranti, Chloe voleva rabbrividire, ma si fece coraggio e sostenne lo sguardo.

Sollevò il petto, con fierezza, ripetendosi in testa che, finché Ro le stava accanto, era al sicuro.

L'omone la guardò per un lungo momento, poi sorrise mentre si voltava verso Ro. "A me non sembra rapita".

Senza aspettare la risposta di Ro, Chloe disse: "Non sono stata rapita. Mio fratello è uno stronzo e ha la tendenza a tenere il broncio quando non ottiene quello che vuole".

Il sorriso di Dave si allargò, Chloe fu stupita di come si ammorbidì tutto il volto dell'omone. "Immagino che me lo abbia detto", disse il barista, annuendo a Ro. "Mi fa piacere sentirlo, cara" disse a Chloe. "Ora, prima che iniziate a parlare di lavoro... Cosa posso offrirti da bere? Acqua? Succo di frutta? Mimosa? Uno shot di Jack Daniel's? Una di quelle birre inglesi di lusso che piacciono tanto a Ro? Dimmi cosa vuoi e l'avrai".

Chloe sbatté gli occhi e si rivolse a Ro. "Fa sul serio?"

"Ehm... Sì?" rispose Ro, chiaramente confuso.

"Ovviamente ha visto la mia foto su tutti i telegiornali e pensa che io sia stata rapita. Sa che mio fratello mi sta cercando. Ignora tutto questo e mi chiede cosa voglio bere?".

Fu Dave a risponderle, non Ro. Si chinò sul bancone, avvicinandosi a lei, e disse con tono basso e serio: "Quelli là sono dei bravi ragazzi. Prendono sul serio la protezione delle donne. Se dici che non sei stata rapita, allora ci credo. Non chiamerò nessun dannato poliziotto e non farò la spia, solo perché la tua faccia è in TV. Mi fido di Ro e degli altri per capire la tua situazione e fare ciò che è giusto. Ora, cosa vuoi bere?"

"L'acqua va bene" disse subito Chloe, non sapendo se avesse ancora paura del grande barista o no.

Dave si tirò indietro e annuì. Afferrò una bottiglia d'acqua da un frigorifero dietro di sé e chiese: "Vuoi che ti tolga il tappo?"

Chloe annuì.

Con un colpetto del polso, lei sentì il sigillo sull'acqua rompersi, Dave le consegnò la bottiglia senza togliere completamente il tappo. Automaticamente, Chloe la afferrò e la strinse con forza, mentre Ro le afferrò leggermente il braccio e la allontanò dal bancone

"Grazie, Dave" disse Ro, prima che se ne andassero. "Ti farò sapere se ci serve qualcosa".

"Certo" rispose Dave, poi si voltò ad armeggiare dietro il bancone.

Ro condusse la donna ad una porta sul fondo. Chloe poté scorgere i tavoli da biliardo oltre l'ingresso.

"È un tipo tosto" sussurrò a Ro.

Lui sorrise. "No, è innocuo".

"Innocuo un cazzo" disse Chloe, imitando l'accento britannico di Ro.

Appena varcarono la soglia della porta, Ro lasciò cadere la testa all'indietro e rise alla sua risposta. La condusse verso destra e Chloe deglutì rumorosamente.

Le risate di Ro avevano attirato l'attenzione di cinque uomini seduti a un tavolo. Tutti li fissarono mentre si avvicinavano, come se non avessero mai visto un uomo ridere.

"Buongiorno, ragazzi" disse Ro mentre guidava Chloe verso una sedia che dava le spalle alla stanza.

"Cosa c'è di divertente?" chiese Arrow.

"Sì, che cazzo hai da ridere?" chiese l'uomo che Chloe riconobbe come Black.

"Non credo di averti mai visto ridere" mormorò Meat.

Chloe sapeva che il suo viso era in fiamme, ma provò a non farci caso e bevve un sorso dell'acqua che teneva ancora saldamente in mano.

Ro si sedette di fianco a Chloe, le loro cosce si sfioravano. Avrebbe potuto essere imbarazzante, considerando quanto spazio ci fosse tra gli altri uomini a tavola, ma Chloe non disse nulla perché averlo vicino la faceva sentire meglio.

"L'accento britannico di Chloe è perfetto" disse Ro ai suoi amici. "Mi stava imitando e stava facendo un ottimo lavoro, giuro".

L'uomo alto e biondo al tavolo ignorò la conversazione e si chinò in avanti, tendendole la mano. "Sono Ball" disse, con tono serio. "Mi dispiace per quello che è successo l'altra sera".

"Come va il braccio?" chiese lei. Seduta tra quegli uomini, capì immediatamente che erano sinceramente preoccupati per lei. Non c'era dubbio che fossero forti e coraggiosi, ma la compassione e la preoccupazione che risplendeva nei loro occhi era facile da leggere.

"Sto bene" le disse Ball. "E anche se non sono particolarmente contento che sia stato il mio braccio a nutrire i tuoi dentini, sono fiero di te per come hai reagito. Non molte donne, nella tua situazione, avrebbero trovato la forza di farlo".

"Avevo paura" disse Chloe, improvvisamente triste. "Ero disperata."

"Lo so. Hai fatto comunque tutto il possibile per allontanarti da noi. Molte donne semplicemente si arrendono. Si arrendono a qualsiasi cosa succeda loro. Ma tu no. Ci hai combattuto e ci hai supplicato fino alla fine".

Chloe guardò la bottiglia appoggiata sul tavolo davanti a lei. "Non ricordo molto di quello che è successo, alla fine".

"È a causa della droga" le disse Black. "Ti abbiamo portato a casa di Ro; lui ti ha sistemato quel taglio in testa e ti ha messo a letto. Tutto qui".

Chloe apprezzò quel riassunto, anche se ebbe la sensazione che non fosse esattamente tutto quello che era successo. Ma lasciò perdere. Avevano cose più importanti di cui preoccuparsi. "Allora... E adesso?" chiese.

"Allora, tuo fratello ha intensificato la storia del tuo rapimento per le reti nazionali" rispose Meat. "La CNN, il programma TODAY, anche Fox News...Ne parlano tutti.

Harris insiste sul fatto che sei malata di mente e che la tua situazione è grave perché non hai le tue medicine".

Chloe impallidì. "Ha minacciato di farmi internare, in passato, se non avessi fatto tutto quello che voleva", ammise la donna. "È solo una delle sue tremende minacce. So che se riuscisse a farla franca, mi drogherebbe in tre secondi e mi lascerebbe a marcire in qualche struttura psichiatrica in mezzo al nulla", continuò. "Probabilmente sta cercando di piantare il seme, così quando mi troverà potrà farlo, e nessuno lo fermerà".

"*Se* ti troverà" disse Gray, proferendo parola per la prima volta.

"Cosa?" chiese Chloe.

"Hai detto quando. Vuoi dire, se ti troverà.".

"Oh. Sì. Questo è quello che intendevo" disse Chloe incerta, sapendo di non aver sbagliato a parlare.

"Perché non cominci dall'inizio" le suggerì Ro. "Hai detto che non hai sempre vissuto con tuo fratello, giusto? Raccontaci tutto quello che puoi sulla tua famiglia".

Chloe bevve un altro sorso della sua acqua e guardò intorno al tavolo. Gli uomini sembravano tutti attenti e seri. Meat aveva tirato fuori il suo portatile, poteva vedere i suoi disordinati capelli castani fare capolino da dietro lo schermo. I capelli di Arrow erano scuri, ma non sapeva dire esattamente di che colore, perché aveva un taglio militare cortissimo. Gli altri la fissavano con un misto di curiosità e pazienza. Nessuno di loro sembrava avere fretta. Chloe non sapeva se fosse per via del loro passato di soldati o se erano semplicemente così.

Sentì una mano sulla gamba, si voltò verso Ro. "Comincia da dove ti senti a tuo agio" le disse lui. "Non pensare a quello che dici. Parla e basta. Decideremo noi cosa potrebbe essere utile e cosa no".

"È difficile" gli disse lei, cercando di ignorare gli altri.

"Certo, lo so. Ma te la stai cavando benissimo. Vorrei che tu potessi capire quanto sei incredibilmente forte. Se avessi potuto vedere alcune delle altre donne che abbiamo tirato fuori da situazioni come la tua, e quanto fossero terrorizzate a parlare con chiunque, avresti capito. Se ti fa sentire meglio, parla con me. Ignora gli altri e parla con me".

"Forse, se avessimo un mazzo di carte e potessimo giocare a guerra, sarebbe più facile" scherzò Chloe.

Ro non sorrise. "Posso far sì che accada, tesoro", la rassicurò.

Sospirando, Chloe scosse la testa. "Stavo scherzando".

"Io no" disse lui.

Chloe fece un respiro profondo. Ro le aveva detto che era forte, ma lei non si sentiva così. Ad ogni modo, le era stato chiesto di iniziare da qualsiasi punto, così lei suppose di dover cominciare dall'inizio.

CAPITOLO DODICI

RO VOLEVA PRENDERE Chloe e portarla via da lì, ma sapeva di non poterlo fare. Avevano bisogno di più informazioni, e Chloe era l'unica che poteva dargliele. Lei si aggrappò alla bottiglia d'acqua davanti a lei come se fosse l'unica cosa che la mantenesse sana di mente, Ro notò che le tremava il mento. Mettendole una mano sul ginocchio, strinse leggermente la presa, cercando di farle sapere che era tutto a posto. Che andava tutto bene.

Non era sicuro di cosa aspettarsi come prossima mossa, ma quando lei tolse una mano dalla bottiglia e gli strinse forte la mano che le teneva sul ginocchio, Ro si sciolse. La mano della donna era fredda e bagnata dalla condensa dell'acqua. Si era avvicinata a lui. Era un passo enorme, che lui non avrebbe ignorato.

Girandole la mano e intrecciando le loro dita, Ro le dimostrò che era pronto a darle tutto il sostegno necessario mentre lei cominciava a parlare.

La voce le tremava, ma più parlava e più acquisiva sicurezza.

"Ho sempre pensato che fossimo una tipica famiglia. Ho

cinque anni più di Leon e mi piaceva avere un fratellino. Giocavo con lui dopo la scuola e correvamo come pazzi nel nostro cortile, sotto l'occhio vigile della tata. Mio padre lavorava molto, ma cercava sempre di tornare a casa per cena. Mia madre era fantastica. Non aveva un lavoro a tempo pieno, ma faceva molto volontariato, proprio come tata."

"Quando ero al liceo, ho smesso di passare tanto tempo con Leon perché, beh...Ero un'adolescente. I miei amici erano più importanti di un fratellino fastidioso che si infilava nelle mie cose e mi irritava. Immagino che sia stato allora che abbiamo iniziato ad allontanarci. Sono andata al college e mi sono laureata in contabilità. Ho lavorato per un anno o due come contabile, ma non mi piaceva tanto. Era noioso, l'unica cosa che preoccupava i clienti era pagare meno soldi delle tasse di quanto avrebbero dovuto. Un anno, ho incontrato un uomo che lavorava per lo Springs Financial Group, credo che abbia visto qualcosa in me e che ne sia rimasto impressionato. Mi ha invitato a fare un colloquio lì, da lui. Ho ottenuto il lavoro, ho fatto un po' di formazione, ho seguito alcuni corsi e alla fine sono diventata una consulente finanziaria. Mia madre è morta più o meno nel periodo in cui ho ottenuto il nuovo lavoro", disse Chloe. "Una mattina le hanno sparato mentre andava a una delle sue attività di volontariato".

Ro si girò completamente verso la donna. Sapeva che entrambi i genitori di Chloe erano deceduti, ma non che sua madre era stata uccisa.

"Come si chiamava?" chiese Meat.

"Louise".

"Hanno scoperto chi le ha sparato?" chiese Ball.

Chloe scrollò le spalle. "Purtroppo, no. È stato dieci anni fa, immagino che le bande fossero un problema piuttosto grave all'epoca. Stava andando in una brutta zona della città per aiutare a costruire una casa per *Habitat for Humanity*[1]. Era ferma a un semaforo. Qualcuno si è avvicinato alla sua macchina, le ha sparato attraverso il finestrino, poi le ha rubato la borsa".

"Non la macchina?" chiese Arrow.

"No. I detective pensano che sia stata tutta una questione di soldi facili per la droga o qualcosa del genere. Hanno interrogato un sacco di persone, c'erano meno telecamere di sorveglianza all'epoca, quindi non avevano nessuna prova reale, a parte il bossolo del proiettile che era riconducibile a una pistola rubata, che non hanno mai trovato".

"Che schifo" disse Ro, stringendole la mano.

"Sì'" concordò Chloe, "è vero."

Fece un respiro profondo, poi continuò. "Comunque, ho iniziato il mio nuovo lavoro e non ho visto molto né mio padre né mio fratello. Ero occupata. Loro erano occupati. Ho cercato di fare in modo di vedere mio padre almeno una volta alla settimana, ma sembrava che cercasse di prendere le distanze da me. Non so se vedermi gli ricordava mia madre o qualcosa del genere".

"È dura" disse Ro. I suoi problemi familiari erano un po' diversi da quelli di Chloe, ma sicuramente capiva la complessità delle dinamiche familiari. Non le aveva parlato della sua famiglia, ma l'avrebbe fatto. Aveva la sensazione che lei lo avrebbe capito meglio di molti altri.

"Cosa facevano tuo fratello e tuo padre, in quel periodo?" interruppe Gray.

Chloe scrollò di nuovo le spalle. "Le stesse cose che facevano quando ero al college, credo", rispose lei. "Mio padre ha continuato a lavorare per molte ore, Leon ha iniziato gli studi".

"Dov'è andato?" chiese Meat, prendendosi una pausa dalla digitazione sul suo computer per chiedere.

"Ha iniziato all'Università della California del Sud, ma dopo il primo anno di università è tornato a casa ed è andato all'Università di Denver".

"Perché?" chiese Black.

"Perché, cosa?"

"Perché ha cambiato scuola?"

Chloe scrollò ancora le spalle. "Non ne sono sicura. Non gliel'ho mai chiesto. Ho solo pensato che fosse perché voleva stare più vicino a casa".

"Hmmm" mormorò Black. "Ok, scusa per l'interruzione. Continua."

"Giusto, quindi lavoravo per lo Springs Financial Group, le cose andavano bene. Avevo alcuni grossi clienti e stavo aiutando a costruire i loro profili finanziari. Pensavo a dove avrebbero dovuto investire e davo loro consigli su investimenti a lungo termine, assicurazioni sulla vita e cose del genere. Sono rimasta lì per circa cinque anni. Avevo il mio appartamento in centro e molti amici".

Si fermò per bere un sorso d'acqua.

"E poi cos'è successo?" chiese Ro.

"È andato tutto a rotoli" disse tristemente Chloe. "Leon mi ha chiamato, un giorno, dicendomi che papà era stato ucciso - violazione di domicilio. Ha detto che era uscito con degli amici, ma che qualcuno aveva fatto irruzione in casa, cogliendo papà di sorpresa. Stava lavorando nel suo ufficio quando qualcuno è entrato e gli ha sparato. Non ha rubato niente. Gli ha sparato ed è scappato. Ero così sconvolta. Leon aveva appena preso il master, mesi prima, sembrava assolutamente inconsolabile. Giurava che avrebbe scoperto chi fosse stato e gliel'avrebbe fatta pagare, ma per quanto ne so, l'omicidio di papà è irrisolto ancora oggi".

"Sapevo che Ray Harris era stato ucciso, ma dovrò mettere le mani su quel rapporto di polizia" mormorò Meat.

Ro vide Chloe che guardava Meat, con delicatezza allungò un dito e portò gli occhi di lei di nuovo nei suoi. "Vai avanti, tesoro. Cos'è successo dopo la morte di tuo padre?"

Chloe sospirò, poi disse: "È andato tutto a puttane".

"Dimmi" incalzò Ro.

"Le cose hanno cominciato ad andare male al lavoro. I clienti con cui avevo lavorato per anni hanno chiesto improvvisamente un altro consulente. Ho perso il lavoro a causa di questioni legali che io e Leon abbiamo dovuto affrontare. Sembrava una cosa sopra l'altra, poco tempo dopo sono stata chiamata nell'ufficio del capo che mi ha detto che le cose non andavano bene. Sono stata licenziata. Ero devastata e non sapevo cosa fare. Ho cercato di trovare un altro lavoro, ma la comunità finanziaria di Colorado Springs non è così grande. Ho fatto alcuni colloqui, alcuni dei quali sembravano molto promettenti, ma non si è concretizzato nulla".

"Le cose si sono messe così male che sapevo di dover prosciugare i miei risparmi, non volevo proprio farlo. Poi Leon si è offerto di farmi tornare a casa. Ha ereditato la casa quando papà è morto. Ho colto al volo l'occasione, non solo per vivere senza pagare l'affitto, ma per frequentare di nuovo mio fratello. Mi ero pentita di essermi allontanata da lui". Iniziò a singhiozzare. "Ma avrei dovuto riflettere un po' di più. Leon non era generoso, voleva qualcosa da me".

"Cosa voleva?" chiese Arrow.

"Voleva che mi occupassi degli aspetti finanziari della gestione della casa. All'inizio ero felice di farlo. Mi ha tenuto occupata e mi ha tenuto lontana dal fatto che non riuscivo a trovare un altro lavoro. Ho iniziato a sistemare le bollette domestiche e gli stipendi del personale, ma presto ho iniziato a dare consigli a Leon su investimenti, tasse e detrazioni. Ricordo quando è venuto da me e mi ha detto che voleva comprare l'edificio dove ora c'è il BJ. Era così eccitato, mi ha detto tutto su come lo avrebbe trasformato in un club per gentiluomini, sarebbe stato il posto perfetto per gli uomini di Colorado Springs che volevano un po' di divertimento".

"Gli ho detto che era una cattiva idea, ma naturalmente mi ha ignorato. L'ho aiutato ad avviare l'attività perché pensavo ancora che, essendo mio fratello, avrei dovuto sostenerlo. Mi ha messo a capo della contabilità e delle pratiche del club. Non era quello che mi immaginavo, ma l'ho fatto comunque. Per mio fratello".

"In quel periodo mi ha chiesto anche di dare un'occhiata agli investimenti di un paio di suoi amici. L'ho fatto, felice di essere stata d'aiuto. Non mi sono resa conto di chi fossero allora i suoi amici, perché usavano pseudonimi... Altrimenti avrei detto di no".

"Comunque, dopo diversi mesi, volevo fare qualcos'altro della mia vita. Trovare un posto tutto mio, trovare un altro lavoro. Ma ogni volta che ne parlavo con Leon, lui mi dava un motivo per cui dovevo aspettare. Era molto convincente, sinceramente pensavo che avesse bisogno di me. Ma quando ha scoperto che avevo preso qualche appuntamento per cercare un appartamento, ha perso la testa".

Chloe si fermò nel raccontare la sua storia e afferrò la mano di Ro così forte che sapeva gli avrebbe lasciato dei segni con le unghie dei segni delle sue unghie, sul dorso della mano. Ro non disse una parola, si limitò a ricambiare la stretta, facendole sapere che era lì e che non la stava giudicando.

"Mi ha proibito di andarmene e quando l'ho ignorato e me ne sono andata comunque, mi ha trascinato a casa e mi ha picchiata per la prima volta. Mi ha spiegato i suoi legami criminali, ha detto che se me ne fossi andata, la mafia mi avrebbe sicuramente uccisa. Quando ho tentato di andarmene la seconda volta, decidendo che avrei corso il rischio con la mafia, mi ha trascinato in una stanza e mi ha guardato mentre i suoi scagnozzi mi picchiavano a sangue. Non lo dimenticherò mai, se ne stava lì in piedi...Sorridendo. Mi hanno rotto un paio di costole e danneggiato seriamente un ginocchio".

"Non sono riuscita ad alzarmi dal letto per un bel po' di tempo, Leon veniva a trovarmi in camera di continuo. Mi ha detto che gli 'amici' per cui avevo lavorato, in realtà, erano

Joseph Carlino e Peter Smaldone. Quei grandi mafiosi di Denver. Leon mi ha rivelato che mi avrebbero ucciso, lentamente, se avessi cercato di tirarmi indietro dai loro libri contabili. Ha detto che stava cercando di proteggermi. Sapevo che mentiva sul fatto del proteggermi, ma gli ho assolutamente creduto riguardo alla mafia. Leon mi faceva paura, ma la mafia mi terrorizzava".

"Non posso dire di biasimarti" disse Arrow con delicatezza.

"Anche se volevo scappare, ero bloccata" disse Chloe, abbattuta. "Leon mi ha portato in questo mondo di corruzione e inganno senza avvisarmi. Mi sminuiva; mi ha detto anche che ero una Harris, che era arrivata l'ora di iniziare a comportarsi come una di loro. Sosteneva che papà aveva lavorato per anni con le famiglie Carlino e Smaldone. Che erano stati loro a insegnare a papà come estorcere e ricattare persone e aziende per denaro. Leon ha detto che papà gli aveva trasmesso i segreti di famiglia, che era ora che mi unissi all'azienda, non solo di nome. Disse che aveva fatto quello che doveva fare per tenermi all'ovile. E dovevo restare con lui per la mia sicurezza".

"Non avevo mai visto Leon così fuori di sé. Era infuriato perché volevo andarmene, diceva che se me ne fossi andata, non avrebbe potuto proteggermi dalla mafia. Ci ho creduto fino a un certo punto. Così ho accettato di continuare a lavorare con lui, ma in segreto ho cominciato a pianificare la mia fuga". Chloe fece una risata amara. "Avevo pianificato di usare i miei risparmi, ma lui e Abbie li avevano prosciugati a mia insaputa. Ero senza un soldo, a causa del modo in cui mi teneva sotto controllo Leon ho perso i contatti con gli amici che avevo prima di trasferirmi da lui. Non avevo la macchina, Leon mi ha preso la patente, dipendevo completamente da lui, in tutto e per tutto".

"Così ho deciso che per me era più sicuro stare al gioco.

L'ultima cosa che volevo era beccarmi un altro pestaggio come quello che lui e i suoi scagnozzi mi avevano...offerto. Ho fatto finta di assecondare tutto quello che voleva. Avevo bisogno di tempo. Tempo per preparare un piano di fuga. Tempo per capire cosa fare, per stare fuori dai radar della mafia. Tempo per accumulare abbastanza soldi per fuggire".

"Come?" chiese Gray.

"Molto lentamente. Troppo lentamente. Mi occupavo dei soldi di Leon, di Carlino e di Smaldone. Ho aperto un nuovo conto e ho cominciato a trasferirvi dei fondi. Solo un po' alla volta, così nessuno si sarebbe insospettito. Solo dai conti di Leon. Un dollaro qui. Cinque dollari lì. Sono stata estremamente prudente e non ho mai rischiato di spostare qualcosa degno di nota, dirottando soprattutto denaro dagli interessi guadagnati con gli altri conti. Per questo sono rimasta con lui così a lungo, perché ci è voluta un'eternità per costruire quel conto. Non ero ancora riuscita ad accumulare abbastanza per permettermi una fuga dignitosa, ma poi le cose si sono fatte davvero intense".

"Cos'è successo il giorno in cui ti ho incontrato la prima volta?" chiese Ro. Si era interrogato su quel giorno da quando aveva visto sparire i fanali posteriori della Mercedes di Abbie.

Chloe sospirò. "Leon mi aveva organizzato un appuntamento con uno dei suoi amici. Un uomo che aveva detto essere perfetto per me. Provava a sistemarmi da un paio d'anni. In realtà, sembrava che volesse disperatamente farmi sposare, per qualche motivo. Io non volevo andare con il suo amico, ma Leon non ha accettato un no come risposta, sapevo che se avessi continuato a insistere, avrebbe potuto sospettare della persona mite che mi ero finta per così tanto tempo. In più, c'era sempre la possibilità di un altro pestaggio. Così sono andata là. Diciamo che non è andata bene".

"Cos'è successo?" chiese Ball.

"L'uomo aveva 58 anni ed aveva già divorziato due volte.

Non riusciva a staccare gli occhi dalle mie tette per tutto il pranzo. Eravamo seduti nella sala, in fondo al ristorante e lui ha cercato di palparmi. Mi sono opposta, gli ho detto di no. Ha chiamato Leon. Gli ha detto di venire a prendermi, che non avrebbe mai sposato una stronza fredda come me, non importa quanti soldi ci fossero in ballo".

"Che cosa significa?" chiese Black. "Tuo fratello lo avrebbe pagato per sposarti?"

"Non ne ho idea" replicò Chloe. "Leon era furioso, però. Ma io ero altrettanto furiosa. Invece di fare quello che lui voleva che facessi, come facevo da anni, ho fatto l'errore di dirgli che quel tipo era un idiota, che non volevo avere a che fare con altri suoi amici. Si è arrabbiato così tanto che mi ha letteralmente buttato fuori a calci dalla macchina. Mi aveva dato un pugno qualche giorno prima, mi ha colpito nello stesso identico punto quando mi ha buttato fuori dalla portiera della macchina. Ho iniziato a camminare...E il resto lo sapete," concluse, guardando Ro.

"Perché hai chiamato Abbie per farti venire a prendere?" chiese Ro, scuotendo la testa. "Avresti potuto dirmi cosa stava succedendo allora e ti avrei aiutata".

Chloe sorrise tristemente. "Non sapevo che altro fare" disse. "Avrei dovuto. Ma non avevo il passaporto. Non potevo accedere ai soldi che avevo messo da parte, senza il passaporto. Ho pensato che se avessi potuto prendere il mio passaporto e le altre poche cose che avevo nascosto nell'armadio, sarei stata pronta a partire. È stata una decisione terribile da parte mia", disse lei, atterrita. "Abbie cominciò ad addestrarmi a lavorare nelle stanze private del BJ, quella sera".

Ci fu silenzio, intorno al tavolo, per un lungo momento. Ro strinse la mano di Chloe e fece del suo meglio per mantenere la calma. Voleva uscire proprio in quel momento e dare una lezione a Leon, ma doveva restare calmo. Per lei.

"Qualcosa non torna" disse Meat, rompendo il silenzio.

"Cosa?" chiese Arrow.

"Se Leon ha ereditato la casa, e presumibilmente il denaro di suo padre, perché portare lì Chloe? Se la odia così tanto come sembra, perché non prendere tutto e farla finita con lei?"

"Cosa diceva il testamento?" chiese Ball a Chloe.

Lei scrollò le spalle. "Che è andato tutto al primogenito?"

"Lo stai chiedendo o lo stai dicendo?" chiese Black.

"Non ho mai visto il testamento" ammise Chloe. "Un avvocato è venuto a casa e ce l'ha spiegato. Ha detto che Leon ha ereditato la casa e tutto il resto. Ha detto che papà sperava che Leon si sarebbe preso cura di me, se ne avessi avuto bisogno. All'epoca non ne avevo bisogno. Avevo un lavoro, un posto dove vivere, ero a mio agio. Quando Leon mi ha invitata a trasferirmi, ha detto che papà avrebbe voluto così. Non ci ho pensato troppo, al momento".

"Non hai contestato il testamento?" chiese Arrow.

Chloe scosse la testa. "No, non avevo bisogno dei soldi di papà. Sapevo che era ricco. Voglio dire, era difficile non immaginarlo più a casa nostra e tutto il resto, ma non mi è mai passato per la testa di fare causa al mio stesso fratello. Avevo i miei risparmi, un lavoro, degli amici...Non ne avevo bisogno".

"Meat, puoi..."

"Ci sto lavorando" disse Meat prima che Gray potesse finire il suo pensiero.

"Cosa?" chiese Chloe.

"E se Harris non avesse ereditato tutto?" chiese Ro, tranquillamente. "E se i soldi dovevano essere divisi in parti uguali?

"Ma l'avvocato ha detto..."

"Conoscevi l'avvocato?" la interruppe Ro.

Chloe scosse lentamente la testa. "Non l'avevo mai visto

prima. Il tizio che papà aveva usato quasi tutta la vita è morto non molto tempo dopo papà. Attacco di cuore".

"Ma non mi dire" borbottò Meat, le dita frenetiche sulla tastiera.

Chloe guardò prima Meat e poi Ro, poi intorno al tavolo gli altri uomini, prima che il suo sguardo tornasse a Ro. "Pensi davvero che tutto questo sia per colpa dei soldi?"

"Tesoro, la gente ucciderebbe gli altri per dei miseri cinquemila dollari. Tuo padre era ricco. Davvero, ricco sfondato. Il denaro trasforma la gente. Se tuo fratello voleva tenersi tutti i soldi ereditati dai tuoi genitori, chissà cosa è stato disposto a fare per averli".

"Merda" sussurrò Chloe. "Leon ha incontri regolari a pranzo con un gruppo di poliziotti" aggiunse.

Le dita di Meat si bloccarono, alzò lo sguardo su di lei. "Accidenti."

"Chi altro?" Chiese Ro.

"Politici, capi di aziende, leader universitari...Un sacco di gente", aggiunse Chloe.

"Merda, merda, merda" disse Meat, guardando la sua tastiera. "Ok, forse dovremo lavorarci su. Ho trovato qualcosa...Anche se mi ci potrebbe volere più tempo del previsto. Dovrò andare nel dark web[2] e lavorare dietro le quinte, per ottenere più informazioni".

Meat continuò a borbottare mentre Arrow chiese: "Cosa faremo per la storia del rapimento? Se Harris ha amici ai piani alti, è solo questione di tempo prima che capisca chi siamo e che ci troviamo con i poliziotti sul groppone... E probabilmente anche su quello di Rex".

"Potremmo usare i nostri contatti e mandare Chloe fuori città, attraverso la metropolitana" suggerì Ball.

"Potremmo dire che è una moglie maltrattata, ha bisogno di stare tranquilla per un po' e Ro è la sua guardia del corpo" aggiunse Black.

"Non funzionerebbe perché è su tutti i notiziari. Inoltre... Non è sposata, lo sanno tutti" disse Gray.

"Potremmo stare a casa mia fino a quando la situazione non si sarà risolta" propose Ro.

"Conferenza stampa" sbottò Chloe, tutti la fissarono increduli. Persino Meat smise di smanettare con il suo portatile per guardarla.

"Leon non si arrenderà. Continuerà a mettersi su tutti i telegiornali che può. Smuoverà tutti, farà credere che sono mentalmente instabile, quando mi metterà di nuovo le mani addosso mi rinchiuderà per sempre, sostenendo che ho qualche disturbo, che ho bisogno di essere ricoverata in ospedale per il mio bene".

Ro deglutì rumorosamente. Chloe aveva ragione. Aveva assolutamente ragione e la situazione era una merda. Ma non sapeva esattamente dove volesse andare a parare con la sua idea. "Quindi vuoi che qualcuno dica in pubblico che sei sana e salva e che non sei stata rapita?".

"No" disse lei, Ro si rilassò. L'ultima cosa che lui, o Rex, volevano era pubblicità.

"Non qualcuno. Voglio indire una conferenza stampa e dire al mondo che non sono stata rapita e che sto benissimo".

"No" protestò Ro immediatamente. "Non se ne parla proprio."

"È l'unico modo" disse Chloe, calma. "Sai che ho ragione".

"No" disse ancora Ro, ma questa volta fu Arrow a intromettersi.

"Ha ragione. È geniale".

"È una cazzata!" esclamò Ro, lasciandole andare la mano per la prima volta, spingendo la sedia all'indietro, balzando in piedi a camminando vicino al tavolo. "La stampa la mangerà viva! Vorranno sapere dov'era, perché non ha contattato il fratello, cosa è successo quando la macchina si è schiantata... E così via. Non smetteranno di fare domande".

"Ecco perché capiremo cosa dovrebbe dire prima di parlare con la stampa" disse Arrow.

"Diavolo, no", ringhiò Ro. "E questo è un no definitivo!"

———

Tre ore dopo, Ro guardava Chloe mentre stava in piedi sulle scale del tribunale della contea, nel centro di Colorado Springs, a parlare con la stampa. Sembrava in perfette condizioni. Solo lui sapeva che in realtà era spaventata a morte.

Allye le stava accanto, le teneva la mano, le dava il suo sostegno. Avevano deciso che sarebbe stato meglio se Chloe avesse avuto una donna al suo fianco, per non dare alla stampa altri spunti di pettegolezzi. Se Ro fosse rimasto lassù con lei, avrebbe messo tutti sotto i riflettori, quella era proprio l'ultima cosa di cui i Mercenari di Montagna avevano bisogno.

Il capo della polizia si rivolse alla piccola folla di giornalisti: "So che siamo tutti contenti di vedere la signora Harris sana e salva, ha alcune cose da dire, prima di rispondere alle vostre domande".

Ro era tesissimo. Avevano preparato una breve dichiarazione da far leggere a Chloe, vaga nei dettagli, ma tutti sapevano che le domande dei giornalisti avrebbero potuto far saltare la loro storia di copertura. Chloe aveva già parlato con un detective del dipartimento di polizia. Non potevano sapere se fosse uno degli uomini che in realtà stavano dalla parte di Leon, ma dopo un'ora di tensione, lei dietro le porte chiuse, era uscita dalla stanza e aveva fatto un cenno di nascosto a Ro, facendogli capire che, per quanto lei potesse saperne, la loro storia aveva superato l'esame preliminare della polizia.

Poi Chloe era andata direttamente dalla stazione di polizia al palazzo di giustizia, in quel momento Ro e gli altri Mercenari si erano mischiati tra la folla. Erano stati molto attenti a chiunque fosse sospetto, fino a quel momento avevano intravisto solo dei giornalisti.

"Grazie a tutti per essere venuti oggi e per esservi preoccupati per me", disse Chloe, con voce alta e forte. "È confortante sapere che quando qualcuno scompare, ci sono brave persone come voi che si preoccupano e vogliono sistemare tutto. Come potete vedere, sto bene. Non sono mai stata rapita, mi dispiace che mio fratello l'abbia pensato. Ho battuto la testa nell'incidente e, a quanto pare, mi sono allontanata dalla scena cercando aiuto. Sono svenuta e sono stata trovata dalla mia amica Allye Martin. Quando mi sono svegliata e mi sono resa conto di quello che stava succedendo, era troppo tardi, mio fratello era già andato nel panico e aveva già informato tutti che ero stata rapita. Ma, ancora una volta, sto bene. Sono sana e salva".

Appena finito il suo discorsetto, i giornalisti si scatenarono con le loro domande.

"Perché suo fratello pensava che lei fosse stata rapita?"

"Dov'è stata tutto questo tempo?"

"Perché non l'ha chiamato?"

"Qualcuno la sta costringendo a parlare, oggi?"

"Ha ricominciato a prendere le medicine?"

Tutte le cose di cui i Mercenari avevano discusso e delle possibili domande da parte dei giornalisti, sì, avevano indovinato tutto. Chloe gestì ogni singola domanda come una professionista. Non esitò nelle sue risposte e rassicurò tutti più e più volte che era felice e in salute, si era trattato solo di un grande malinteso.

Rise della domanda sulla sua salute mentale, dicendo che le uniche medicine che prendeva erano vitamine e anticoncezionali, suo fratello aveva chiaramente frainteso i suoi sbalzi d'umore mensili per qualcosa di più. Era persino arrossita quando l'aveva detto, dando credito alle sue parole.

Proprio quando Ro si stava rilassando, pensando che ce

l'avrebbero fatta e che Chloe avrebbe potuto finalmente mostrare la sua faccia in giro per la città senza più preoccupazioni, arrivò una limousine ad alta velocità. Inchiodò evitando per un pelo la folla di giornalisti.

Subito all'erta, Ro cominciò a farsi strada verso di essa.

Gli si attorcigliò lo stomaco, sapendo esattamente chi ne sarebbe uscito. Aveva indovinato. Avevano discusso della possibilità che suo fratello si facesse vivo. Avevano solo sperato di poter concludere la conferenza stampa e portare via Chloe prima che lui arrivasse.

Leon Harris uscì dall'auto, i giornalisti si separarono come il Mar Rosso, mentre questi saliva le scale verso la sorella.

I pugni di Ro si strinsero, ogni muscolo del suo corpo era in allerta. Se Leon avesse fatto qualcosa per ferire Chloe, l'avrebbe pagata. Anche se questo avrebbe danneggiato la reputazione dei Mercenari di Montagna. L'unica cosa che impedì a Ro di andare verso Chloe era il fatto che Allye era lì con lei. E inoltre, per qualche ragione, Leon voleva sua sorella viva.

Non avevano ancora capito perché, ma lui aveva avuto molte occasioni per ucciderla nel corso degli anni e non l'aveva mai fatto. Ro non pensava che Leon avrebbe fatto saltare la sua copertura da "bravo ragazzo" davanti a tutte le telecamere del telegiornale.

Appena Harris raggiunse Chloe, la avvolse con le braccia, stringendola stretta. Si era allontanato dal microfono, costringendola a fare un paio di passi indietro. Ro guardò attentamente e vide Chloe alzare un braccio e avvolgerlo intorno alla schiena del fratello. A tutte le telecamere che stavano riprendendo, sembrava una tenera scena di ricongiungimento, ma Ro conosceva Chloe, anche dopo un paio di giorni insieme. Capì che stava urlando internamente.

Allye non lasciò mai andare la mano di Chloe, e pur lasciando loro spazio, non si mosse di un centimetro dall'abbraccio per nulla sincero dei due fratelli. Leon strinse Chloe per un periodo decisamente troppo lungo per un fratello e una sorella. Quando si tirò indietro, Ro intravide un perfido ghigno sul suo volto, per una frazione di secondo, prima che Leon si rivolgesse al pubblico.

"Grazie a tutti voi per la vostra preoccupazione e per il vostro aiuto nel localizzare Chloe. Sono così felice che stia bene e che sia riapparsa. Non ce l'avrei fatta senza di voi. Grazie." Detto questo provò a scendere le scale, tenendo ancora la mano della sorella.

Ma Chloe non si mosse.

Leon rimase lì, in piedi con il braccio teso per un attimo, poi alla fine lasciò la presa. Ebbe una breve conversazione con Chloe sui gradini, Ro vide la donna scuotere il capo più volte. Strinse la mano di Allye più forte e si incollò un sorriso finto sul viso.

Non volendo fare davanti alle telecamere nulla che potesse essere preso nel modo sbagliato, Leon voltò lentamente le spalle alla sorella e si fece strada tra il gruppo dei giornalisti, rispondendo a domande varie mentre se ne andava.

All'ultimo secondo, prima che Leon tornasse in macchina, Ro si allontanò di un passo dal suo nascondiglio - dietro un albero sul prato del tribunale - assicurandosi che Leon lo vedesse chiaramente.

I due uomini si fissarono l'un l'altro. Ro restrinse gli occhi per avvertire Leon, ma l'altro uomo ignorò l'avvertimento, oppure non lo colse, perché si voltò e salì sul sedile posteriore.

La limousine si allontanò molto più lentamente di quanto non fosse arrivata. I giornalisti iniziarono a disperdersi, volevano riportare le registrazioni alle loro redazioni per montare il prima possibile i video da trasmettere quella sera.

Come avevano pianificato, dopo che Chloe ebbe stretto la

mano al capo della polizia e a chiunque altro ancora fosse nei paraggi, lei e Allye si diressero verso l'Audi di Gray. Ro non si mosse fino a quando entrambe le donne non furono al sicuro all'interno del veicolo, poi corse verso l'Hummer di Meat. Ball era alla guida, dato che Meat era rinchiuso in casa nel seminterrato, preso dai suoi computer.

Arrow e Black si spostarono dall'Audi di Gray e salirono sul pickup di Arrow, diretti verso casa di Ro, avrebbero fatto la strada lunga per assicurarsi di non essere seguiti da nessuno degli scagnozzi di Leon o da giornalisti ficcanaso.

Non appena Ball salì sull'Hummer, Ro si avvicinò alla macchina di Gray. Aprì la portiera e strinse Chloe tra le braccia, ancora prima di pensare. Non si era guardato in giro per controllare se ci fossero pericoli oppure occhi indiscreti. La sua unica preoccupazione era arrivare a Chloe e assicurarsi che stesse bene.

Nel momento in cui le sue braccia si chiusero intorno a lei e sentì il profumo di lillà, si rilassò. Ro non si era reso conto di quanto fosse stato stressato nelle ultime due ore, finché non aveva di nuovo avvolto Chloe tra le sue forti braccia.

"Stai bene?" le chiese.

Chloe annuì, ma non alzò la testa.

Era sufficiente. Per il momento.

CAPITOLO TREDICI

DUE GIORNI DOPO, Ro era stufo. Dopo la conferenza stampa, Chloe aveva chiuso i battenti. Era sempre educata e gentile, ma ogni volta che lui tirava in ballo il fratello e quello che le aveva detto sui gradini del tribunale, lei cambiava argomento e si inventava una scusa qualsiasi per lasciare la stanza.

Ro decise di smettere di girare intorno a quell'argomento.

Non gli piaceva il fatto che Chloe fosse nervosa, non gli piaceva il fatto che lei fosse ovviamente spaventata e che glielo nascondesse. Lei sussultava ad ogni piccolo rumore, quando il suo telefono squillava lo fissava con trepidazione, mentre parlava con uno qualsiasi dei suoi amici all'altro capo della linea, tanto che gli faceva male il cuore.

Chloe andava a letto troppo presto, soprattutto per una persona abituata a stare sveglia fino alle prime ore del mattino. L'unica volta che aveva provato ad andare a vedere se stesse bene, si era accorto che lei aveva chiuso a chiave la porta della camera da letto.

Si stava allontanando da lui, fisicamente e mentalmente, Ro ne aveva abbastanza.

Dopo la cena di quella sera, come al solito, Chloe lo aiutò

a lavare i piatti, poi gli diede la buona notte e gli disse che sarebbe andata a letto. Si era persino messa il pigiama, composto da un pantaloncino da notte e una maglietta a maniche corte dalla fantasia abbinata.

Fermandola con una mano sul braccio, Ro scosse la testa. "È ora di finire quella partita a carte" le disse.

"Oh, sono troppo stanca questa stasera" gli disse Chloe, cercando di allontanarsi.

"Peccato" disse Ro, senza alcuna emozione. Ignorando le sue proteste, entrò con lei in salotto e la fece sedere sul divano. "Siediti, prendo le carte".

"Ma..."

"No, tesoro."

Ro sapeva che lei lo stava fissando mentre si dirigeva verso la libreria e prendeva i due mazzi di carte con cui avevano giocato qualche sera precedente. Sapeva anche che stava sfidando la fortuna, ma quando lei non si alzò, decise di considerarla una vittoria.

Quella volta però, invece di sedersi dall'altra parte del tavolino, Ro si sedette accanto a Chloe, lasciando qualche centimetro di spazio tra loro. Le passò un mazzo di carte, poi mise il suo sul cuscino, tra loro.

Per un attimo, pensò che lei non gli avrebbe dato corda. Ma dopo aver tirato un sospiro, Chloe girò una delle sue carte senza dire una parola.

Giocarono in silenzio per un po'. Vinsero entrambi, più volte. Dopo un po' di tempo, Ro cominciò a parlare di niente in particolare.

Parlò del tempo, delle ultime due auto su cui aveva lavorato nel suo garage, persino del gatto randagio che aveva trovato e a cui stava dando da mangiare. Non accennò al fratello di lei o alla sua situazione, mantenendo la conversazione leggera.

Alla fine, gli sforzi di Ro furono premiati quando Chloe

cominciò a rispondere alle sue chiacchiere. Lei alzò gli occhi al cielo quando lui le chiese dei vestiti che le erano stati consegnati il giorno prima. "Allye è pazza", borbottò lei. "Ha esagerato nell'ordinare i vestiti online. Non posso ripagarla finché non ho accesso al conto che ho creato, ma sono abbastanza sicura che cercare di farlo ora non sarebbe la cosa migliore".

Ro ridacchiò.

Chloe lo fissò. "Cosa?"

"Niente."

Lei si fermò, rifiutando di mettere giù un'altra carta. "Sul serio, cosa?"

Ro la guardò negli occhi e sospirò, sentendosi tranquillo per l'irritazione che trapelava dagli occhi della donna. Aveva represso ogni emozione, tranne la paura, da quando erano tornati a casa dopo la conferenza stampa, quindi vedere qualsiasi altro tipo di reazione era un passo avanti rispetto al modo in cui si era comportata fino a quel momento. "Prima di tutto, quando sarà il momento giusto, Meat si occuperà di procurarti quei soldi. Questo è l'ultimo dei tuoi problemi".

"Ma non ho né il passaporto né un altro documento d'identità".

"Si occuperà anche di questo".

Chloe sbuffò leggermente. "Qual è la seconda cosa?"

"Quale seconda cosa?"

"Hai detto prima di tutto, il che significa che ci deve essere un secondo di tutto", disse Chloe.

"Oh, giusto. Secondo, Allye non ha pagato per le cose che ha ordinato online per te".

"Cosa? Come no?"

Ro la fissò con un'espressione neutra sul viso.

"Oh, per l'amor di Dio. Hai pagato tu? Non puoi comprarmi vestiti per il resto della vita, Ro".

"Perché no?"

"Perché no!"

Ro ridacchiò di nuovo. "Non è un motivo."

"Perché" – riprovò lei – "hai già fatto troppo. Non mi piace essere in debito con la gente. Erano costosi, ce n'erano troppi. Rimanderò indietro la maggior parte di quella roba. È..."

"Mi sembra di non aver fatto abbastanza", la interruppe Ro. "Come mi hai detto più volte, ti ho fatto rapire. Sei stata ferita e drogata. Ora ti senti intrappolata in casa perché Harris è ancora là fuori. Non vuoi dirmi cosa ti ha detto, questo mi sta corrodendo lo stomaco perché voglio sistemare le cose, per te. Per come la vedo io, non ho fatto abbastanza".

"Ro, hai fatto..."

"Non mi devi un accidente. Questa non è una situazione qualsiasi. Per quanto riguarda i costi, hai visto la McLaren, vero? Ho i soldi, tesoro. Tanti soldi. Non lo ostento, nessuno sa esattamente quanto valgo, perché non voglio che nessuno lo sappia. Non manderai niente indietro, perché se lo farai, ti prenderò il doppio delle cose, e probabilmente saranno delle taglie sbagliate e fuori moda, perché questa volta non avrò Allye ad aiutarmi".

Si fissarono per un attimo. Ro era arrabbiato perché lei aveva pensato a rimandare indietro le cose che lui le aveva preso, e capì che lei era altrettanto irritata con lui.

Tra un battito di ciglia e l'altro, però, qualcosa cambiò nello sguardo della donna. Le svanì la rabbia.

"Sei ricco?" gli chiese.

Stringendo i denti, Ro annuì.

"Non sapevo che Rex vi pagasse così tanto."

Ro voleva rimpiangere di averne parlato, perché parlare delle sue finanze significava parlare del suo passato e di come era entrato in possesso di quei soldi, ma non poteva. Voleva condividere di più della sua vita con Chloe. Ma era passato così tanto tempo da quando aveva parlato di quello che gli era successo, che non sapeva da dove cominciare o se poteva farlo.

Guardando le carte in mano, Ro ne mise una a faccia in su sul cuscino tra di loro. Sapeva che lei lo stava fissando, ma continuò a giocare.

"Ero un membro della SAS. Forze speciali britanniche" disse Ro mentre raccoglieva l'otto che aveva perso contro la regina di Chloe. "Tutto quello che ho sempre voluto fare era essere un soldato, fin da quando ero un ragazzino. Papà era perplesso perché era sempre stato un uomo d'affari. Non aveva un briciolo di aggressività in corpo, ma mi ha sostenuto. Quando tornavo a casa in licenza, parlavamo per ore del mio lavoro, delle missioni che facevo e delle più recenti e grandi tecnologie che utilizzavamo".

"E tua madre?" chiese Chloe con calma.

A Ro non piaceva pensare a sua madre, ma doveva raccontare tutto. "Mia madre ha sposato mio padre per i suoi soldi. Credo che papà pensasse di potersi fare amare da lei tanto quanto lui l'amava, ma dopo diversi anni di matrimonio, si è reso conto che non sarebbe mai successo".

"Hanno divorziato?"

Ro ridacchiò, senza alcun divertimento. "No. Papà non sarebbe mai andato contro i suoi voti. Li aveva presi sul serio. Lei gli aveva dato un figlio, me, lui si è impegnato a prendersi cura di lei fino alla morte".

"Mi dispiace".

Ro scrollò le spalle. "Come ho già detto, papà non era esattamente così assertivo. La mamma lo metteva sotto e lui faceva tutto quello che lei voleva. Ignorava le storielle che si era fatta, cercava di fingere che tutto andasse bene".

Entrambi misero le carte sul cuscino, Ro le girò. Chloe aveva un re che stracciò il suo cinque. L'uomo sospirò e la guardò mentre raccoglieva le carte, compreso il suo ultimo asso. Era solo questione di tempo prima che lei vincesse la partita. Avrebbe dovuto sentire qualcosa a riguardo, ma al momento non gli importava minimamente.

"Ero in missione insieme a un gruppo di Marines. Stavamo usando un'arma nuova di zecca. Doveva essere stata testata a lungo, era ritenuta sicura. La mia unità fu scelta per mettersi all'interno del carro armato e sparare con quell'arma. È stato un onore essere stato scelto". Ro rabbrividì, in un attimo la mano di Chloe gli raggiunse l'avambraccio, delicatamente.

"Non c'è bisogno che tu me lo dica" disse lei a voce bassa.

"Per farla breve, qualcosa è andato storto, l'esplosivo ha funzionato male all'interno della canna. È esploso, le fiamme hanno sparato dalla parte sbagliata, inghiottendo l'interno del serbatoio con i gas mortali. Ho protetto uno dei miei compagni e mi sono preso il getto delle fiamme sulla schiena. I Marines si sono resi subito conto di quello che stava succedendo e hanno fatto del loro meglio per aprire il portello e tirarci fuori. Ci è voluto troppo tempo, però".

Ro guardò Chloe. "Due dei miei compagni sono morti. I loro polmoni sono bruciati per colpa della prima esplosione di gas. Ci sono voluti tre mesi perché la mia schiena guarisse abbastanza da permettermi di tornare a casa dall'ospedale".

"E il compagno di squadra che hai protetto con il tuo corpo?" chiese lei.

"Stava bene".

"Grazie a Dio. Sono contenta che stia bene".

"Papà mi ha fatto visita il più possibile. Appena mi hanno dimesso, mi ha portato a casa per continuare a prendersi cura di me. È stato di grande aiuto".

"E tua madre?" chiese Chloe, ovviamente toccando il punto delicato della vicenda.

"Non era contenta del fatto che fossi lì, finché non ha scoperto che il governo avrebbe pagato una bella somma per il dolore e le sofferenze che io e i miei compagni abbiamo dovuto sopportare. Ma non era abbastanza per lei. Ha assunto un avvocato costoso, a spese di papà ovviamente, hanno agito alle mie spalle facendo causa al governo per un'oscena somma di denaro a mio nome".

"Potevano farlo?" chiese Chloe. "Voglio dire, non eri minorenne, quindi come sono riusciti a fare causa a nome tuo?"

Ro scrollò le spalle. "Pensavo anche io che non potessero farlo. Ma è saltato fuori che il governo non vedeva l'ora di chiudere la faccenda dell'incidente. È stata una vera e propria rovina per la loro reputazione. Hanno pagato. Sono stati depositati venti milioni di sterline sul mio conto. Soldi per il silenzio. Erano contaminati fin dall'inizio, non volevo averci niente a che fare".

"Ma tua madre sì".

Ro annuì. "La mia vita è stata un inferno vivendo con loro, me ne sono andato non appena ho potuto. Mamma ha fatto sì che papà iniziasse a tormentarmi per i soldi. Pensava di meritarsene almeno la metà, visto che aveva fatto tutto il lavoro per preparare la causa. Sapevo che papà non parlava per sé, faceva solo quello che gli ordinava la moglie, non aveva le palle di dirle di andare a farsi fottere. L'ultima volta che è venuto a casa mia, sono stato tremendo con lui. Gli ho detto cose di cui mi pento ancora oggi. Gli ho detto che la mamma era una stronza coi fiocchi, che doveva farsi avanti e chiedere il divorzio. Gli ho detto che non volevo più vederlo finché non avrebbe sistemato le cose. Non ha alzato la voce con me, non mi ha risposto. Mi ha semplicemente detto che era appagato del fatto che fossi suo figlio, poi se n'è andato".

"Appagato?" chiese Chloe.

"Soddisfatto. Mi ha detto che era orgoglioso di me. È stata l'ultima volta che l'ho visto. È andato a casa e si è impiccato".

"Ronan!" esclamò Chloe. Si chinò in avanti, buttò le sue

carte sul tavolino da caffè, strappò le carte dalle mani di Ro, gli si avvicinò così tanto da ritrovarsi praticamente seduta in grembo a lui. "Mi dispiace tanto".

"Anche a me" disse Ro. "A mamma non importava nemmeno. Mi disse che era colpa mia, e che se avessi dato loro solo una parte dei soldi di tutta la vicenda, papà non l'avrebbe fatto."

"Lo sai che è una stronzata, vero?" chiese Chloe, mettendogli le mani sulle guance e costringendolo a guardarla.

Ro guardò nei suoi grandi occhi marroni e le disse qualcosa che non aveva mai ammesso ad alta voce, fino a quel momento. "Non è una stronzata. Non volevo i soldi. Se glieli avessi dati, papà sarebbe ancora vivo, oggi".

"Fanculo" disse Chloe con ferocia. Poi si spostò di nuovo e si sedette in braccio a lui, a cavalcioni.

Le mani di Ro si mossero automaticamente per stabilizzarla e per assicurarsi che non cadesse dal suo grembo. Lei si appoggiò a Ro, i loro nasi si sfregarono, gli disse a voce bassa: "Mi dispiace, ma tua madre è una stronza avida di soldi. Tuo padre era orgoglioso di te per tutto quello che hai fatto nell'esercito, ma anche per l'uomo che sei. Non hai ceduto alle sue pressioni, e so che se fosse vivo direbbe la stessa cosa".

"Si è ucciso per colpa mia. L'ultima cosa che gli ho detto è che non volevo più vederlo".

"Mi sembra che tuo padre avesse molti più problemi di quanti tu ne sapessi. L'hai detto tu stesso, non era assertivo. Probabilmente si teneva un sacco di cose dentro...Alla maniera inglese e tutto il resto". Chloe gli fece un piccolo sorriso triste. "Ti voleva bene, Ro. Non puoi portarti questo peso sulle spalle. Purtroppo, ogni giorno si uccidono tante persone, il più delle volte non pensano ad altro che alla quantità di dolore che prova. Non pensano alle persone che li amano. Non pensano alle conseguenze delle loro azioni sugli altri. Tutto ciò su cui possono concentrarsi sono i loro sentimenti e quanto abbiano un disperato bisogno di far cessare il dolore. Immagino che per lui non sia stata una cosa improvvisa".

Ro deglutì. "I registri della carta di credito provano che aveva acquistato la corda tre settimane prima di farlo".

"Esattamente." Chloe si fece strada con le mani, in modo da inserirle tra il divano e la schiena di Ro. Si contorse leggermente, finché non si trovarono petto a petto. La donna era a gambe aperte, il suo sesso era premuto contro l'inguine dell'uomo. Chloe seppellì il suo viso nel collo di lui e disse dolcemente: "Tuo padre ti voleva bene, Ro. Mi dispiace per quello che è successo. Mi dispiace che i tuoi soldi siano in qualche modo contaminati. È una merda".

Era una merda, sì, ma avere una Chloe morbida e compiacente tra le braccia era tutt'altro che negativo.

"Terrai i vestiti?" chiese lui, dopo un breve silenzio.

Sentì una risatina echeggiare dal petto. "Sì, Ro. Li tengo io. Grazie."

"Arrow era uno dei Marines che mi ha aiutato a uscire da quel carro armato" le disse.

Lei alzò la testa per fissarlo, sorpresa. "Davvero?"

"Sì, siamo rimasti in contatto durante tutto il mio recupero e la riabilitazione. Quando sono stato congedato ufficialmente dall'esercito britannico, Arrow mi ha contattato e mi ha detto che qualcuno aveva un'offerta di lavoro per me".

"Rex" suppose Chloe.

"Rex" confermò Ro. "Sono venuto negli Stati Uniti, in quella vecchia e malandata sala da biliardo. Quando Rex non si è fatto vivo, ho pensato che fosse tutto un maledetto scherzo. Io e gli altri ci siamo lamentati per un po' della falsa offerta di lavoro, poi abbiamo deciso che tanto valeva restare a giocare a biliardo. Ci siamo incazzati...Ehm...E ubriacati, qualche ora dopo Rex ha chiamato ognuno di noi, uno dopo l'altro, e ci ha offerto un lavoro come Mercenari di Montagna".

"Sono contenta" disse Chloe, appoggiando di nuovo la testa sulla sua spalla.

Ro poteva sentire il suo caldo respiro contro il suo collo. Non era eccitato; si sentiva a suo agio e tranquillo, con lei tra le braccia. Si sentiva anche più leggero per averle raccontato la sua storia. Non l'aveva raccontata a molte persone. Rex la conosceva, e anche Arrow naturalmente, ma pensava che nessun altro conoscesse l'origine della quantità di denaro che aveva nel suo conto in banca. Non ne aveva usati molti, tranne che per la McLaren. Lavorava come meccanico; la sua casa era bella, ma non si avvicinava neanche a una villa. Viveva un'esistenza tranquilla.

"L'hai più vista da allora?" chiese Chloe.

Sapendo che si riferiva a sua madre, Ro annuì. "Una volta. Sono tornato in Inghilterra per affrontarla. Per ottenere informazioni. Per scoprire se sapesse che papà era così infelice. Ha aperto la porta del suo appartamento indossando un abito Louis Vuitton, scarpe Manolo Blahnik, e ovviamente si era sottoposta a un intervento di chirurgia estetica. Un uomo più giovane di vent'anni è apparso alle sue spalle, chiedendole chi fossi. Mi sono girato e me ne sono andato senza dire una parola. Per quanto mi riguarda, sono orfano".

"Ti adotterò io" lo prese in giro Chloe.

"Fatto" disse Ro immediatamente.

"Stavo scherzando" replicò lei.

"Io no."

Rimasero seduti così per molto tempo. Ro pensò che Chloe si fosse addormentata. I loro petti si sollevavano e scendevano insieme, respirando in tandem. Il caldo respiro di lei si diffondeva contro il suo collo, lui giocava con le punte dei suoi lunghi capelli neri, con la mano sulla schiena. Non si era mai sentito così a suo agio in tutta la sua vita.

"Mi ha detto che sarei tornata da lui" sussurrò Chloe in con un tono così dolce che Ro non avrebbe sentito, se la sua bocca non fosse stata accanto al suo orecchio. "Quando mi ha abbracciata, mi ha detto che ero stata cattiva, che avrebbe ucciso chiunque mi avesse aiutato se non fossi tornata a casa entro questo fine settimana. Credo che, per il modo in cui mi sono comportata, lui sia convinto del fatto che tornerò indietro solo per non farlo arrabbiare".

I muscoli di Ro si irrigidirono, la sensazione di rilassamento che aveva raggiunto fu sostituita da una rabbia bruciante. Riuscì comunque a mantenere il suo tocco sulla schiena di lei molto leggero. "Che altro?" chiese lui. "Sputa il rospo".

"Ha detto che aveva in programma una serata speciale per la mia prima notte al BJ, poi mi avrebbe trasferito nel suo bordello, dove aveva messo in fila abbastanza uomini per un mese, per darmi una lezione. Poi, dopo, mi avrebbe consegnato a Smaldone e Carlino perché facessero di me quello che volevano".

"Cosa ha detto mentre se ne andava? Quando ha cercato di convincerti ad andare con lui?" chiese Ro.

"*Ci vediamo presto*" sussurrò Chloe.

Ro portò le mani ai lati del collo della donna, con i pollici alla mascella di lei le sollevò la testa dalla sua spalla. Sentì le unghie di lei scavare nella sua schiena, tanto era agitata. I suoi occhi preoccupati incontrarono quelli di lui, ardenti.

"Non sarei in grado di sopportarlo, se dovesse succedere qualcosa a te, o ad Allye, o a uno qualsiasi dei ragazzi" ammise Chloe. "Quando avevo intenzione di andarmene per conto mio, non era così spaventoso. C'ero solo io. Ma ora...Se scopre che mi stai aiutando, non avrà pace finché non avrà fatto del male anche a te. Non ci sono più solo io".

Ro le sorrise. Non era un sorriso felice, era determinato e

persino malvagio. "Quel bastardo non vincerà, tesoro. Non glielo permetterò".

Per la prima volta dalla conferenza stampa – per quanto lui ne sapesse – gli occhi di Chloe si riempirono di lacrime. "Non puoi garantirlo."

"Posso e lo farò" insistette Ro. "Siamo stati prudenti con tuo fratello, ma è ora di smettere di cazzeggiare".

"Che cosa farai?"

"Onestamente? Non lo so. Molto dipende da ciò che troverà Meat nella sua ricerca. È bravo, ma ha qualche problema. Ha chiesto a un suo amico di aiutarlo".

"Un amico?"

"Sì, un ragazzo che sembra conoscere tutti ed è in grado di trovare in qualche modo l'impossibile".

"Sembra una persona molto utile da avere intorno" scherzò Chloe, ovviamente cercando di frenare le lacrime.

Ro avvicinò lentamente le mani al suo viso e le spazzò via le lacrime vaganti. Poi le diede un bacio su ogni guancia, con il leggero pizzico di sale che gli pungeva sulla lingua. Le baciò dolcemente la bocca, indugiando quando lei sospirò e schiuse le labbra per lui. Ro fece scorrere la punta della sua lingua sul labbro inferiore di lei, poi lo prese tra i denti. Lo morse leggermente, quando lei gemette e si spostò sul suo grembo, Ro la lasciò andare.

"Non andartene" la pregò. "So che le cose sembrano impossibili e spaventose in questo momento, ma non andartene".

Chloe non disse nulla, si limitò a fissarlo intensamente.

"Se te ne vai, muoverò il cielo e la terra per farti tornare. Non c'è nessun posto in cui Harris possa nasconderti dove non ti troverò. Non mi arrenderò. Spenderò ogni sterlina del mio conto per trovarti, tesoro. Sai che lo farò".

"Non ne vale la pena".

"Stronzate" disse subito Ro. "Vali molto di più di quanto

tu creda. C'è qualcosa tra noi, Chloe. Dimmi che lo senti. Dimmi che non sono l'unico", le ordinò.

Non pensava che lei lo avrebbe ammesso. Chloe si sedette sulle sue ginocchia, con la schiena dritta, e lo fissò per diversi minuti. Ro si rifiutò di rompere il silenzio. Lei era testarda, ma lui lo era ancora di più.

"Non sei l'unico" sussurrò finalmente lei, con aria timida.

"Dannatamente vero."

Chloe ridacchiò.

"Cosa?"

"Non avresti dovuto dire *diabolicamente* vero? In inglese usate sempre diavolo e derivati per 'dannazione', giusto?"

Ro sorrise. "Sì, ma sarebbe suonato troppo strano".

Chloe rise di nuovo, quel suono cristallino colpì dritto il suo uccello. Lui la tirò con forza verso di sé, per farle sentire la novità.

Nel momento in cui si rese conto di ciò che lui aveva tra le gambe, Chloe sorrise. "Ce l'hai duro" disse senza fiato.

"Sì" confermò Ro, tirandola ancora più verso di sé quando lei cercò di svincolare all'indietro.

"Ma...Quando eravamo al BJ, in questa posizione, non hai..."

"Non eri lì di tua spontanea volontà" le disse Ro. Poi le lasciò andare la vita e mise le braccia sul retro del divano. "Ma qui sei libera di fare quello che vuoi. Sentirti ridere, sapere che ti ho fatto dimenticare le tue preoccupazioni per mezzo secondo - sì, è eccitante".

Ro pensò che Chloe si sarebbe spostata, che potesse essere a disagio per la sua evidente eccitazione, ma lei lo sorprese avvicinando i suoi fianchi, inclinandosi all'indietro per avvicinarsi ancora di più al suo pacco.

"Mi piace".

"Ah sì?" chiese lui sfacciatamente.

Arrossendo, Chloe replicò: "Sì, è così. Fartelo andare in tiro. Sentirti sotto di me. Sapere di poterti eccitare. Mi..."

"Piace anche a me" disse Ro. Poi le mise le mani sotto il culo e si mise in piedi con un unico fluido movimento.

Chloe strillò, ma gli avvolse le braccia intorno al collo mentre camminava verso le scale. Non gli chiese dove stessero andando, si trattenne. Questo fece eccitare ancora di più Ro.

Li portò su per le scale, dritti verso la camera da letto. Appena aprì la porta, Ro fece una smorfia.

"Cosa?" chiese lei, alzando la testa.

"C'è il tuo odore ovunque, qua dentro" le rispose. "Lillà. Cazzo, non riuscirò mai più a sentirne l'odore senza avere un'erezione".

Lei ridacchiò di nuovo, Ro sentì il suo uccello pulsare nei pantaloni. Non sapeva cosa fosse, della sua risata, a renderlo duro. No, era una bugia. Lo sapeva. Amava farla sentire felice. Era fin troppo ovvio che negli ultimi anni vissuti da Chloe, non ci fosse stata alcuna felicità.

Ro si avvicinò al letto e fece cadere la donna senza troppe cerimonie. Chloe emise un gridolino rimbalzando sul materasso. Poi rise ancora un po' e si spostò all'indietro. Non sembrava affatto spaventata da lui, per fortuna.

Ro la raggiunse e la girò su un fianco, poi si rannicchiò dietro di lei. Non disse una parola, immerse il naso tra i capelli di lei rimase così, immobile.

"Uhm...Tutto bene?" chiese Chloe.

"Nelle ultime due notti ho pensato a te che dormivi qui da sola, nel mio letto, mi faceva male questo pensiero. Sapevo che eri sconvolta e che non mi parlavi di Harris. Volevo farmi strada con la forza, oltre quella porta chiusa a chiave, prenderti tra le mie braccia, proprio così. Puoi assecondarmi, per stanotte? So che è presto, ma almeno per un po'? Poi tornerò di sotto, e tu potrai dormire tranquilla".

"Non è troppo presto", rispose Chloe. "Non hai idea di quanto volessi scendere e stare tra le tue braccia proprio così, sul divano, e farmi abbracciare da te e sentirmi dire che tutto sarebbe andato bene".

"Andrà tutto bene" disse prontamente Ro.

Sentì Chloe sospirare e, se possibile, Ro si sciolse ancora di più.

"Lo spero".

"Sarà così" aggiunse Ro.

Dopo circa un minuto, Chloe disse: "Credo che la cosa migliore che mi sia mai capitata è il rapimento".

Ro ridacchiò. "Beh, non facciamone un'abitudine, ok?"

"Non lo farò, se non lo farai tu" rispose lei sfacciata.

"Affare fatto". Ro chiuse gli occhi e si avvicinò ancora di più a Chloe. Non aveva mai avuto una donna in quel letto. Ora aveva il suo profumo. Le lenzuola, il cuscino, persino la trapunta, emanavano il delicato profumo di lillà. Voleva che quella fragranza rimanesse anche sulla sua pelle, voleva averla con sé ovunque andasse. Ro non si era mai sentito così. Mai.

Era più soddisfatto nel tenerla tra le braccia, a dormire, di quanto non fosse mai stato con nessun'altra prima di allora.

CAPITOLO QUATTORDICI

CHLOE SI SVEGLIÒ LENTAMENTE dal miglior sonno della sua vita. Indossava ancora il pigiama, non sembrava che lei e Ro si fossero mossi di un centimetro durante la notte, dopo che lui si era alzato per mettersi un paio di pantaloni della tuta. Lei era su un fianco, nella stessa posizione in cui si era addormentata, lui aveva ancora un braccio attorno a lei.

Nel momento in cui lei si mosse, lo fece anche lui. Chloe si mise sulla schiena e Ro si mise sopra di lei, con un piccolo sorriso sul volto.

"Cosa?"

"Sei bellissima".

Chloe alzò gli occhi al cielo. "I miei capelli sono probabilmente un groviglio di nodi. Non mi trucco da giorni, i miei vestiti sono stropicciati, so di pesare qualche chilo in più di quanto dovrei".

Ro rispose rapidamente: "I tuoi capelli sono spettinati, mi piace vederli così, dopo aver dormito nel mio letto tutta la notte. Non hai bisogno di trucco, sei bella così come sei. Non me ne frega un cazzo dei tuoi vestiti, tu sei della taglia perfetta". La mano dell'uomo si mosse dal braccio di Chloe, dove era stata appoggiata, scorrendo sulla pancia fino alla vita, poi giù fino alla coscia. Ro si mise sulla schiena e poi tirò Chloe su di lui, a cavalcioni. Lui la posizionò fino a quando lei poté sentire il suo uccello. Duro e impressionante.

"Amo le tue forme" le disse, i suoi occhi vagarono liberamente e avidamente su tutto il corpo di Chloe. La lussuria che lei riusciva a leggergli nello sguardo le fece bagnare le mutandine. Gli uomini del BJ l'avevano già mangiata con gli occhi in passato, ma in qualche modo, con Ro, era diverso. Il suo sguardo era quasi riverente.

Con una mano sulla vita di lei, tenendola stretta, Ro usò le dita dell'altra mano per farla impazzire. Mentre lui parlava, le faceva delle leggere carezze lungo tutto il corpo. "Le tue tette sono bellissime. Belle piene. I tuoi capezzoli implorano il mio tocco. Le tue braccia sono toniche e forti, così puoi reggerti in piedi mentre ti prendo da dietro. La tua pancia è morbida, esattamente come dovrebbe essere. Posso prenderti con forza, senza farti del male. Le tue cosce saranno così intense e calde intorno a me, mentre faremo l'amore".

Chloe sapeva che stava arrossendo furiosamente, ma non fece nulla per fermare le frasi di Ro o le sue mani sapienti. Lentamente, lui allargò le gambe, forzando la donna a seguire lo stesso movimento. Anche lei aveva le gambe spalancate su di lui, la maggior parte del suo peso poggiava sull'inguine di Ro.

Chloe si appoggiò al suo petto e si fece prendere dal panico, fissando Ro. Lo voleva. Lo conosceva solo da pochi giorni, ma si sentiva più vicina a lui di qualsiasi altro uomo che avesse mai incontrato. Non solo per la sua attuale situazione con il fratello. Se si fossero incontrati cinque anni prima, prima che tutto cominciasse, Chloe ebbe la sensazione che si sarebbe sentita esattamente come si sentiva in quel momento. Lui era in qualche modo destinato ad essere suo, e lei era destinata ad essere sua.

"Sei bagnata, tesoro?"

Chloe si leccò le labbra e annuì, cercando di non essere imbarazzata. Si trattava di Ro. Non doveva sentirtisi per niente a disagio, con lui.

"Posso sentire?"

Esitando, chiedendosi se si stessero muovendo troppo velocemente, nonostante quello che provava per lui, Chloe non rispose subito.

La punta delle dita di Ro si spostava delicatamente su e giù per le braccia di lei, lasciandole la pelle d'oca nella loro scia. "È tutto quello che voglio fare, per ora. So che stiamo correndo, ma non riesco a trattenermi".

Chloe lesse l'incertezza nei suoi occhi e voleva rassicurarlo che era lì, con lui. "Prego" gli disse.

La scintilla di cupidigia si riaccese immediatamente negli occhi dell'uomo. Era tornata anche la passione. Le mise una mano sul culo e le palpò una natica, l'altra mano andò dritta tra le gambe di Chloe.

Fu sbalordita. Per qualche ragione, si aspettava che lui ci sarebbe andato piano, che l'avrebbe stuzzicata con il suo tocco. Ma non si limitò a stuzzicarla. La mano di Ro era proprio sulla passera. Lui emise una sorta di ringhio profondo, dalla gola. Chloe era convinta che il suo pigiama fosse sicuro, la sera prima. Non ci aveva pensato due volte a indossarlo con lui intorno, perché si sentiva a suo agio con Ro, ma in quel momento si sentiva quasi nuda distesa sopra di lui.

Chloe provò a svincolarsi dalla presa, ma le mani di Ro la tenevano immobile.

Le dita di Ro si infilarono leggermente lungo la coscia, per immergersi sotto i pantaloncini di cotone, poi iniziarono a risalire.

"Ro" protestò lei.

Lui si fermò. "Ti prego, tesoro. Lasciami fare. Lascia che

ti faccia stare bene".

Come poteva dirgli di no? Non poteva. *Non voleva.*

Annuendo, Chloe tenne lo sguardo fisso nel suo, non del tutto pronta a guardare giù per vedere cosa stesse succedendo là sotto.

Lui non era altrettanto insicuro, i suoi occhi erano incollati sulle loro gambe.

Al primo sfioramento delle dita di Ro contro le sue mutandine bagnate, Chloe si mosse. Lui sorrise e lei lo vide leccarsi le labbra.

"Sei fradicia" le disse. Senza esitare, le spostò le mutandine da un lato e poi la toccò.

"Oh mio Dio" gemette Chloe, mentre il pollice di lui andò immediatamente verso il clitoride e cominciò ad accarezzarla, dopodiché la penetrò con due dita.

Ro rimase in silenzio, assorto nello scoprire cosa le piacesse. Quando premette forte contro il suo clitoride, lei si ritrasse dal suo tocco, ma quando fece scorrere il pollice in modo leggero e ritmico, lei si inarcò.

"Mhmm" mormorò allora l'uomo, soddisfatto.

"Ro" lo chiamò lei, non del tutto sicura di quello che stava per chiedergli.

"Sì?"

"Di più" lo implorò.

Ro iniziò subito a muovere più velocemente il pollice, colpendole il clitoride più e più volte, con una pressione crescente. Prima ancora di sapere cosa stesse facendo, Chloe cominciò a muoversi al ritmo della mano di Ro. La sensazione delle sue dita grandi e callose dentro di lei era qualcosa che non aveva mai provato con nessun'altro.

Lui smise di muovere le dita, del tutto, e lei si lamentò in segno di protesta.

"Prendi ciò di cui hai bisogno, tesoro" le disse Ro. "Fotti la mia mano".

Se avesse pensato più lucidamente, Chloe si sarebbe sentita in imbarazzo, ma lui l'aveva portata così vicina all'orgasmo che lei non esitò. Mosse i fianchi sopra di lui, muovendosi ritmicamente su e giù, provando a raggiungere disperatamente un orgasmo che le sembrava fuori portata.

Gemendo, lei gli afferrò il bicipite e lo supplicò: "Ti prego, aiutami".

Senza farselo ripetere due volte, Ro usò una mano sul fianco di lei per tenerla ferma, e l'altra, la mano che già si trovava dentro di lei, cominciò a muoversi. Le sue dita spinsero dentro e fuori dal suo canale bagnato. Ogni volta che premeva, il suo pollice premeva contro il clitoride.

"Ecco, tesoro. Cazzo, sei bellissima. Rilassati. Lasciati andare, ora ti faccio venire".

Chloe sentì a malapena le sue parole; era persa nel piacere.

Poi Ro girò leggermente la mano in modo che le sue dita fossero rivolte in avanti, e le arricciò nella presa all'interno di lei.

"Ro!" esclamò Chloe, stringendosi a lui.

"Questo è il punto" mormorò lui, più a se stesso che a lei. "Aspetta, tesoro. Ci siamo".

Lei non ebbe il tempo di rispondergli, lui iniziò a pompare le dita dentro e fuori di lei sempre più velocemente, colpendo ogni volta un punto che le faceva venir voglia sia di stringersi più forte contro di lui, sia di allontanarsi. Poi, con un'ultima mossa, spinse avanti e indietro, sul punto più sensibile all'interno di lei, mentre il suo pollice la colpì con forza sul clitoride.

Ecco. Chloe raggiunse il limite con un urlo, senza sapere o preoccuparsi di dove si trovasse o di qualsiasi altra cosa che le stesse succedendo intorno. Ro tenne le dita lì dov'erano, prolungando il suo orgasmo per diversi battiti, prima di togliersi delicatamente. Le sistemò le mutandine, ma lasciò lì la mano.

Alla fine, una Chloe stremata si lasciò andare sul petto di Ro, ansimando come se avesse appena corso una maratona. Non si mosse finché non sentì muovere la mano di lui tra le sue gambe. Con la coda dell'occhio, lo vide portarsi le dita fino alla bocca, poi se le leccò.

"Oh mio Dio" disse lei, strizzando gli occhi.

"Delizioso" disse Ro con riverenza.

Chloe si contorse leggermente sopra di lui, con rinnovato desiderio, sentendo di nuovo l'uccello in tiro di Ro.

"Vuoi che io..."

"Sì" disse lui, interrompendola. "Assolutamente sì". Ma non ora. Riposati."

"Ma non è giusto."

"Ti tengo tra le mie braccia, sazia e rilassata, Chloe. Le mie dita hanno il tuo odore e il tuo sapore. Ho il tuo profumo lillà su di me e sulle lenzuola. Sono più in tiro di quanto non lo sia mai stato in vita mia, ma non ho la motivazione o l'energia per muovermi. Facciamo dopo, tesoro. Abbiamo tutto il tempo del mondo".

"Va bene" borbottò lei.

Rimasero così per una trentina di minuti circa, rilassandosi e sonnecchiando. L'erezione di Ro diminuì un po', senza mai sparire del tutto. Alla fine, sospirò e disse: "Probabilmente dovremmo alzarci. Ho sentito il mio telefono vibrare un paio di volte, probabilmente vorrai darti una ripulita".

Sentendo di nuovo la sua voce, Chloe si sentì di nuovo bagnata e a disagio tra le cosce. Spingendosi verso l'alto, Chloe si sforzò di incontrare il suo sguardo. "Grazie".

"Prego" disse subito Ro. "Niente più commenti degradanti su di te ora, capito?"

Lei gli sorrise. "Se mi fanno raggiungere più piacere, potrebbe valerne la pena".

"Monella" disse Ro, poi si sedette senza sforzo con lei in

grembo. "Andiamo. Su. Puoi usare per prima il bagno, devo controllare il telefono".

———

"Sapevi che tua madre era una multimilionaria?"

La domanda suonò così ridicola che Chloe quasi si mise a ridere. Ma quando vide l'espressione seria di Meat, chiese: "Cosa?"

Quando quella mattina Ro aveva finalmente controllato il suo telefono, aveva trovato diverse chiamate da Meat. L'altro uomo voleva andare da loro per "chiacchierare".

Lui e Arrow erano arrivati a casa di Ro dopo che lui e Chloe avevano fatto colazione. In quel momento si trovavano seduti al tavolo della sala da pranzo a fare quella famosa chiacchierata.

"Quando è morta, aveva quattrocentosessantasette milioni di dollari sul suo conto", disse a lei e a Ro.

Chloe scosse testa. "No. Non è corretto. Mio padre era quello con i soldi. Non mia madre."

"Non è vero" insistette Meat, cliccando su alcuni pulsanti del suo portatile. "Oh, non fraintendermi, tuo padre aveva dei soldi, ma si trattava di dieci milioni di dollari in investimenti quando è morto, non il quasi mezzo miliardo che era a nome di tua madre".

Chloe fissò Meat con incredulità.

"Non lo sapevi" commentò inutilmente Arrow.

Chloe scosse di nuovo la testa. "No. Non ne avevo idea. Ma mio padre ha avuto quei soldi quando è morta, giusto?"

"Non esattamente" disse Meat.

"Non capisco" disse Chloe.

Meat fissò il suo portatile. Poi alzò i suoi occhi grigio scuro, incontrando lo sguardo della donna. "Per quanto ne so, quando tua madre è morta, i soldi non sono finiti sul conto di tuo padre. Non sono sicuro del motivo. Sono rimasti negli stessi conti di investimento, guadagnando interessi. C'è un conto in cui non sono ancora riuscito a entrare per controllare, ma il mio amico ci sta lavorando per vedere se c'è qualcosa di interessante. Ma quando tuo padre è morto, i suoi soldi sono stati sicuramente presi da tuo fratello. Negli ultimi cinque anni, i soldi sono stati dilapidati dai suoi conti a poco a poco - o non così a poco - ora è rimasto solo circa un milione e mezzo".

Chloe scosse di nuovo la testa, amareggiata. Il modo in cui Meat aveva detto "solo" un milione e mezzo era quasi ridicolo. Aveva guadagnato bene come consulente finanziario, ma mai niente di simile. Le ci sarebbero voluti almeno quindici anni per risparmiare tutti quei soldi con il suo precedente stipendio, se non avesse speso niente. "Ho detto più e più volte a Leon che spendeva più soldi di quanti ne guadagnasse in interessi, ma lui non ha voluto ascoltarmi. Continuava a dire che c'era una grossa somma proprio dietro l'angolo".

"È arrivata?" chiese Arrow.

Chloe scrollò le spalle. "Non ne ho idea. Voglio dire, riceveva grandi entrate sui suoi conti almeno una volta al mese, a volte persino due pagamenti in un mese, provenienti da un luogo diverso dalle sue attività. Quando ho scoperto della mafia, ho pensato che fossero pagamenti per estorsione". Il suo labbro si arricciò. "Mi dispiace molto per chiunque stesse ricattando. Voglio dire, non riesco proprio a immaginare di fare una cosa del genere".

"Sei riuscito a ottenere una copia del testamento di suo padre?" chiese Ro a Meat.

Chloe sentì le dita di lui sfiorarle la nuca. Ro aveva messo il braccio sullo schienale della sua sedia quando si erano seduti, aveva giocato con i capelli di lei per un po' di tempo, ma quella era la prima volta che le toccava la pelle. Tremando al suo tocco leggero, Chloe si costrinse a concentrarsi.

"Questa è la cosa strana. Ho una copia del testamento, ma sembra divertente".

"Divertente, come?" chiese Chloe.

"Non lo so. È solo divertente."

"Posso vederlo?" Chloe si sentì frustrata con se stessa non appena la domanda lasciò le sue labbra. Si era comportata in modo così timido per così tanto tempo, che era ricaduta in quel comportamento troppo facilmente. "Voglio vederlo" disse con fermezza, formulando questa volta un'affermazione piuttosto che una domanda.

"Certo" disse Meat. "Ora lo recupero". Cliccò su alcune cose, poi girò il suo portatile verso di lei. Chloe lo tirò più vicino e si piegò in avanti, sentendo la mano di Ro muoversi verso la sua schiena. I piccoli cerchi che le stava tracciando addosso le fecero ricordare come la sua mano si era sentita tra le sue gambe quella mattina, lei gli rivolse un fugace sorriso prima di voltarsi verso il documento davanti a lei.

Gli uomini attesero in silenzio mentre lei leggeva. Era molto più breve di quanto si aspettasse, soprattutto per una persona come suo padre, che aveva sempre lavorato e sembrava avere il piede in tante scarpe, per così dire.

Sollevando lo sguardo dal monitor, lei chiese: "Tutto qui?".

Meat fece un cenno con la testa. "Vedi cosa intendo? Divertente."

"Posso?" chiese Ro, lo stomaco di Chloe si strinse. Aveva pensato che lui le stesse leggendo sopra la spalla per tutto il tempo. Ma lui l'aveva rispettata abbastanza da aspettare e chiedere il permesso. Lei annuì e spinse il portatile verso di lui.

Lei lo lesse di nuovo, sopra le *sue* spalle, nello stesso momento in cui lo fece lui.

Quando finì, Ro emise un grunito. "Letto in modo superficiale, sembra tutto a posto. Ray ha lasciato tutti i suoi investimenti e i suoi beni aziendali al primogenito. Non c'è nessun accenno a Chloe o a sua moglie".

"Ovviamente l'ha aggiornato dopo la morte della moglie" disse Arrow.

"Credo che..." iniziò Ro, ma la sua voce si spense mentre iniziava a pensare.

"Qualcuno ha sentito parlare dei testimoni?" chiese Meat.

Chloe si appoggiò e si concentrò sulle firme e sui nomi stampati.

Jackson Smythe e Theodore Clarke.

Lei scosse la testa. "Mai sentiti".

"Non sono dei colleghi, gente con cui tuo padre lavorava?" insistette Meat.

Chloe scosse ancora la testa. "Onestamente, non ne ho idea. Voglio dire, Leon mi ha detto che papà aveva iniziato a lavorare con Joseph Carlino e Peter Smaldone - che quei due hanno insegnato a papà come estorcere denaro alla gente, lui a sua volta lo ha insegnato a Leon. Ovviamente ci sono molte cose che non sapevo di mio padre".

"Tuo padre era il tipo di persona che poteva lasciarti fuori dal suo testamento perché sei donna?" chiese Arrow.

"Se me l'avessi chiesto cinque anni fa, avrei detto assolutamente di no. Mio padre mi voleva bene. Era orgoglioso quando mi sono laureata e quando sono stata assunta dallo Springs Financial Group. Questo non significa che non fosse un duro uomo d'affari o che mi dicesse tutto quello che faceva, ma l'uomo che conoscevo non mi avrebbe lasciato del tutto fuori. Ma dopo che Leon mi ha detto cosa faceva con la mafia e come faceva soldi, non sono sicura di averlo mai conosciuto così bene".

"Pensa, Chloe" chiese di nuovo Arrow. "C'è qualcosa che riesci a ricordare, sapendo quello che sai ora, che ti è sembrato fuori luogo? Qualcosa che lui ha detto e che tu hai pensato fosse strano a quel tempo, oppure qualcosa che ha fatto? Era più preoccupato della sua sicurezza prima di morire, o parlava di assumere guardie del corpo o altro?".

Chloe si concentrò su quelle domande, serrò le labbra e si mise a riflettere. Naturalmente, ora che cercava di pensare alle cose, era più difficile ricordare. "Non vivevo a casa" disse. "Ero da sola, facevo le mie cose. Vi ho detto che non passavo molto tempo con mio padre e con mio fratello".

"Lo sappiamo" la calmò Ro, accarezzandole di nuovo la schiena. "Chiudi gli occhi e pensa. Anche se trovi un piccolo dettaglio, potrebbe significare molto".

Chloe fece come suggerito e chiuse gli occhi. Poteva sentire il suo odore, accanto a lei. A lui piaceva sicuramente il profumo dei lillà, ma lei adorava l'odore intenso della pelle dell'uomo.

Tornò a concentrarsi. Pensò alle volte in cui si riuniva col padre. Si ricordò del pranzo che avevano fatto per festeggiare l'assunzione allo Springs Financial. Ricordava di averlo chiamato e di avergli detto del primo grosso incarico che le era stato affidato. Ricordava di essere andata a casa sua, per il venticinquesimo compleanno di Leon, avevano festeggiato tutti insieme.

I suoi occhi si spalancarono al ricordo di quella scena imbarazzante.

"Cosa, tesoro? Cosa ti è venuto in mente?" chiese Ro, dopo averla osservata attentamente.

"Sono andata a casa quando Leon ha compiuto venticinque anni. Aveva conseguito un master in contabilità, un paio di mesi prima. Lavorava per mio padre, ma le cose sembravano tese tra loro due".

"Quanto tempo è passato, prima che tuo padre venisse ucciso?"

Chloe scosse la testa. "Non ne sono proprio sicura. Diversi mesi. Stavamo cenando e papà mi ha chiesto come stesse andando il lavoro. Gli ho risposto che andava tutto bene, avevo avuto un aumento. Si è congratulato con me, ma poi si è rivolto a Leon e ha detto: 'Sembra che *uno* dei miei figli possa trasformare un centesimo in un quarto di dollaro'. Non capii cosa volesse dire, ma Leon si accigliò e si congedò poco dopo".

"Tutto qui?" chiese Arrow, con un'intuizione inquietante.

"Dopo che mio fratello si è alzato da tavola, papà si è girato verso di me e mi ha detto che era orgoglioso di me, tutto quello che avevo imparato a scuola e tutto quello che facevo per lo Springs Financial mi sarebbe servito bene quando avrei compiuto trentacinque anni".

"Trentacinque?" chiese Meat. "Quanti anni hai adesso?"

"Trentaquattro. Il mio compleanno è tra due mesi" gli rispose Chloe. "Gli ho chiesto cosa intendesse e lui non ha voluto rispondere, dicendo che era sicuro che avrei guadagnato il mio primo milione prima di allora".

"Sarebbe successo?" chiese Arrow.

"Forse. Insomma, avevo cercato di mettere via più soldi possibile. Tutto ciò di cui non avevo bisogno per vivere, l'ho risparmiato".

"Mhmm" mormorò Arrow, ma non fece ulteriori commenti.

Chloe guardò da un uomo all'altro, confusa. Arrow sembrava immerso in ragionamenti vari. Meat sembrava ipersensibile allo zucchero e alla caffeina, ma aveva sempre avuto quello sguardo inquieto.

Quando si girò a guardare Ro, dovette voltarsi velocemente e cercare di non arrossire, perché lui la stava guardando con un misto di ammirazione e lussuria. Da quella mattina non era più riuscito a toglierle le mani di dosso. Lei si rese conto che lui l'aveva toccata sottilmente per tutto il tempo. Le aveva sfiorato la schiena mentre stavano in cucina a preparare la colazione. Mentre mangiavano, le aveva accarezzato le gambe con un piede.

Si può dire con certezza che Ronan Cross sembrava apprezzarla. Il sentimento era decisamente reciproco.

Improvvisamente, Chloe si sentì stufa di pensare e di parlare della sua famiglia. Voleva dimenticare tutto, tranne l'uomo seduto accanto a lei. Non aveva certo dimenticato quanto si fosse rivelato altruista, mettendo in secondo piano il suo stesso piacere.

Pensò che fossero sulla stessa lunghezza d'onda, finché lui non disse: "Harris ha detto a Chloe, alla conferenza stampa, che sarebbe tornata a casa sua entro questo fine settimana, e che avrebbe ucciso chiunque l'avesse aiutata a tenerla lontana da lui".

Le parole suonarono dure nell'aria, pronunciate in quel modo. Chloe inalò bruscamente. Si allontanò da Ro, ma non poté andare lontano. La mano dell'uomo la afferrò su un fianco, impedendole di alzarsi o di allontanare la sedia dalla sua.

"Non ho idea di cosa abbia in mente, ma è solo tra tre giorni. Dobbiamo capire questa merda e fermarlo prima che possa eseguire qualsiasi piano abbia in mente".

"Vuoi andarci pesante?" chiese Arrow.

Chloe poteva sentire gli occhi di Ro su di lei, ma lei non riusciva a sostenere il suo sguardo. Pensò che lui stesse per chiederle cosa volesse, ma lei non sapeva cosa volesse. Una parte di lei voleva nascondersi il più lontano possibile dal fratello, ma un'altra parte voleva tenergli testa. Sputargli in faccia e dirgli che non l'avrebbe fatta franca, qualsiasi cosa stesse cercando di fare.

Invece di rispondere alla domanda di Arrow, Ro le chiese tranquillamente: "Pensi che Carlino e Smaldone conoscano i dettagli delle attività collaterali di Harris?"

Calò il silenzio, mentre Meat e Arrow pensavano a quella domanda.

"Fottutamente geniale" esclamò Meat poco dopo. "Chiamerò Rex per dirglielo."

"Cosa?" Chiese Chloe, completamente confusa.

"Mi chiamerai più tardi e mi farai sapere?" chiese Ro, alzandosi in piedi nello stesso momento in cui si alzarono anche gli altri due uomini.

"Farvi sapere cosa?" chiese ancora Chloe, alzandosi in piedi e fissando i tre uomini.

"Sono sicuro che Rex vorrà parlare con Chloe", disse Arrow. "Sai, per conoscere tutti i fatti."

"I fatti su cosa?" chiese Chloe, desiderosa di pestare i piedi dalla frustrazione.

"Grazie, ragazzi. Resteremo nascosti qui finché non avremo notizie di Rex o di qualcun altro della squadra".

"Perfetto".

"Ehi" si lamentò Chloe mentre gli uomini si dirigevano verso la porta d'ingresso, "Che succede?".

"Ciao, Chloe" le disse Arrow. "Tieni duro, sarà finita prima che te ne accorga".

Come al solito Meat non le disse nulla, uscì di casa e si diresse verso il camioncino di Arrow.

Chloe rimase in piedi con le mani sui fianchi mentre Ro chiudeva a chiave la porta. Si avvicinò al sistema di allarme e lo attivò. Quando si voltò verso di lei, la donna batté il piede con impazienza. "Ronan Cross. Vuoi darmi una spiegazione?"

Senza dire una parola, Ro si avvicinò a lei, si chinò e se la gettò sulle spalle. Con la testa penzoloni e le mani aggrappate al suo culo marmoreo, Chloe sussultò di sorpresa. "Ro!"

"Più tardi" le disse, salendo le scale come se lei non pesasse nulla.

Due semplici parole spazzarono via tutti i pensieri di suo fratello, della situazione, di ciò che i Mercenari di Montagna le tenevano nascosto. Riuscì solo a pensare all'uomo virile e impaziente sotto di lei, e a ciò che stava per accadere.

CAPITOLO QUINDICI

RO SAPEVA che Chloe aveva delle domande, ma lui non aveva risposte, solo sospetti. Meat e Arrow si sarebbero messi in contatto con Rex, il loro capo si sarebbe occupato del resto. In quel momento, però, non poteva più resistere a Chloe. Stare seduto accanto a lei nelle ultime due ore era stata una tortura. Il suo fresco odore di lillà gli ricordava il sapore che aveva avuto sulle dita, dopo averla fatta venire.

Essendo uno che prendeva le relazioni molto seriamente, si comportava in modo estremamente prudente, ma Ro sapeva senza ombra di dubbio che Chloe Harris era destinata ad essere sua. Tutto ciò che la riguardava lo affascinava. La sua forza. Il suo corpo. Il fatto che, anche se era spaventata e insicura di tutto ciò che accadeva, non si era comunque tirata indietro dal condividere quante più informazioni possibili.

Suo fratello avrebbe dovuto spezzarla. Chloe avrebbe dovuto avere paura della sua stessa ombra. Avrebbe dovuto preoccuparsi per tutto ciò che la circondava. Inerme di fronte all'incontro con uomini nuovi. Ma non era niente di tutto questo, sembrava un miracolo. Il *suo* miracolo.

Gli piaceva particolarmente lo sguardo di lei. Come se lei

provasse le sue stesse emozioni. Erano connessi, a un livello tale che non aveva mai sperimentato con nessuna prima d'ora, non voleva farsela scappare.

Sapeva che il tempo di Harris stava per scadere, ma in qualche modo sembrava anche che il loro tempo insieme sarebbe finito il prima possibile. Ro avrebbe fatto tutto il necessario per tenerla al sicuro, ma sapeva fin troppo bene che a volte i piani migliori non significano nulla di fronte al destino.

Sarebbe successo un casino.

Ma non sarebbe successo alla sua Chloe prima che lei capisse fino in fondo quanto significasse per lui. Non era solito andare a letto subito, con le donne. Di solito le frequentava per diverse settimane, prima ancora di pensare di fare l'amore. Ma Chloe...Non la voleva solo fisicamente, voleva conoscere tutto di lei. Voleva lasciarla entrare nella sua vita.

Ro non aveva raccontato a nessuno tutta la storia dei suoi genitori. Si sapeva che il padre si era suicidato, ma gli eventi che avevano preceduto e seguito la sua morte? Quelli no, nessuno li sapeva. Chloe sapeva anche che lui valeva un sacco di soldi, ma non aveva fatto domande al riguardo. L'unica donna con cui si era aperto riguardo alla situazione finanziaria aveva subito voluto sapere quanti soldi avesse, perché non viveva in una casa più elegante e perché lavorava ancora come meccanico.

Non la sua Chloe. A lei non sembrava fregargliene un cazzo.

Lui la voleva. In tutti i modi possibili. Voleva che si aprisse con lui e che si esponesse, così come lui voleva darle tutto ciò che aveva ed essere aperto con lei. Non sapeva da dove venisse quella sensazione, ma non voleva ignorarla.

L'odore, il gusto e la vista di lei, quella mattina, lo avevano attizzato, da allora. L'incontro con Meat and Arrow era stato importante, letteralmente una questione di vita o di morte per Chloe, ma Ro non era riuscito a disciplinare il suo uccello. Ogni volta che le spostava i capelli dalla spalla, il fresco profumo di lillà gli arrivava al naso. Lei si era applicata la sua lozione dopo essersi arrampicata sulle sue ginocchia ed essersi preparata per la giornata. Dopo che lei se n'era andata, lui si era quasi masturbato in bagno, dato che l'odore dei lillà era ancora così forte nell'aria.

Non se ne sarebbe mai saziato.

Non si sarebbe mai saziato di lei.

Era tempo che lei si rendesse conto dei sentimenti di Ro. Ma lui non avrebbe insistito per farla andare a vivere con lui, dopo aver sistemato le cose con il fratello. Era stata soffocata troppo a lungo, lei sapeva che lui voleva far parte della sua vita. L'avrebbe aiutata a trovare un lavoro, una casa, un'auto, ma alla fine voleva ogni secondo del suo tempo libero. Niente di più, niente di meno.

Era pazzesco. Quel bisogno insaziabile di averla con lui era apparso troppo in fretta. Ma Ro non poteva certo negare di essere stato ossessionato da lei dal momento in cui l'aveva vista nel suo vialetto. Quindi, tecnicamente, non erano passati giorni, erano passate settimane. Così aveva più senso.

Ro sapeva che stava cercando il pelo nell'uovo, ma non gli importava.

Raggiunse la camera da letto, arrivò al letto e fece cadere Chloe, come aveva fatto la sera prima. C'era qualcosa di così cavernicolo in quell'azione. A Ro piaceva, ma, cosa più importante, pensava che piacesse anche a lei. Lei lo guardò con occhi spalancati, le pupille dilatate dal desiderio.

La fissò intensamente per un lungo momento.

"Ro?" chiese Chloe, in modo incerto.

Si chinò su di lei, bloccandola con le mani ai lati delle spalle. "Ti voglio", le disse in un sussurro. "Ti voglio sotto di me, sopra di me, in ginocchio davanti a me, in qualsiasi altro modo io possa prenderti. Voglio il tuo profumo su di me, voglio marcarti con il mio. È troppo presto forse, ma non me ne frega un cazzo. Ho bisogno di te, Chloe. Più di quanto abbia mai avuto bisogno di qualcuno in tutta la mia vita. Ma questa è una tua scelta. Dì di sì e passeremo il resto del pomeriggio in questo letto. Ma se non sei pronta, basta che tu lo dica e io andrò a cercare qualcosa che mi distragga. Non ti forzerò mai, tesoro. Mai. Non importa che tu dica di sì oggi o tra un anno, non cambierà quello che provo per te".

Gli occhi di Chloe erano spalancati, lo fissò con la bocca parzialmente aperta. Respirava a fatica, le sue unghie conficcate nel bicipite di lui, il cotone della maglietta di Ro così vicina al viso che quasi le offuscava la vista.

Ro non si mosse, in attesa della risposta. Teneva gli occhi incollati in quelli della donna, in attesa che rispondesse. Che capisse che mai e poi mai le avrebbe fatto del male. Che l'avrebbe trattata bene, sia in camera da letto che fuori.

Chloe si leccò le labbra e fece un respiro profondo.

I muscoli di Ro si tesero, mentre si preparava a tirarsi indietro e a lasciare la stanza. Si sarebbe messo a smanettare sull'auto straniera che aveva in quel momento nel garage. Se lei non fosse stata pronta, avrebbe potuto passare il resto della giornata là fuori, controllandosi e tenendosi occupato. Avrebbe potuto anche...

"Sì."

La sua attenzione tornò su Chloe. Sembrava un po' insicura, ma calma.

"Sì?" chiese Ro, volendo una conferma prima di toccarla.

Lei annuì. "Sì, anch'io ti voglio. Non ho pensato ad altro, da stamattina. Ti voglio così profondamente dentro di me da non sapere dove ti fermi tu e dove comincio io. Facciamo l'amore, Ro".

Per un secondo, Ro rimase paralizzato dalla lussuria. Ma

quando le mani di Chloe si mossero dalle sue braccia ai fianchi e gli tirò fuori la camicia dai jeans, si animò.

Saltò giù dal letto, si afferrò il colletto dietro la testa e si tolse la camicia. "Via i vestiti" le ordinò, mentre si toglieva le scarpe e le mani saettarono al bottone dei jeans.

Chloe si sedette e cominciò a spogliarsi con altrettanta rapidità e urgenza. Quando lui la raggiunse di nuovo sul letto, nudo, lei indossava solo una parte della biancheria intima.

La visione di lei sdraiata sul suo letto con addosso solo un minuscolo paio di mutandine bianche di cotone era più sexy di qualsiasi cosa avesse mai visto in vita sua. La sua pelle era molto chiara, in netto contrasto con i lunghi capelli neri. Vedere quei capelli sul suo intimo bianco fu una sorta di epifania; Ro si promise, in quel momento, che avrebbe comprato solo lenzuola bianche.

Le tette di Chloe erano grandi, mentre lei si spostava sul letto con impazienza, lui non voleva fare altro che chinarsi, prenderle un capezzolo in bocca e succhiarlo. Ma Ro attese. Era la prima volta che vedeva Chloe nuda di sua spontanea volontà, voleva assaporarne ogni singolo momento.

La donna fece scivolare le dita verso l'elastico delle mutandine, ma lui la fermò. "Aspetta. Lascia che ti guardi ancora".

Lei lo fissò negli occhi e annuì. Poi, come una sirena, alzò le braccia sopra la testa e si stiracchiò con grazia.

"Fanculo" gemette Ro, accogliendo ogni sfumatura del delizioso banchetto sotto di lui. "Sei così dannatamente bella" aggiunse, con riverenza.

"Neanche tu sei così male" sussurrò Chloe, con gli occhi incollati sul suo pene. Lui stava già sgocciolando del liquido, lei ebbe un sussulto quando una goccina scivolò dalla punta e le cadde sulla pancia.

Appoggiandosi a quattro zampe, Ro si immerse tra i suoi seni, inspirando profondamente. Lei stessa respirò a pieni polmoni, lui sentì il suo uccello sfiorarle la morbida pelle della pancia mentre si avvicinava, desideroso di annusarla di più. "Per l'amor di Dio, non cambiare mai la tua lozione", mormorò, sentendosi ubriaco del suo profumo.

"Non lo farò" gli rispose lei, dolcemente.

Ro sentì una delle mani di Chloe appoggiarsi sulla sua nuca, per tenerlo stretto a lei, e chiuse gli occhi in estasi. Era congelato nell'indecisione. Voleva fare così tante cose. Baciarle la bocca, succhiarle le tette, tirarle giù le mutandine e seppellirle la faccia tra le cosce e mangiarla fino a farle raggiungere orgasmi multipli. Ma l'unica cosa a cui riusciva a pensare era entrare dentro di lei.

Poteva sentire il liquido pre-eiaculatorio in un flusso costante. Era così vicino all'orgasmo che era imbarazzante. Avrebbe dovuto avere più controllo di così. Ma non riuscì, non ne aveva. La vista di lei nuda sulle lenzuola lo aveva spinto oltre ciò che poteva sopportare.

"Togliti le mutande" le disse, a denti stretti.

Chloe non protestò e cominciò subito a dimenarsi sotto di lui. I suoi fianchi si alzarono dal letto e premettero contro il suo cazzo, Ro gemette in un'agonia sessuale.

La sentì ridacchiare, ma non riuscì a sorridere. Non poteva fare altro che pregare di non spruzzarle sulla pancia come un ragazzino di tredici anni alle prime armi.

Quando sentì le mani di lei tornare sui suoi fianchi, Ro rabbrividì, gli venne la pelle d'oca sulle braccia al suo tocco. "Ro?" chiese lei, sembrando insicura.

Non la voleva sentire così.

"Ho bisogno di te" disse lui, dopo un attimo. "Sono appeso a un filo. Pensavo di poter andare piano. Di assaggiare ogni centimetro della tua pelle, di farti venire più volte prima di prenderti. Ma non ci riesco. Ho così tanto bisogno di entrare dentro di te che sto tremando".

Era proprio così. Le sue braccia, che si stringevano su di lei, tremavano.

Ro sentì le gambe di Chloe alzarsi, la calda pelle dell'interno coscia gli stringeva i fianchi. "Prendi quello che ti serve, Ro", disse lei, più sicura nella voce. "Prendimi".

Ro strinse i denti. "Devo assicurarmi che tu sia pronta per me" disse.

"Sono pronta" lo rassicurò.

"Ho bisogno di un preservativo" disse Ro, cercando disperatamente di resistere.

"Sono protetta" gli disse. "Abbie mi ha costretta a mettermi la spirale; non voleva avere a che fare con bambini accidentali dopo che lei e Leon avrebbero iniziato a farmi fare sesso con i clienti del bar".

Questa informazione fece infuriare Ro. Voleva uccidere il fratello e la sua ragazza più di quanto non avesse mai voluto uccidere nessuno. La rabbia fece diminuire un po' la sua lussuria, ma le parole successive lo riportarono al punto di partenza, e anche più in alto.

Chloe si sollevò in modo che le sue labbra fossero vicine al suo orecchio e gli sussurrò: "Voglio sentirti senza nulla. Non ho mai avuto un rapporto non protetto. Non ho mai sentito nessuno venirmi dentro. Voglio che sia tu, Ro. *Scopami*. Ti prego."

Lui non riuscì più a resistere. Ro si mise in ginocchio e allargò le gambe. Afferrò il suo cazzo fradicio con una mano e con l'altra afferrò una delle tette di lei. Facendo scorrere la testa violacea del suo uccello sopra le sue labbra lucide, usò i suoi stessi liquidi per lubrificarla ulteriormente.

"Non posso essere gentile" la avvertì. "Ho troppo bisogno di te".

"Non voglio che tu sia gentile" controbatté lei. "Ti voglio".

Detto ciò, Ro smise con i preliminari. Posizionò la punta dell'uccello all'ingresso della vagina bagnata e spinse fino a quando le sue palle rimbalzarono sul culo di Chloe, non potendo andare oltre.

I muscoli interni di lei si strinsero così tanto che lui quasi sparava a destra e a manca, ma riuscì a tenere a bada il suo orgasmo. Guardandola negli occhi, vide il modo in cui lei stringeva le labbra.

"Cazzo" esclamò lui. "Mi dispiace. Merda, merda, merda." Ro cominciò a tirarsi indietro, ma le mani di Chloe gli strinsero il culo e lo tennero fermo.

"È passato davvero tanto tempo" disse lei, con voce tranquilla. "Non sei proprio piccolo. Dammi solo un secondo".

Ro si chinò, anche quel piccolo movimento fece sgorgare dalla punta del suo cazzo uno sputo di liquido trasparente, sepolto in profondità dentro di lei. Cercando di ignorare il modo in cui lei si stava abituando a lui, Ro la baciò con dolcezza. Ma presto il bacio leggero e delicato si trasformò in molto di più. Chloe gli mangiò la bocca, voracemente. Lui le permise di prendere il controllo del bacio, dato che questo gli toglieva tutta la concentrazione.

La sentì rilassarsi un po' alla volta; dopo un attimo, lei allargò le gambe e Ro si sentì dentro di lei, ancora più profondamente. Si tirò indietro, ansimando. "Diavolo" mormorò. "Mi stai uccidendo, tesoro".

"Ma dai" disse lei, il suo respiro caldo sull'orecchio. "Scopami, Ro" gli ordinò.

"Non voglio farti del male".

"Non lo farai".

"Non ci vorrà molto" la avvertì.

"Ok."

"Per me questo significa qualcosa" le disse Ro, tenendo lo sguardo fisso.

Le lacrime che le scendevano dagli occhi lo preoccupavano, ma lei gli strinse il culo con le dita e provò a spingerlo ancora più vicino a lei. Poi disse: "Anche per me".

E Ro fu perso.

Nonostante la stretta di Chloe su di lui, Ro si spinse indietro, tirando fuori quasi completamente tutto l'uccello, con solo la punta rimasta dentro. Poi spinse in avanti, fino a quando le sue palle non le sbatterono sul culo. Lo fece di nuovo. E di nuovo.

Al quarto colpo esplose. Non c'era modo che potesse trattenere l'orgasmo gigante che era rimasto in bilico per tutto il giorno. Venne dentro di lei e la scaldò completamente, dall'interno. L'uccello pulsava ad ogni scatto del suo rilascio.

Ro sentì le dita di Chloe muoversi dal culo al petto. Gli pizzicò i capezzoli mentre veniva, rendendogli l'orgasmo ancora più intenso.

Dopo averle dato tutto quello che aveva, Ro la guardò dall'alto in basso, non sapendo cosa dire. Non era mai venuto...Così in fretta.

"Ti senti meglio?" chiese lei, con un sorrisetto.

"Cazzo" imprecò Ro, amando lo sguardo soddisfatto sul viso di Chloe. Si sedette sui talloni e le afferrò i fianchi, tenendola stretta a lui. Il suo cazzo si stava ammosciando, ma era ancora mezzo duro dentro di lei. Assicurandosi di non perdere la loro connessione, la tirò più in alto sul suo grembo fino a quando lei non rimase quasi sollevata sulla schiena.

"Ro?" chiese lei, dubbiosa.

"Non sei venuta" le disse Ro, anche se era ovvio. "Non abbiamo ancora finito. Metti le mani sopra la testa".

Lei fece come ordinato, sorridendogli.

Ro si prese il tempo di guardare la bella e sensuale donna sotto di lui. I seni erano leggermente ai lati del petto, i capezzoli erano dei piccoli boccioli duri. I capelli erano spettinati e la pelle era arrossata dal desiderio.

Ro le guardò la passera per la prima volta, sentì che il suo cazzo si muoveva in profondità dentro di lei mentre la guardava bene. Le sue pieghe erano spalancate intorno al suo uccello, la loro eccitazione era tutta lì, luccicante. Non si era fatta la ceretta, non era nemmeno rasata, ma i suoi peli erano stati tagliati, dandogli un'eccellente visione delle sue pieghe interne e del suo clitoride. Era bellissima, sarebbe stata ancora più incredibile se gli fosse venuta sull'uccello.

Con un dito, Ro spinse il clitoride fino a vedere il piccolo pezzo di carne sensibile. Poi cominciò ad accarezzarlo leggermente. Lei iniziò a contorcersi e a gemere.

"Così?" chiese lui.

"Come se dovessi chiederlo" ansimò lei.

Sorridendo, Ro continuò il suo assalto sensuale, adorando il modo in cui i muscoli interni di lei si stringevano attorno all'uccello ogni volta che le strofinava il clitoride. I suoi fianchi cominciarono a dimenarsi, lui ripensò a come lei gli aveva scopato le dita quella mattina presto, mentre la faceva venire. La sensazione era decisamente migliore intorno al suo cazzo.

"Ecco" mormorò lui. Ad ogni stretta di culo di Chloe, Ro sentiva i caldi liquidi colare fuori. Forse lei non aveva mai avuto rapporti non protetti, ma quella era un'esperienza nuova anche per lui. Il sesso senza preservativo era un casino...Ma a lui piaceva molto. Amava avere addosso il profumo delle donne, dappertutto.

Il petto di lei brillava di sudore, rendendo ancora più potente l'odore della lozione che si era messa prima. Ro si sentiva come ubriacato dell'odore combinato di sesso e lillà.

Chloe era bellissima nella sua passione. Non si nascondeva dal mostrare piacere per quello che lui le stava facendo. In effetti, stava apprezzando parecchio.

"Ci sono quasi" gli disse senza fiato.

Ro prese una delle mani di lei e la portò verso il basso, le loro dita si sfiorarono. "Mostrami quello che ti piace" le ordinò. "Fammi vedere".

Chloe non se lo fece ripetere. Usando due dita sul suo

clitoride, Chloe si masturbò in modo rapido e violento, usando molta più forza di quanta ne avrebbe usata Ro. Poiché le sue mani erano libere, lui le afferrò i fianchi per tenerla in grembo in modo più sicuro. Lei si dimenava così forte che era una sfida tenerla sul suo cazzo.

I suoi capezzoli erano duri come rocce, lei portò l'altra mano verso una tetta, pizzicandosene una.

"Ro. Oh mio Dio...Ro!" esclamò infine.

Lui la fissò mentre raggiungeva il dolce limite. I suoi fianchi spararono verso l'alto, le natiche si strinsero, i suoi muscoli interni avvolsero il suo uccello, reclinò la testa all'indietro, infine tremò.

Ro si mosse quando lei era ancora in preda all'orgasmo. Spostò le ginocchia da sotto di lei, il suo culo tornò a toccare il letto, e cominciò a scoparla. Spingendo attraverso i suoi muscoli interni tremuli, Ro strinse i denti mentre il corpo di lei cercava di risucchiarlo, per poi tenerlo lì mentre si tirava indietro.

Chloe gemeva senza sosta, stringendosi alle sue braccia mentre lui la scopava forte e veloce. Il rumore dei liquidi che si trovavano in mezzo alle loro gambe avrebbe dovuto essere imbarazzante, ma rese il momento solo più caldo. Tra il primo orgasmo di Ro e quello di Chloe, lei era a dir poco fradicia. Ro sentiva i loro succhi combinati che gli ricoprivano le palle e le cosce, era una sensazione incredibile, che dava una dimensione completamente nuova al sesso − una dimensione che non aveva mai sperimentato prima.

Quella seconda volta durò più a lungo, ma sentì il suo imminente orgasmo arrivare molto più velocemente di quanto avrebbe voluto. Gli piaceva stare dentro Chloe. Amava il modo in cui lei si stringeva intorno a lui. Prima che fosse pronto, Ro stava venendo di nuovo. Spruzzò dentro di lei, poi si costrinse a uscire e sparare il resto del suo orgasmo sulla pancia e sulle tette di lei. La ricoprì di liquido ovunque.

Quando Ro alzò gli occhi al volto di Chloe, si sentì sollevato nel vedere un sorriso soddisfatto che le arricciava le labbra. Guardò di nuovo in basso e fu improvvisamente imbarazzato per quello che aveva fatto. Non l'aveva pianificato, ma all'ultimo secondo voleva vederla coperta dal suo seme.

"Vado a..."

Chloe non lo lasciò finire, alzò le mani e spinse l'uomo a sé. Lui si fece condurre, ma fece peso sui gomiti per non schiacciarla. Il suo uccello, ormai a riposo, era contro la pancia di lei. L'odore di sesso, sudore e lillà era fortissimo.

"È. Stato. Incredibile" disse Chloe con dolcezza. I suoi occhi erano socchiusi in due fessure, Ro sospirò. Pur sapendo che doveva alzarsi e pulirli entrambi, non sarebbe stato letteralmente in grado di muoversi in quel momento, neanche se Leon Harris stesso fosse entrato nella stanza con una pistola puntata contro di loro.

"Grazie" le disse Ro.

"No, grazie *a te*" rispose lei.

"Sono venuto troppo in fretta" ammise lui.

"No, non è vero. Non hai idea di quanto mi faccia sentire bene sapere che mi volevi così tanto da non riuscire a trattenerti".

Ro fece una smorfia. "Ho la sensazione che ti vorrò sempre così tanto. Dovrò lavorare sul mio controllo se voglio farti godere di più".

Gli occhi di Chloe si spalancarono, lo fissò incredulo. "Farmi godere di più? Ro, se fosse meglio di così, in questo momento sarei una pozzanghera ai tuoi piedi".

Ro non poté non sentirsi orgoglioso, udendo quelle parole. "Siamo un po' scombussolati".

Lei rise. "Sì".

"Dovremmo fare la doccia".

"Sì."

Ma nessuno dei due si mosse.

Alla fine, decidendo che forse era meglio fare un pisolino prima di alzarsi, Ro si mise di lato, tenendo Chloe stretta a sé. Si spostarono come un unico corpo, con Ro sulla schiena e Chloe sdraiata sopra di lui. Petto a petto, giacquero lì, respirando insieme fino a quando entrambi caddero in un sonno leggero e delizioso.

CAPITOLO SEDICI

CHLOE SI SENTÌ DELIZIOSAMENTE RILASSATA, la mattina dopo. Ro l'aveva svegliata con un bacio e le aveva detto di prendersi tutto il tempo necessario per prepararsi. Lui intanto si era già fatto la doccia e si era vestito, sembrava sveglio da ore. Lei piagnucolò mentre lui ridacchiava e le baciò ancora una volta la fronte prima di allontanarsi.

Lei si alzò circa mezz'ora dopo, dolorante nei posti più maliziosi. Ro era venuto molto rapidamente la prima volta, ma aveva più che compensato per tutto il resto del giorno e della notte seguenti. Ad un certo punto Chloe si era svegliata con la testa di Ro tra le gambe, a metà strada verso l'orgasmo, prima di rendersi conto di quello che stava succedendo. Ro aveva fatto l'amore con lei in diverse posizioni, assicurandosi sempre che si sentisse a suo agio.

Oh, lei si trovava *molto* a suo agio con lui.

Ormai aveva perso il conto del numero di orgasmi che le aveva dato. Era umidiccia e dolorante, là in basso, ma non vedeva l'ora di rifarlo. L'intera camera da letto odorava di sesso, il che la fece sorridere ancora di più. C'erano cuscini sparsi su tutto il pavimento, il piumone era tutto rovesciato verso la fine del letto, come un marinaio ubriaco.

Tutto sommato, la situazione era estenuante e sorprendente.

Chloe si sentì ancora meglio dopo una lunga doccia calda. Si era insaponata con la lozione, sorridendo al ricordo di Ro che le ordinava di usare il profumo lillà per il resto della sua vita.

Si guardò a lungo allo specchio. Non era certa di ciò che Ro vedeva in lei, tale da renderlo così sicuro di desiderarla per sempre. La sera prima, lui aveva messo in chiaro i suoi sentimenti. Mentre si coccolavano tra il sonno e il sesso, lui le aveva parlato del suo lavoro con i Mercenari di Montagna. A volte era pericoloso, ma lui e i suoi amici erano molto prudenti. Le raccontò di come sperava che lei e Allye si frequentassero, tenendosi compagnia a vicenda. Ammise persino di aver comprato quella casa perché c'era tanto spazio utile, se avesse incontrato qualcuna, per avere dei figli.

Sì, le aveva detto più che chiaramente che voleva stare con lei ancora per molto tempo.

Dovendo essere onesta con se stessa, anche Chloe lo voleva. Dopo aver perso entrambi i genitori, aveva pensato che andare a vivere con Leon avrebbe alleviato un po' di quella solitudine che aveva provato per aver perso quasi tutta la famiglia. Ma ovviamente non era andata come credeva.

Guardando i suoi occhi scuri nello specchio, Chloe si fece una promessa solenne. *Non importa cosa succederà con Leon, io combatterò per Ro. Merito di essere felice, Ro mi rende felice.*

"Chloe!"

La donna mosse la testa verso la porta del bagno, sentendo Ro chiamare il suo nome dal piano di sotto. Si precipitò in cima alle scale.

"Sì?"

"Sei pronta? Puoi scendere?"

"Arrivo!" gridò lei, chiedendosi cosa non andasse. Si capiva che c'era qualcosa di strano. Non pensava che Ro fosse il tipo d'uomo che urla spesso. Era più il tipo silenzioso e discreto.

Scendendo le scale, vide che *c'era* qualcosa che non andava. Invece di sorriderle e di darle un altro bacio del buongiorno, lui camminava accanto al bancone della cucina, passandosi di tanto in tanto la mano tra i capelli scuri.

Lui le allungò una mano, facendo sentire Chloe un po' meglio. Lei si precipitò al suo fianco, sospirando sollevata quando lui chiuse il braccio intorno a lei. "Cosa c'è che non va?"

"Non ne sono sicuro. Rex è al telefono."

Chloe sbatté le palpebre. "Rex?"

"Sì, tesoro. Il mio capo."

Chloe sapeva chi fosse Rex. Aveva sentito i ragazzi parlare di lui con rispetto, rimandando le decisioni all'uomo misterioso. "Che cosa vuole?"

"Voglio parlare con te" disse una voce profonda, ovviamente alterata digitalmente, dal telefono appoggiato sul bancone.

"Oh...Uhm...Ok" balbettò Chloe. Non si era resa conto di essere in vivavoce per tutto quel tempo.

"Parlami di Smaldone e Carlino" le ordinò Rex, burbero.

Chloe replicò, sentendosi protetta dal braccio di Ro intorno alla vita. "Non so niente di loro" disse.

"Sì, invece, sai qualcosa" le disse Rex. "E devo sapere tutto quello che sai prima di chiamarli per fare una chiacchierata con loro, stamattina".

"Puoi farlo? Voglio dire, chiamarli e basta?"

Rex ridacchiò, Chloe si accorse improvvisamente che stava sorridendo proprio insieme a lui. La sua risata era profonda e bassa, proprio come la sua voce, lei si rilassò un po'. Sembrava burbero e cattivo, ma quella piccola risata la fece sentire meglio. Leon rideva raramente. Quando lo faceva, le faceva venire i brividi.

"Non esattamente. Non rispondono alle chiamate di un Tom, Dick o Harry qualsiasi. Ma mi conoscono. Rispondono alle mie chiamate".

"Oh. Ok" disse Chloe.

"Hai detto alla mia squadra che stavi seguendo quei mafiosi, hai compilato le loro tasse. Ho bisogno di sapere tutto, Chloe", riprese Rex, il suo tono era ben più gentile di prima.

Ro la guidò verso una sedia al bancone e la aiutò a sedersi. Poi prese una tazza di caffè, già appoggiata sul bancone, e gliela mise davanti. Lei ne prese un sorso con gratitudine. Era difficile pensare chiaramente, prima della sua dose giornaliera di caffeina.

"Chloe?" chiese Rex con un pizzico di impazienza nel suo tono.

"Scusa. Sono qui. Sono solo...Sto cercando di mettere ordine nei miei pensieri per capire cosa sia importante e cosa no".

"Dimmi tutto" disse immediatamente Rex.

"Ma...Vedi, è solo che...Beh, come loro contabile e consulente, non mi è legalmente permesso parlare con te della loro situazione finanziaria".

Le sue parole pesarono nell'aria, calò il silenzio dall'altra parte del telefono.

Poi Rex le chiese: "Mi prendi per il culo?".

Chloe deglutì rumorosamente e provò a non rabbrividire. "No, questo tipo di cose sono regolamentate, potrei perdere la licenza. È già abbastanza brutto che abbia perso il lavoro, ma ho ancora le mie credenziali. Non voglio perderle".

"Chloe..." iniziò Ro, ma Rex lo bloccò.

"Sei nella merda fino al collo", le disse senza mezzi termini il capo dei Mercenari di Montagna. "Come hai detto alla mia squadra, a questo punto, se quel coglione di tuo fratello viene beccato, sarai ritenuta responsabile quanto lui dei suoi affari. Tu sapevi cosa stava succedendo e, di fatto, hai gestito attivamente gli investimenti. Se qualcuno andrà a fondo con Leon, Carlino o Smaldone, spunterai fuori tu, semplicemente perché il tuo nome è su tutti i loro conti. Perdere la licenza è l'ultima delle tue preoccupazioni".

"Vuoi finire per essere deportata oltre il confine e costretta a lavorare in un bordello a Città del Messico o in Guatemala? Perché se tuo fratello ti mette le mani addosso, è questa la fine che farai. Non vuole ucciderti, per ragioni che stiamo ancora cercando di capire, quindi ti trasferirà in un posto dove non possiamo raggiungerti. Cosa Nostra non è un gruppo da sottovalutare. Devo sapere tutto quello che sai, così posso vedere se posso contrattare con loro. Punto. Capito?"

Chloe inspirò profondamente, facendo del suo meglio per evitare che il caffè che aveva appena ingerito sporcasse tutto il bellissimo bancone di granito di Ro. Aveva capito. Era stata ingenua. Rex stava solo cercando di aiutarla.

"Sì, signore" gli rispose, docilmente.

"Bene. Ora dimmi tutto" le ordinò Rex.

Così fece. Per la mezz'ora successiva, Chloe disse a Rex e a Ro tutto quello che ricordava delle tasse e degli investimenti delle famiglie mafiose. Dove incanalavano il denaro, quanto sottopagavano, i loro pseudonimi, proprio tutto, fino alle svalutazioni che deducevano. Disse loro persino tutto quello che Leon aveva detto che le avrebbero fatto, se lei avesse detto qualcosa sulle loro informazioni finanziarie o se avesse lasciato la città. Non pensava di saperne tanto quanto lui, ma dopo aver parlato per trenta minuti senza fermarsi, con la gola secca e irritata, si rese conto di quanto suo fratello l'avesse incasinata.

Rex rimase in silenzio all'altro capo del telefono, solo

quando Chloe alzò lo sguardo verso Ro e gli chiese: "Mi ucci-
deranno, vero?" Rex parlò di nuovo.

"Nessuno ti toccherà, Chloe" rispose. "Leon Harris è
quello nel torto, qui. Non tu."

"Ma ho depositato quelle tasse. Ho compilato i documenti
e firmato i moduli per gli investimenti all'estero".

"L'hai fatto" concordò Rex. "Ma Peter e Joseph non sono
idioti. Non sono nemmeno il tipo di uomini che rapiscono e
torturano le donne senza motivo".

"Ma sono mafiosi" sussurrò Chloe.

"Sì. Anche se sono certamente uomini pericolosi che non
hanno problemi a usare qualsiasi metodo necessario per ottenere informazioni, non ho mai sentito parlare di loro che
torturano le donne".

Chloe aggrottò la fronte, confusa.

Studiando la sua espressione, Ro le chiese: "Cosa?"

"Peter Smaldone è venuto a casa e mi ha picchiato a
sangue".

Ci fu un lungo silenzio carico di tensione prima che Rex
dicesse: "È impossibile".

"Ma l'ha fatto. È venuto da me. Mi ha detto che ci era
andato leggero, se non fossi rimasta a fare i loro conti, la prossima volta avrebbe fatto di peggio. Mi ha fatto davvero male".

"Che aspetto aveva?" gridò Rex.

Chloe fece una smorfia. Non le piaceva il tono dell'altro
uomo. Anche se alterato digitalmente, poteva facilmente
percepirne l'incredulità. Il pensiero che lui non le credesse le
fece male. "Era più o meno della mia altezza. Capelli castano
scuro. Aveva una cicatrice su un sopracciglio".

"Quello non era Smaldone" tagliò corto Rex.

"Ma..."

"Chloe" la interruppe Rex, la sua voce dubbiosa, "Non so
chi fosse, ma non era Peter Smaldone. Lui è biondo, è alto
circa un metro e ottanta. Non ha nessuna cicatrice sul viso".

Chloe chiuse gli occhi, inondata di imbarazzo e autocritica. Nonostante tutto quello che aveva fatto Leon, non riusciva ancora quasi a crederci. Ma naturalmente... Le aveva mentito.

Sentì la mano di Ro ancora più stretta in vita. Sentì il suo calore corporeo, standogli così vicino.

"Un'altra domanda, prima di lasciarti andare" disse Rex.

Chloe annuì, poi si rese conto che Rex non poteva vederla. Anche se avevano parlato al telefono, per qualche motivo sentiva che l'uomo fosse proprio lì davanti a lei. "Ok" disse dolcemente, aprendo gli occhi e fissando il telefono.

"Stai bene?"

Chloe sbatté le palpebre. Si aspettava di sentire qualcosa su suo fratello. O sulla mafia. O degli investimenti e delle tasse. Tutto tranne quello.

Ro la strinse e annuì al telefono con la testa. Lei aprì la bocca per rispondere quando Rex parlò di nuovo. "Ronan ti sta trattando bene? Perché se non è così, posso farti trasferire in una casa sicura".

"No!" esclamò la donna, immediatamente. "Non voglio andarmene. Voglio restare con Ro".

"Non andrà da nessuna parte, Rex" disse Ro, prendendo parola per la prima volta dopo un bel po' di tempo.

Rex ridacchiò. "Solo per essere sicuri. Benvenuta in famiglia, Chloe."

Ro emise un basso brontolio e prese il telefono in mano. "Ha riattaccato" disse, poi mise via il cellulare.

Chloe sollevò le sopracciglia, sorpresa, e guardò Ro. "Cosa voleva dire?"

"Ora sei una di noi" le disse Ro con calma. "Non hai nulla di cui preoccuparti per quanto riguarda Carlino e Smaldone. Quando Rex parlerà con loro, sapranno che non hai niente a che fare con le stronzate che ha fatto Leon. Rex chiarirà che sei off-limit, non tollererà alcuna ripercussione su di te, non importa cosa sai delle loro finanze. Si assicurerà anche che sappiano che terrai la bocca chiusa, che non hai intenzione di fare la spia alle autorità su nulla".

"Non capisco. Voglio dire, ha ragione, non dirò niente a nessuno. Voglio solo che tutto questo finisca, ma di quale famiglia parla Rex?".

"La sua famiglia, tesoro. La mia", disse Ro, stringendo il suo abbraccio su di lei. "Rex si stava assicurando che tu volessi essere qui, che io ti avessi rivendicata, con il suo stupido suggerimento di metterti in custodia protettiva".

"Oh" disse Chloe, capendo l'antifona. "Ma non mi ha mai incontrato".

"Tesoro, non ha mai incontrato neanche me " rispose Ro.

"Sul serio?"

"Sì, Rex non scherza con la sua privacy. So che hai notato che altera la sua voce al telefono. È estremamente paranoico. Né io né gli altri ragazzi l'abbiamo mai incontrato, faccia a faccia."

"Che strano" commentò Chloe.

Ro scrollò le spalle. "Forse. Ma pensiamo che abbia le sue ragioni. Ora, ti va bene davvero stare qui? Non credo che sia sicuro, per te, uscire. Non con Leon che pianifica qualcosa, con la mafia per aria".

Chloe posò la testa sul petto di Ro e lo abbracciò. "Per ora, sì. Non sto dicendo che voglio passare il resto della mia vita rinchiusa in casa tua, ma se devo essere rinchiusa da qualche parte, voglio che sia...Ovunque tu sia".

Ro strinse le braccia intorno a lei. "Non sarà per il resto della tua vita. Fidati di me. Fidati di Rex. Leon non sarà una minaccia ancora per molto".

"Ro?"

"Sì, tesoro?"

"Cosa succederà alle donne del club? O in quel bordello

che mi ha detto di gestire? So che molte di loro non sono lì di spontanea volontà".

Ro si irrigidì per un secondo. "Le aiuteremo. Se hanno una famiglia da cui vogliono andare, le porteremo lì. Altrimenti, Rex le aiuterà a raggiungere un posto sicuro dove potranno ricominciare da capo. Vivere nel modo in cui vogliono".

"Grazie".

"No, grazie *a te*" le rispose Ro. "Grazie per aver resistito così a lungo. Grazie per avermi dato fiducia".

"Non c'è di che" mormorò dolcemente Chloe.

Ro si allontanò leggermente da lei e le mise un dito sotto il mento. "Hai fame?"

Chloe annuì, poi sorrise. "Stanotte mi è venuto un certo appetito."

Bastò un sorriso a cambiare l'umore di Ro. Chloe percepì subito il pacco dell'uomo crescere forte contro la sua pancia, mentre inspirava profondamente. Poi lui sorrise e scosse la testa. "Santo cielo, mi hai proprio preso per le palle, donna. Non credo che ne avrò mai abbastanza di te. Andiamo. Lascia che ti dia da mangiare prima che mi prosciughi di nuovo".

Chloe spinse i suoi fianchi contro di lui, amando la sensazione della sua eccitazione. "Ehi, sei stato tu a dire che dovevo stare qui per un po'. Non voglio che ci annoiamo. Anche se immagino che potremmo guardare la TV o qualcosa del genere".

"Non guardiamo la televisione" ringhiò Ro, lasciandola andare e indietreggiando verso il frigorifero. "Faremo colazione e poi ti riporterò di sopra per mostrarti esattamente quanto le cose non possano essere noiose, da queste parti".

Chloe annuì e si appollaiò di nuovo sulla sedia. Le sue mutandine erano umide e sentiva i capezzoli che si stringevano, sotto il reggiseno. Sembrava troppo piccolo e stretto, ma sapeva che non l'avrebbe indossato ancora per molto.

"Ottimo. Mi lasci preparare il pranzo?"

Lui girò la testa di scatto. "Pranzo...?”

"Sì. Hai sempre cucinato tu. È ora che mi guadagni il mio mantenimento da queste parti".

Ro si chinò sul bancone e la fissò intensamente. "Non devi fare un diavolo di niente, tesoro. Tutto quello che devi fare è rimanere in buona salute per me, e viva. Questo è tutto".

Quelle parole le fecero tremare le gambe, d'istinto. Chloe aveva passato gli ultimi cinque anni ad essere sminuita e insultata. Non le era stato permesso di cucinare o di fare niente per se stessa. Sapeva che Ro non cucinava per controllarla. Lo faceva perché voleva prendersi cura di lei. Ma lei voleva comunque fare la sua parte.

"Sono passati circa tre anni e mezzo da quando mi è stato permesso di cucinare qualcosa" gli disse. "Potrei essere un po' arrugginita, ma mi piacerebbe vedere se riesco a ricordarmi come fare la mia pasta preferita, che non mangio da anni".

"Va bene" disse subito Ro. "Tutto quello che vuoi, tesoro, ce l'hai."

Chloe si piegò in avanti fino a quando non si trovò a due centimetri dal naso di Ro. "Tutto quello che voglio, sei tu".

"Fanculo la colazione" disse Ro sottovoce, si avvicinò al bancone verso di lei. Prima che Chloe potesse dire una parola, era di nuovo sulle sue possenti spalle, lui stava salendo le scale per tornare nella camera da letto.

Chloe ridacchiò e si strinse forte alla presa.

CAPITOLO DICIASSETTE

I TRE GIORNI successivi furono idilliaci per Chloe. Trascorse le notti nel letto di Ro, facendo l'amore in così tanti modi diversi che era deliziosamente dolorante, passava le sue giornate a ridere con lui mentre continuavano a giocare a carte, guardavano la televisione ed erano sempre insieme.

Il sesso era fantastico, ma ciò che più le piaceva era conoscere Ro. Era passato così tanto tempo da quando aveva avuto anche un semplice legame con qualcuno. Le piaceva Ro. Era divertente, interessante, premuroso, gentile... Poteva andare avanti all'infinito. Dormire con lui, sentire il suo corpo caldo accanto sé, non sentirsi più così sola, era un dono. Un dono che non avrebbe mai dato per scontato. Chloe non aveva idea di cosa sarebbe successo tra loro, dopo la minaccia del fratello, ma per il momento avrebbe vissuto la vita al massimo e goduto di ogni secondo trascorso con Ro.

Un giorno era andata persino nel suo garage per fargli compagnia mentre lui lavorava al motore di una Porsche che qualcuno gli aveva portato in manutenzione. Si era talmente eccitata a guardarlo piegarsi sulla fiancata dell'auto che gli era scivolata alle spalle e gli aveva dato una palpatina.

In pochi secondi, lui l'aveva spinta sul retro dell'auto, l'aveva sollevata e l'aveva fottuta lì, sul costoso veicolo. Chloe aveva segni di grasso sull'interno delle cosce, le faceva male il culo, sbattuto contro il duro metallo, ma non avrebbe potuto essere più felice.

Non avevano più avuto notizie da Rex, ma gli altri uomini della squadra erano andati a trovarli. Ro si lamentava del fatto che andavano a controllare lei e a fare la ramanzina a lui, dato che non stava più lavorando, ma lo diceva con un sorriso, così Chloe sapeva che non si stava esattamente lamentando.

Ball la intimidiva ancora, come nella notte in cui l'avevano rapita, cosa di cui lei era ancora un po' offesa, ma man mano che lo conosceva meglio si rendeva conto che non era poi così spaventoso come se lo ricordava.

Black era alto quanto lei, ma emanava vibrazioni pericolose che la mettevano un po' a disagio. Ro le aveva detto che era un Navy SEAL, lei avrebbe dovuto capirlo. Lui non parlava molto, i suoi capelli neri corrispondevano al suo soprannome. Lei se lo poteva immaginare mimetizzato nella notte per non essere visto dai suoi nemici.

Gray e Allye andarono a trovarli quel pomeriggio, Chloe fu molto felice di rivedere l'altra donna. Le due trascorsero la maggior parte della loro visita parlando del programma di danza che Allye aveva avviato per bambini speciali. Chloe si fece promettere dalla ballerina di inviarle via e-mail alcuni video delle sue lezioni. Gray sembrava quello più tranquillo del gruppo, ma dopo aver sentito la storia di Allye su come aveva trascorso ore nell'Oceano Pacifico con lui, e su come aveva fatto fuori l'uomo orribile che aveva cercato di schiavizzarla, Chloe si rese conto che a volte gli uomini più pacati erano anche quelli più tosti.

Poi c'era Arrow. Era quello che la intrigava di più. Dopo aver sentito che era con Ro quando era rimasto ferito, Chloe voleva davvero parlare con lui. Aveva toccato le cicatrici sulla schiena di Ro, aveva visto in prima persona quanto fossero estese. Non riusciva a immaginare il dolore delle bruciature e la difficoltà di affrontare la riabilitazione e gli innesti cutanei che Ro aveva dovuto subire.

Per fortuna, Ro doveva riconsegnare la Porsche al legittimo proprietario e lasciò lei e Arrow da soli. Ro non voleva andare, ma Chloe insistette che sarebbe stata bene per circa un'ora con Arrow, alla fine era *lei* quella agli arresti domiciliari, non lui. Ro apparve dubbioso, ma alla fine si avviò.

Nel momento in cui uscì, lei si girò verso Arrow e gli disse: "Raccontami tutto del giorno in cui Ro è stato ferito".

Arrow sollevò le sopracciglia e le chiese: "Te ne ha parlato?".

"Sì."

"Francamente, sono stupito. Non lo racconta a molte persone, soprattutto i dettagli di quello che ha passato durante la convalescenza". Esitò. "Ro è mio amico, Chloe. Ne abbiamo passate tante insieme. Sento di doverlo dire, anche se mi mette molto a disagio". Si fermò, e Chloe sapeva cosa stava per dire. "Praticamente sei stata tenuta prigioniera per molto tempo e non hai avuto l'opportunità di avere una relazione, di nessun tipo. A Ro piaci molto, e sembra che anche lui ti piaccia. Ma se non è così...Ti chiedo di andartene non appena la minaccia di tuo fratello sarà finita. Per favore, non illuderlo".

Chloe avrebbe voluto arrabbiarsi con Arrow, ma non ci riuscì. Le piaceva il fatto che Ro avesse delle persone che si prendevano cura di lui. "Non lo sto ingannando", disse, tranquillamente. "Mi piace. Molto. Non solo perché mi sta aiutando".

Arrow la ascoltò attentamente e poi annuì. "Cosa ti ha detto, esattamente?" le chiese, riprendendo la loro precedente conversazione. "Perché non posso parlare di cose top-secret, e non approfondirò nulla di personale che non ti abbia già detto".

Chloe apprezzò che Arrow coprisse le spalle a Ro, ma voleva comunque saperne il più possibile. Così gli riportò quello che Ro le aveva raccontato dell'incidente e della morte del suo amico, ascoltò a sua volta mentre Arrow riempiva gli spazi vuoti della vicenda.

Quando ebbero finito, gli occhi di Chloe si riempirono di lacrime, soffrì ancora di più per Ro. Era l'uomo più forte che avesse mai incontrato. Arrow le raccontò che era andato a trovare Ro in ospedale e gli aveva tenuto la mano mentre le infermiere gli pulivano la pelle morta dalla schiena. Era stato straziante, ma in tutto quello, Ro era stato stoico. Arrow aveva fatto del suo meglio per tenere la mente di Ro occupata, raccontandogli storie sulla sua famiglia e sulla sua unità nei marine. Quando era stato trasferito negli Stati Uniti, entrambi gli uomini erano rimasti delusi.

Chloe abbracciò Arrow e lo ringraziò per esserci stato per Ro.

"Non devi ringraziarmi per questo, Chloe" rispose lui. "Dovevo esserci io laggiù. Dovevano esserci due uomini della sua unità SAS e due marine. Ro sapeva che ero leggermente claustrofobico, ma che non avrei detto nulla. Tirò i fili per organizzare la cosa in modo che i marine fossero all'esterno del carro armato, lui e i suoi amici all'interno. Se fossi stato nel carro armato, sarei morto. Gli devo tutto".

Per la prima volta, Chloe capì veramente il legame tra Ro e i suoi amici. Non si limitavano a punire i cattivi insieme, no. C'era molto di più. Si coprivano le spalle a vicenda, a prescindere da tutto. Nessuna domanda. Chloe era sicura che se avesse chiesto a Gray, Ball, Black, o Meat, avrebbero avuto storie proprio come quelle di Arrow. Erano tutti lì, l'uno per l'altro. Si erano salvati la vita a vicenda.

Non aveva mai avuto un'amicizia del genere, ma apprezzava il fatto che Ro le avesse. Giurò, in silenzio, di non mettersi mai tra Ro e i suoi compagni mercenari. Non gli avrebbe mai chiesto di smettere di fare quello che faceva.

Era la vocazione di Ro. Inoltre, le persone *come lei* avevano bisogno di lui.

Al ritorno di Ro, lasciato dall'estatico proprietario della Porsche che lo aveva volentieri accompagnato a casa, Chloe e Arrow erano diventati ottimi amici.

Erano ormai passati due giorni dalla scadenza della minaccia di Leon. Chloe si sentiva più sicura di quanto non si sentisse da molto tempo. Ro aveva parlato con Rex, Meat e gli altri uomini della squadra, di tanto in tanto, negli ultimi tre giorni, ma non sapeva cosa stesse succedendo a suo fratello.

Le andava bene così.

Era bello passare questo peso a Ro, lasciare che se ne occupasse lui.

Supponeva che questo potesse renderla una persona debole, ma non le importava.

Stavano pranzando dopo una vigorosa sessione d'amore - Ro l'aveva buttata sul divano e l'aveva presa da dietro - quando il suo cellulare squillò.

Chloe non riuscì a vedere chi stesse chiamando, ma Ro cambiò espressione, si allontanò dal tavolo e si recò in un'altra stanza per rispondere alla chiamata.

Succedeva, a volte, e Chloe non si offendeva minimamente. Aveva riposto in lui una fiducia totale, questo significava lasciare che si occupasse degli affari a modo suo. Lui le avrebbe detto di cosa si trattava al momento giusto.

Ro tornò nella sala da pranzo, ancora scuro in viso.

"Tutto bene?" chiese Chloe.

Ro scosse la testa. "Non ne sono sicuro. Era Black. Ha detto che Meat e il suo amico genio del computer hanno trovato qualcosa, ma non volevano parlarne al telefono. Ha detto che era una roba enorme, forse la chiave per capire il tutto".

"Questa è una cosa positiva, no?" chiese la donna.

"Credo di sì...Ma Black ha anche detto che Leon è scomparso. Abbiamo messo delle persone a sorvegliare lui e Abbie, ma la squadra di sorveglianza a un certo punto non si è più fatta sentire. Quando Ball e Arrow sono andati a controllare, entrambi gli uomini erano scomparsi".

Chloe trattenne il respiro. "Scomparsi?"

Ro annuì. "Mi ha chiamato per dirmi di stare all'erta".

"Cosa dobbiamo fare?" chiese Chloe, spaventata. "Dovremmo andare da qualche parte? Fare qualcosa?"

"Calma, tesoro" le disse Ro, andandole vicino. "Qui siamo al sicuro. Non c'è motivo di sospettare che Leon abbia capito chi sono. Se l'avesse fatto, a quest'ora sarebbe già arrivato qui. E se lo fa, sono preparato".

Chloe si rilassò. Questo era il suo Ro, sempre pronto all'azione. Si fidava di lui. "Va bene."

"Ok."

Si misero sul divano per guardare un film, Chloe si stava già addormentando, quando all'improvviso iniziò a squillare un forte allarme, pochi secondi prima che il vetro delle enormi finestre esplodesse.

Chloe urlò e si ritrovò sul pavimento davanti al divano con Ro sopra di lei, che la proteggeva dai vetri volanti.

"Stai giù" le sibilò nell'orecchio.

Lei annuì e rimase schiacciata sul pavimento.

Ro guardò l'orologio al polso. "Cazzo! In qualche modo hanno violato il perimetro senza far scattare i miei allarmi". Sembrava estremamente incazzato, Chloe suppose di non poterlo biasimare.

Il rumore dell'allarme era forte e le fece subito pulsare la testa. Era spaventata, confusa e per nulla sicura di cosa avrebbe dovuto fare. Doveva restare immobile o scappare a gambe levate?

Ro le tolse ogni scelta quando imprecò di nuovo e la fece alzare senza preavviso, spingendola verso le scale. Lei inciampò e sarebbe caduta, se Ro non fosse stato lì a reggerla, anche mentre la spingeva in avanti.

"Fermati lì se non vuoi che la uccida" tuonò una voce sopra lo squillo dell'allarme.

Ro si fermò e la spinse dietro di lui con un braccio, mentre si girava verso chi aveva parlato.

Davanti a loro c'erano tre uomini. Erano vestiti di nero, due di loro avevano le pistole puntate verso Ro. Un terzo teneva in mano una specie di randello di metallo.

"Come avete fatto a superare i miei allarmi?" chiese Ro, con tono di voce quasi calmo, come se fosse stato a una riunione di comando militare, che richiedeva un approccio rude e autoritario, piuttosto che in casa sua a cercare di proteggerla dagli sconosciuti.

"Abbiamo i nostri metodi" disse uno degli uomini. "Non ce l'abbiamo con te. Vogliamo solo la donna".

"Dovrai passare sul mio cadavere" gli disse Ro, Chloe sentì i suoi muscoli tesi come se si preparasse a combattere.

Uno degli uomini sparò al muro accanto a loro, spingendo sia lei che Ro ad allontanarsi dal proiettile e ad avvicinarsi all'uomo che si trovava dall'altra parte.

Accadde tutto molto rapidamente. Appena Ro si spostò, l'uomo con la mazza lo colpì al polpaccio; questi grugnì e si inginocchiò, ma si rialzò subito, come se il colpo non gli avesse fatto nulla.

L'allarme continuava a suonare, rendendo la lotta ancora più surreale. Nessuno parlò: si studiarono per un secondo, come se cercassero di capire chi avrebbe fatto la prossima mossa.

Poi uno degli intrusi si mise rapidamente la mano in tasca, estrasse qualcosa e lo lanciò verso Chloe e Ro.

Lei chiuse gli occhi e si abbassò nello stesso momento in cui Ro si abbassò, mettendosi tra lei e qualsiasi cosa l'uomo avesse lanciato.

Quando Chloe si rialzò e aprì gli occhi, Ro tossiva violentemente e vacillava da un lato all'altro davanti a lei. Non aveva idea di cosa ci fosse nella polvere che l'uomo le aveva gettato addosso, ma qualunque cosa fosse, Ro l'aveva presa in pieno in faccia e faticava a riprendere fiato.

Gli uomini non esitarono ad agire, dal momento che Ro era momentaneamente stordito.

L'uomo con la mazza colpì di nuovo Ro, mettendolo al tappeto, mentre tossiva violentemente e ansimava nel tentativo di respirare. Anche se era chiaramente in difficoltà, Ro non si era comunque dimenticato di lei. Fece del suo meglio per proteggerla, ma la polvere stava facendo il suo lavoro, rendendolo inerme.

Un altro uomo afferrò Chloe per un braccio e la tirò fuori dalla portata di Ro.

Lei combatté l'uomo più duramente possibile, inorridita da ciò che stava accadendo a Ro, proprio davanti a lei, e da ciò che gli uomini avrebbero potuto farle se l'avessero portata via da casa. Tossì per aver inalato un po' della polvere che ancora aleggiava nell'aria. Una mano le passò sulla bocca quando cominciò a gridare.

"Fanccclll!" gridò Chloe, ma la mano ruvida ovattò le sue parole.

"Andiamo, Frank. Sbrigati. È una gatta selvatica" urlò impaziente l'uomo, mentre lottava per tenerla ferma.

Gli occhi di Chloe si spalancarono quando l'uomo che brandiva la mazza si avvicinò. Aveva i capelli neri e occhi ancora più neri. Cercò freneticamente di strappare il braccio dell'altro uomo dal suo corpo, senza fortuna. Le lacrime le scendevano dagli occhi mentre si rendeva conto di ciò che stava accadendo.

La stavano rapendo. *Di nuovo.*

Ma quella volta non erano gli amici di Ro.

Questi uomini erano mortali e spietati. Poteva vederlo nei loro occhi. L'aveva visto già nel modo in cui avevano puntato le armi su di lei e su Ro.

L'uomo di nome Frank si avvicinò a lei con una siringa in mano. Quella vista le scatenò una sensazione malata di *dejà vu.* "Stai ferma", disse lui, un sorriso viscido sul viso. "Non vorrai mica che ti faccia del male, vero?".

Chloe scalciò con violenza e fu felice di colpire il ginocchio di Frank.

"Gesù, Jed, tienila ferma".

"Lo sto facendo", disse Jed, stringendole la presa intorno al busto e spostando la mano dalla sua bocca, solo per tornare a stringere di nuovo - questa volta coprendole sia il naso che la bocca.

Chloe non riusciva a respirare; quasi immediatamente, apparirono delle macchie nere ai lati del suo campo visivo.

No. Non poteva morire. Non in quel modo. Non in casa di Ro. Non quando aveva trovato un uomo di cui fidarsi e con cui voleva passare il resto della vita.

"Ro!" cercò di urlare, ma ne uscì solo un gracchiare ovattato.

Frank si avvicinò di nuovo a lei, ma Chloe non aveva più forza per reagire. L'unica cosa su cui si stava concentrando era cercare di far entrare aria nei polmoni. L'ago le affondò nella coscia, ma non se ne accorse, perché Jed alzò la mano per un attimo. Inspirò l'aria avidamente, cercando di accumularla prima che le venisse tolta di nuovo.

La stanza iniziò a girare, Chloe chiuse gli occhi, sentendosi estremamente stordita. Non si ribellò quando Jed la prese in braccio e la portò fuori dal soggiorno distrutto. Sentì il vetro scricchiolare sotto i suoi piedi mentre si muoveva nella stanza, ma non aprì gli occhi. L'allarme continuava a suonare, ebbe la momentanea speranza che uno dei vicini di Ro lo sentisse e venisse a investigare.

Chloe aprì gli occhi e l'ultima cosa vide, mentre Jed la portava fuori di casa, fu il terzo uomo che sbatteva la testa di Ro contro il pavimento per impedirgli di inseguirli.

CAPITOLO DICIOTTO

CHLOE ERA DECISAMENTE CONFUSA. Le faceva male la testa e, ancora una volta, la sua bocca sembrava impregnata di batuffoli di cotone. Non che sapesse cosa si provasse a riempire la bocca con batuffoli di cotone, ma immaginava che la sensazione provata in quel momento dovesse essere molto simile.

Con cautela, aprì gli occhi e si guardò intorno. Era sdraiata su un letto morbido, in una bella stanza. C'erano pesanti tende rosse tirate all'indietro, che lasciavano entrare il sole del pomeriggio. C'era una cassettiera contro il muro di fronte a dove era sdraiata. Girando la testa, vide diversi cuscini accanto a lei, la splendida trapunta sotto di lei sembrava fatta a mano.

Il problema era che non riconosceva nulla di tutto ciò. Non le sembrava di essere tornata a casa di Leon, ma non era nemmeno a casa di Ro.

Il pensiero di Ro la fece scattare all'improvviso, facendole girare la testa. Rifiutandosi di cedere alle vertigini, Chloe si sedette sul bordo del letto e cercò di ricordare cosa fosse successo. L'ultima cosa che ricordava era di aver visto la testa di Ro sbattuta sul pavimento.

Le sfuggì un gridolino isterico, prima che potesse trattenerlo. Alzando una mano per coprirsi la bocca e impedire a chiunque di accorgersi che era sveglia, Chloe si mise in piedi a fatica. Si avvicinò alla finestra e guardò fuori. Sembrava essere al piano superiore di una casa. Guardò verso il basso, su una specie di giardino immacolato. Il prato sotto di lei era enorme. In lontananza, poteva vedere diversi edifici alti. Strizzando gli occhi e inclinando la testa, Chloe si rese conto che gli edifici erano i grattacieli di Denver. Non aveva alcun senso.

Era rimasta priva di sensi così a lungo?

Certo che sì. Era lì, non è vero? Ovunque fosse lì.

Dannazione! Non riusciva a credere di essere stata rapita, *cazzo*. Di nuovo! Si stava stufando della gente che la costringeva ad andare in posti dove non voleva andare e a fare cose che non voleva fare. Aveva promesso a Ro che non sarebbe più stata rapita. Odiava rompere la sua promessa, anche se non era colpa sua.

I ricordi di Ro che cercava di proteggerla anche quando era chiaramente ferito le trapanavano il cervello. Mentre Ro si scagliava contro l'uomo che l'aveva afferrata, lo sguardo sul suo volto diceva più di mille parole. Si era infuriato perché qualcuno si era introdotto in casa sua, ma ancor più perché aveva osato metterle le mani addosso. Ma soprattutto, aveva un aspetto...Devastato. Un'immagine che Chloe non poteva sopportare. Voleva dirgli che lui aveva fatto tutto il possibile per proteggerla. Che il suo rapimento, ancora una volta, non era colpa sua. Era colpa degli stronzi che avevano fatto irruzione.

Poi ricordò il modo in cui l'uomo aveva sbattuto la testa di Ro sulla piastrella. Doveva essere ferito gravemente. Doveva aver perso i sensi. Non c'era modo che potesse riprendersi abbastanza da potersi allontanare...O forse sì? Il ricordo confuso - e l'eventualità di un tale pestaggio - minacciava di farle crollare le ginocchia, ma si costrinse a restare in piedi.

Ro non era morto. Non poteva esserlo. Non dopo tutto quello che aveva passato.

No, Arrow, Meat o altri sarebbero andati a casa sua per controllare la situazione, dopo che Ro non avrebbe risposto al telefono, lo avrebbero trovato e cercato aiuto.

Al momento non pensava nemmeno alla propria situazione e a ciò che l'aspettava. Se Ro fosse stato ucciso a causa sua, Chloe non se lo sarebbe mai perdonato.

Girò la testa al suono dell'apertura della porta.

Un uomo che non aveva mai visto prima entrò nella stanza e la guardò. Era vestito con un paio di pantaloni grigi e una camicia bianca. Una giacca sportiva grigia completava l'abbinamento. Sembrava tirato a lucido – la cosa la terrorizzò.

Era in una specie di bordello di lusso? Era il bordello di suo fratello? Chloe pensava che Leon le avesse detto che il bordello si trovava a Colorado Springs, e lei era Denver, ma forse si era ramificato? L'aveva già venduto a qualcun altro?

Non ne era sicura, ma sapeva una cosa per certo: non avrebbe permesso che quell'uomo la prendesse contro la sua volontà. Non se ne parlava. Avrebbe lottato con tutte le forze. Ora che si era data anima e corpo a Ro, avrebbe fatto tutto il necessario per assicurarsi che nessun altro si sarebbe appropriato di ciò che era suo.

Con questi pensieri in mente, i pugni di Chloe si strinsero, si preparò a combattere.

"Buonasera, signora Harris. Le dispiacerebbe seguirmi?"

Chloe sbatté le palpebre. Si aspettava che lui le dicesse: "Sali sul letto e allarga le gambe", o qualcosa di altrettanto volgare. Invece era educato e sembrava assolutamente amichevole. La stava aspettando con pazienza. Aveva la mano tesa, come per indicarle la strada.

Non voleva andare da nessuna parte con lui, ma voleva

anche uscire da lì. Scappare dalla finestra non avrebbe funzionato, vista l'altezza. Si sarebbe rotta una gamba o qualcosa del genere, non sarebbe comunque riuscita a scappare. Poteva sempre darsela a gambe, una volta fuori dalla stanza.

Con la massima cautela possibile, camminò lentamente verso l'uomo in grigio. Sapeva di non camminare in linea retta, era ancora un po' stordita, ma al momento non le importava. Attraversò la stanza fino a raggiungere il nuovo interlocutore. L'uomo misterioso le afferrò il gomito, ma non lo strinse crudelmente, come piaceva fare alle guardie del corpo di Leon. La teneva semplicemente stretta, assicurandosi che non cadesse. Chiuse la porta dietro di loro e l'accompagnò per il corridoio ricoperto di moquette, verso una scala.

Lo sguardo di Chloe prese nota di tutto ciò che la circondava. Più tardi, forse, avrebbe avuto bisogno di descrivere alle autorità dove era stata tenuta prigioniera. Fotografie costose alle pareti, acquerelli di paesaggi. Tappeti di lusso. Tanta luce naturale. Era un luogo che le sarebbe piaciuto molto esplorare...Se non fosse stata tenuta in ostaggio.

L'uomo in grigio la aiutò a scendere le scale. Proprio quando Chloe stava per strappargli il braccio dalla presa e correre verso quella che pensava fosse la porta d'ingresso della casa, notò la luce di una porta aperta lungo un infinito corridoio, altrimenti buio.

"Da questa parte, signora Harris" disse l'uomo, avvolgendole un braccio intorno alla vita e guidandola verso il corridoio. Chloe si ribellò per un momento, ma era ancora troppo debole per via di qualsiasi cosa l'avesse drogata.

"Si rilassi" le ordinò l'uomo. "Non farebbe cinque passi prima che io la blocchi" disse con un tono perfettamente normale e rilassato. Chloe ebbe ancora più paura. Se l'avesse minacciata in qualche modo, o se le avesse fatto un livido sul braccio mentre la teneva in braccio, avrebbe potuto avere più senso, ma questi si comportava come se lei fosse una gradita ospite – esclusa l'ultima affermazione che nascondeva gentilmente una minaccia, naturalmente.

Superarono due porte chiuse prima di arrivare a quella aperta. Senza sosta, l'uomo al suo fianco la condusse attraverso la porta di quella che sembrava un'enorme biblioteca o un ufficio. Lungo una parete c'erano scaffali che andavano dal pavimento al soffitto, pieni di libri.

Una grande finestra sul fondo della stanza, la vista era simile a quella della stanza in cui si era svegliata, affacciandosi sul vasto terreno.

Ma fu l'uomo seduto dietro una massiccia scrivania, alla sua destra, a catturare l'attenzione di Chloe.

Non riuscì a distogliere lo sguardo da lui, mentre l'uomo in grigio la portava verso una sedia di pelle e la aiutava a sedersi. Se ne accorse appena, quando lui si allontanò e si mise sull'attenti accanto alla porta ormai chiusa.

L'uomo dietro la scrivania non la guardò. Non le rivolse parola. Guardava in basso, verso un foglio di calcolo di qualche tipo, facendo scorrere il dito su e giù per file e file di numeri. Aveva i capelli scuri con striature di grigio. Chloe riuscì a vedergli alcune macchie dell'età sul dorso delle mani. Indossava un maglione nero con sotto una camicia bianca, il colletto anch'esso bianco. Aveva un computer fisso alla sua sinistra e un telefono vecchio stile alla sua destra.

Trasudava potere. Per quanto Chloe volesse pretendere che le dicesse cosa diavolo ci faceva lì, non disse nulla. Aspettava semplicemente che lui si accorgesse della sua esistenza, per dirle quale atroce destino l'aspettasse.

Dopo cinque lunghi minuti di silenzio, Chloe si mosse sulla morbida pelle. Stava perdendo la pazienza ed era sempre spaventata a morte. L'ultima cosa che voleva era sentirsi dire da lui che sarebbe stata mandata in qualche paese straniero per servire sessualmente qualche sceicco, ma a quel punto non aveva idea di cos'altro pensare.

Dopo quella che sembrò un'eternità, l'uomo alzò lo sguardo. I suoi occhi marroni si fissarono nei suoi, lei rimase come paralizzata. Non aveva sbagliato a pensare che quest'uomo fosse potente. Con un solo sguardo, lei capì che di solito otteneva tutto ciò che voleva. Quelli che lavoravano per lui probabilmente si sarebbero fatti in quattro per fargli avere quello che lui ordinava.

Chloe fu sul punto di appellarsi alla sua misericordia e di implorarlo di non farle del male, ma si aggrappò alla sua dignità con le unghie. Non pensava che lui lavorasse per Leon. Assolutamente no. Quest'uomo non lavorava per nessuno. Erano *gli altri* che lavoravano per lui.

"Immagino che si stia chiedendo cosa ci faccia qui" disse l'uomo, dopo aver messo le dita sotto il mento e averla fissata per il minuto più lungo della sua vita.

Chloe annuì.

"Sa chi sono?" chiese l'uomo, un sorrisetto sul viso suggeriva che sapeva qualcosa che lei non sapeva. Aveva decisamente il coltello dalla parte del manico.

La donna scosse la testa.

"Mi scusi se non mi sono presentato prima. Sono Joseph Carlino. Forse non mi riconosce di persona, ma scommetto che riconoscerebbe i miei conti di investimento se li vedesse, vero?".

Per la seconda volta, quel giorno, Chloe vide dei punti neri riempire il suo campo visivo.

Le cose si mettevano male. Molto male. Leon era abbastanza spaventoso, ma essere in presenza di uno di quegli uomini, da cui aveva provato a scappare con tutte le sue forze, negli ultimi due anni, la gettò nel terrore più assoluto.

———

Ro spinse la mano di Black lontano dalla sua testa, rabbioso. "Sto bene".

"Mi dispiace dirtelo, ma non stai bene" disse Black con calma. "Hai un brutto taglio sulla fronte, uguale a quello della tua donna una settimana fa. Hai bisogno di punti, o per lo meno di quella merda di colla che ti piace tanto usare".

Ro digrignò i denti, ringhiando al suo amico e compagno di squadra. "Non me ne frega un cazzo della mia testa. Quello che mi frega è di sapere dov'è Chloe e di quello che stiamo facendo per trovarla e portarla via da quel segaiolo di suo fratello".

Sapeva di sembrare uno stronzo, ma non poteva farci niente. Black lo aveva richiamato per aggiornarlo sulla loro ricerca di Leon; quando Ro non aveva risposto, Black aveva chiamato il resto della squadra, erano andati tutti.

Ro aveva aperto gli occhi per vedere quattro dei suoi compagni di squadra in piedi, sopra di lui, con lo sguardo incazzato e preoccupato allo stesso tempo. Meat era seduto al tavolo della sala da pranzo, cliccando freneticamente sul suo portatile e parlando al telefono.

Appena vide i suoi compagni di squadra, Ro si ricordò di quello che era successo. Chiunque fossero gli uomini che erano venuti per Chloe, erano stati bravi. Davvero bravi. Erano stati in grado di aggirare i suoi allarmi perimetrali, così non aveva avuto alcun preavviso della loro presenza, prima che fosse troppo tardi.

Prendendosi mentalmente a calci, Ro non riuscì a togliersi dalla testa lo sguardo di terrore sul volto di Chloe. Qualunque cosa ci fosse nella polvere usata per neutralizzarlo, era stata molto efficace. Nell'attimo in cui l'aveva inalata, Ro aveva capito di essere fottuto. A mente lucida e senza quel cazzo di allarme nelle orecchie, pensò che fosse un derivato dello spray al peperoncino. Almeno c'era il suo ingrediente principale, la capsaicina. Appena presa tutta la polvere in faccia, aveva subito fatto fatica a vedere o a respirare bene.

Si ricordò di Chloe che gridava, di aver cercato di raggiungerla, ma tutto il resto era confuso.

Le aveva detto più e più volte che era al sicuro. Si sarebbe dovuto rimangiare la parola data?

"Dove cazzo la porterebbe Harris?" sibilò Ro. Gli pulsava la testa, ma non gliene fregava niente. Se avesse perso Chloe, o se suo fratello l'avesse costretta a fare qualcosa di sessuale, non se lo sarebbe mai perdonato. Mai.

"Ti va di fare un piccolo furto con scasso?" chiese Ball, con un sorriso scuro, invece di rispondere alla sua domanda.

"Cazzo, sì" rispose Ro, in piedi.

"Prima devi fermare l'emorragia" disse Black in modo secco. "Non puoi lasciare il tuo DNA per tutta la casa di Leon".

Senza dire altro, Ro si diresse in bagno per prendere la colla adesiva. Gli fu difficile credere che aveva usato la stessa identica roba su Chloe solo una settimana prima.

Cinque minuti dopo, era di nuovo nel suo soggiorno in attesa che gli amici gli dicessero quale fosse il piano.

"Meat ha chiesto alcuni favori per farti sistemare le finestre" disse Gray.

Ro agitò la mano, stizzito. Non gliene fregava un cazzo delle sue finestre. Aveva bisogno di fare qualcosa per trovare Chloe.

"Si dirigerà al The Pit per continuare a fare quello che può via computer, per trovare Chloe. Il suo amico sta usando le telecamere del traffico per vedere se riesce a rintracciarla, da qui a dove è stata portata. Non ci sono molte telecamere qui, a Black Forest, ma non importa da che parte siano andati, quei bastardi non avranno potuto evitarle del tutto. Meat sta andando lì anche per fornirci un alibi, non si sa mai. Dave garantirà che eravamo tutti presenti e che siamo stati presenti a una riunione. Ha anche detto che manipolerà i filmati di sicurezza, usando un vecchio filmato per mostrarlo a tutti quelli che arriveranno oggi, se necessario. Datemi i vostri telefoni". Gray era l'uomo del piano, tutti gli consegnarono i cellulari.

Ro esitò. Lui e Chloe erano stati insieme per un'intera settimana. Siccome non si erano separati, non avevano bisogno di chiamarsi a vicenda. Ma lui le aveva fatto memorizzare il suo numero di telefono, per sicurezza. Se avesse dato a Gray il suo telefono, non avrebbe potuto rispondere se lei avesse chiamato.

"Ci penserà Meat" disse Gray, capendo l'angoscia di Ro. "Se lei chiama, lui sarà in grado di rintracciarla e di rassicurarla allo stesso tempo. Sai che abbiamo bisogno che i ripetitori ci rilevino tutti al The Pit, per pararci il culo mentre siamo da Harris".

Sapendo che il suo amico aveva ragione, anche se non gli piaceva ammetterlo, Ro consegnò il suo telefono senza protestare.

"La troveremo" gli disse Gray, mettendo una mano sulla spalla di Ro.

Ro annuì. "Allora, il piano?"

"Harris non è stato a casa sua per tutto il giorno, non è stato nemmeno *visto* a casa sua", disse Black. "Andiamo a dare un'occhiata. Abbiamo un'ora di tempo".

Ro annuì. Si scrocchiò le nocche.

"I due uomini che avrebbero dovuto tenere d'occhio Harris sono stati trovati scaricati a circa un miglio dal BJ" disse Meat dal tavolo, sempre cliccando sulla tastiera. "Entrambi hanno brutte ferite alla testa, ma sono vivi. Non sono ancora coscienti, quindi non possono dirci nulla, ma appena ci riusciranno, Rex parlerà con loro".

Ro si spostò da un piede all'altro con impazienza. Ogni secondo che passava era un secondo in più che Chloe era in pericolo. Lo sentiva nel profondo delle sue ossa. Avevano bisogno di trovarla. In quel momento.

"Andiamo" disse Arrow. "Possiamo parlarne lungo la strada".

Ro si sentì sollevato quando l'amico gli lesse nel pensiero.

"Un'altra cosa" disse Gray.

Tutti lo guardarono.

"Rex mi ha fatto promettere di non uccidere Harris. Vuole fare una chiacchierata con lui".

Ro aggrottò le sopracciglia. Non poteva prometterlo. Assolutamente no. Non se aveva fatto del male a Chloe. Non se Harris l'avesse venduta, o peggio.

"Nessuna promessa" disse Ball burbero. "Sappiamo tutti di cosa sono capaci gli uomini come lui".

"E sappiamo tutti che Rex sarà il primo della fila a tagliargli le palle se farà qualcosa di male a Chloe" replicò Gray. "Tutto quello che chiede è il tempo di parlare con quello stronzo per primo. Capito?"

Tutti annuirono. Avevano capito. Rex non avrebbe protetto Harris dalla punizione, se avesse ucciso Chloe o se l'avesse fatta sparire nel mondo sotterraneo del traffico sessuale. Ma voleva comunque delle informazioni. Informazioni che potessero salvare lei, o qualcuno come lei, da un destino peggiore della morte.

"Andiamo" disse Black, e li condusse alla porta.

Ro seguì i suoi amici a denti stretti, ignorando il dolore che tuonava attraverso il suo cranio. L'unica cosa che gli importava era di trovare Harris e soprattutto Chloe.

———

Chloe strinse le mani in grembo. Carlino non aveva fatto il minimo movimento verso di lei, ma lei sapeva che era uno degli uomini più potenti della mafia di Denver. Leon le aveva detto tutto su di lui e su ciò di cui era capace. Le narrazioni eccessivamente descrittive del fratello, che le raccontava come Carlino amava torturare i suoi nemici, erano uno dei motivi principali per cui lei non aveva tentato di fuggire. Sicuramente non voleva che quell'uomo le mettesse le mani addosso...Ed eccola lì, al suo cospetto.

"Dobbiamo parlare" disse Joseph.

Chloe tenne gli occhi su di lui, troppo spaventata per distogliere lo sguardo.

"Mi parli di suo fratello".

Chloe sbatté le palpebre. Non si aspettava quella richiesta. Pensava che lui avrebbe tirato fuori qualcosa che lei aveva fatto di sbagliato nelle sue finanze. Oppure che le avrebbe detto che aveva mandato a puttane i suoi investimenti. O che avrebbe dovuto vivere in una prigione nel suo seminterrato perché sapeva troppe cose.

O peggio ancora, pensava che la uccidesse molto lentamente, a causa di ciò che sapeva riguardo a dove lui nascondeva milioni di dollari.

Ma dirgli di Leon? Secondo lei era proprio l'ultima cosa di cui Carlino si sarebbe interessato. "Cosa vuole sapere?" chiese lei, infine, con tono traballante.

"Ho ricevuto una chiamata interessante l'altro giorno" le disse Joseph, appoggiato alla sua sedia come se non avesse una sola preoccupazione al mondo. "Da un mio conoscente. Dopo che abbiamo parlato, ho fatto anch'io qualche ricerca, ma sembra che suo fratello non sia così stupido come sembra... O in realtà, il suo commercialista non lo è. I miei uomini non sono riusciti a capire cosa stessimo guardando. Così sono andato direttamente alla fonte. O meglio, mi hanno portato *la fonte*".

Chloe fece di tutto per non andare in iperventilazione. Era stata creativa con i soldi di Leon. Era necessario. Lui li spendeva più velocemente di quanto li guadagnasse. Per non parlare del fatto che faceva cose piuttosto losche. Aveva un cospicuo flusso di reddito mensile da una fonte di cui si rifiutava di parlare con lei, di cui non era riuscita a rintracciare la provenienza, e diversi piccoli depositi mensili. Aveva ipotizzato che le somme più consistenti provenissero dalle persone che ricattava. Non sapeva però del bordello che era stato avviato, finché non gliel'aveva detto quella sera in macchina. Aveva sempre pensato che fosse un altro strip club.

Ma a prescindere da ciò, aveva fatto del suo meglio per assicurarsi, almeno in apparenza, che nulla sembrasse fuori dall'ordinario se qualcuno avesse fatto dei controlli.

"Chloe?" chiese Joseph con impazienza.

Deglutendo rumorosamente, Chloe fece l'unica cosa possibile. Aprì la bocca e disse tutto al temibile boss mafioso.

———

La casa di Leon Harris era tranquilla. Ro usava metodicamente il suo binocolo per scansionare le finestre del grande palazzo. Non vide nessuno nelle stanze con le tende aperte, non c'erano ombre che si muovevano dietro le tende chiuse.

Si portò una mano alla gola e premette contro il microfono, aprendo la comunicazione. "Via libera", disse in un sussurro senza tono.

Sentì gli altri riferire le stesse informazioni.

"Attenetevi al piano" disse Black. "Muoviamoci al tre."

Ro ripose binocolo e si preparò ad entrare nella villa. Era più che pronto per quel momento. Più che pronto a confrontarsi con Leon Harris e ad assicurarsi che l'uomo sapesse di non potere reggere il confronto con lui e che se anche solo avesse osato guardare di nuovo sua sorella, se ne sarebbe pentito.

Come se fosse un solo uomo, la squadra usò granate stordenti per entrare nella villa, in cinque punti diversi.

Non incontrarono alcuna resistenza. Anzi, non incontrarono proprio nessuno.

I rumorosi ordigni esplosivi non portarono una sola persona a correre per vedere cosa stesse succedendo, non colsero nessuno di sorpresa.

Quando tutti e cinque gli uomini si trovarono in piedi al centro del salone principale, Arrow espresse a voce alta il pensiero comune. "Dove cazzo sono tutti?"

La sensazione di malessere nelle viscere di Ro si intensificò. Non si aspettava davvero la presenza di Harris, o di Chloe, ma lo sperava seriamente. Se non erano lì, dove potevano mai essere? Male. Molto male. Sapeva che alla fine li avrebbero rintracciati — i Mercenari di Montagna ci riescono sempre — ma non riusciva a sopportare il pensiero di quello che Harris avrebbe potuto fare a Chloe, nel frattempo.

"Tutti quanti, sparpagliatevi. Cercate in ogni angolo. Sotto i letti, negli armadi, anche nella lavatrice e nell'asciugatrice, cazzo. Controllate ogni singolo posto in cui qualcuno potrebbe essere nascosto. Non c'è un solo posto da sottovalutare. Se c'è qualcuno, trovatelo" ordinò Gray.

In pochi secondi Ro stava salendo le scale. Lui e Arrow andarono stanza per stanza, cercando ovunque. Tutto sembrava normale, finché non raggiunsero una stanza alla fine di un corridoio. C'era un lucchetto all'esterno della porta.

Ro ruggì a bassa voce, sapendo istintivamente che era lì che Chloe aveva trascorso la maggior parte del suo tempo quando viveva in quella casa, almeno negli ultimi due anni. Quel bastardo di suo fratello l'aveva letteralmente rinchiusa come un animale.

"Ci penso io" disse Arrow. "Fai un passo indietro".

Ro strinse più forte il fucile in mano e fece come gli aveva ordinato il suo amico. Fece un passo indietro e lasciò che Arrow si occupasse della serratura. Nel giro di pochi secondi, l'aveva fracassata e il metallo rotto era caduto a terra con un tonfo.

Arrow prese posizione su un lato della porta, Ro gli fece un cenno con la testa. Diede un calcio alla porta, che si staccò dai cardini e si aprì immediatamente. Entrambi gli uomini si portarono all'interno, con le armi pronte.

Rimasero congelati da ciò che videro. Due gambe sporgevano dal bagno annesso, decisamente femminili. Immobili.

Ro fece un passo verso di lei, ma Arrow lo fermò con una mano sul braccio. "No. Ho detto che ci penso io".

Ro voleva protestare. Voleva essere presente per Chloe...

Si sentiva un codardo. Se lei fosse morta, non avrebbe voluto ricordarla in quel modo. Voleva ricordare i suoi occhi scintillanti di umorismo e di vita. Voleva ricordare il modo in cui lei gettava la testa all'indietro e rabbrividiva insieme a lui.

Deglutendo rumorosamente, Ro annuì al suo amico. Voltandosi, si avvicinò all'armadio per dare un'occhiata.

Vide vestiti succinti che non si adattavano per niente alla personalità di Chloe. Erano appesi in file ordinate. C'erano diverse paia di tacchi alti, perfettamente allineati sul pavimento. Vedendo in prima persona come era stata costretta a vivere fece infuriare Ro. Doveva proteggerla da tutto quello. Tenerla al sicuro da suo fratello. Ma invece lei era...

Ro bloccò i suoi pensieri e si voltò verso il bagno. Gli era scattato qualcosa, vedendo l'armadio. Si diresse verso il bagno e arrivò proprio mentre Arrow si alzava in piedi, dopo aver esaminato la donna sul pavimento.

"Non è Chloe" disse Arrow.

Ro annuì. L'aveva capito da solo. Le scarpe che indossava quella donna erano troppo piccole. Dopo aver visto i tacchi alti nell'armadio, che dovevano essere quelli di Chloe, si era accorto che i numeri non coincidevano.

"È morta?" chiese Ro, a disagio per la situazione.

Arrow annuì. "È decisamente morta". Indicò le bottiglie

sul bancone. "Aspirina, tylenol, medicine per il raffreddore, antistaminici. Niente di letale, ma presi insieme, in grande quantità, hanno fatto quello che la donna sperava di fare".

Ro guardò la donna morta e vide la schiuma che si era seccata intorno alla bocca, sul pavimento intorno a lei. Non era stata una morte facile, ma al momento, a Ro non importava.

"Hai idea di chi sia?" chiese Arrow.

Ro annuì. "Abbie, la ragazza di Harris. Ma la domanda più importante è: perché è chiusa in questa stanza, morta? Da tutto quello che ci ha detto Chloe, è una brutta stronza senza cuore. Perché si sarebbe uccisa? Non solo, ti pare che Leon avrebbe chiuso a chiave la sua ragazza nella stanza di sua sorella?".

"Forse senza Chloe in giro, Leon si è sfogato su Abbie?" suggerì Arrow.

Ro scrollò le spalle. "Non lo so, ma al momento sono più preoccupato di trovare Chloe".

I due uomini lasciarono la donna sul pavimento e finirono di ispezionare la stanza. Nei cassetti c'erano vestiti più succinti. Non c'erano foto, libri o altro che dimostrasse che una donna così premurosa, entusiasta e interessante come Chloe vivesse lì.

"Fottuto stronzo" disse Ro sottovoce.

Poi si ricordò di una cosa che Chloe gli aveva detto una sera.

Tornò nell'armadio e si inginocchiò, esaminando il pavimento. Trovando quello che cercava, prese una delle tavole e inspirò profondamente. Sotto il pavimento c'erano il passaporto di Chloe, un paio di cambi d'abito e qualche soprammobile che ovviamente aveva un valore sentimentale. Cose che lei aveva messo da parte per quando fosse arrivato il momento di fuggire.

Afferrò il passaporto e se lo infilò in una tasca, cercando

di concentrarsi sul compito da svolgere, non su quanto doveva essere spaventata la sua Chloe mentre viveva in quella casa, sperando che i suoi miseri averi non venissero scoperti e portati via.

"Andiamo, dobbiamo continuare a cercare".

Sentendo le parole di Arrow, Ro annuì e fece un respiro profondo. Chloe non sarebbe mai tornata lì. Mai più. Non se avesse potuto impedirlo.

Dopo altri venti minuti, tutti e cinque gli uomini si riunirono di nuovo al piano di sotto per fare rapporto.

"Sembra che ci fosse gente qui, non molto tempo fa" disse Black. "Immagino domestici. C'è del cibo sui fornelli e la porta della cucina era socchiusa. Probabilmente hanno sentito le granate e sono scappati. Non abbiamo visto nessun veicolo in partenza, quindi è probabile che siano fuggiti a piedi".

Arrow guardò Ro, poi disse: "Abbiamo trovato la fidanzata. Morta per overdose in una stanza chiusa a chiave al piano di sopra. Abbiamo dovuto rompere il lucchetto per entrare in camera da letto".

"Mhmm" disse Ball. "C'è qualche possibilità che si sia chiusa dentro?"

"Nessuna" rispose Ro.

"Così qualcuno l'ha chiusa dentro, e lei si è uccisa. Interessante" rifletté Ball.

Ro digrignò i denti per la frustrazione. Niente. Non avevano più niente. Abbie era morta - questa era una persona di cui Chloe non doveva più preoccuparsi, va bene - ma non avevano più indizi su dove fosse fuggito suo fratello.

Seguì i suoi amici fuori di casa, ognuno poi si diresse verso la propria macchina. In viaggio verso il The Pit, Gray chiamò Rex per fare rapporto.

Ro ascoltò solo per metà il suo amico, quando le parole

"sparano" e "incendio doloso" gli entrarono sottopelle. Aspettò impaziente che Gray riattaccasse e parlasse con loro.

Non appena riattaccò, Gray riferì: "Il BJ è andato a fuoco stamattina, sul tardi. I funzionari stanno ancora indagando, ma i primi pensieri sono che si tratti di incendio doloso. Non ci sono ancora informazioni su feriti o morti".

Ro stava proprio per suggerire di prendere d'assalto lo strip club per vedere se Harris tenesse lì la sorella, ma con la notizia che il locale era andato a fuoco, si sentì perso.

"E adesso?" chiese Ro, frustrato e arrabbiato.

"Andiamo al The Pit e speriamo che Meat abbia trovato qualcosa" disse Gray.

Ro voleva colpire qualcosa. O qualcuno. Voleva essere fuori a fare qualcosa, non stare seduto ad aspettare informazioni. Più a lungo aspettavano, più Chloe poteva essere in pericolo. Ogni salvataggio che avevano effettuato per aiutare le donne rapite gli attraversò la mente. Ogni bordello in cui avevano fatto irruzione in città straniere. Ogni donna distrutta e umiliata che avevano riportato alla sua famiglia disperata.

Non poteva essere Chloe. Il pensiero del suo bel sorriso e del suo forte spirito che veniva spento era quasi doloroso.

Il resto del viaggio verso il The Pit trascorse nel silenzio. Nessuno voleva menzionare la terribile possibilità che Harris fosse arrivato a sua sorella e fosse scomparso.

CAPITOLO DICIANNOVE

JOSEPH CARLINO non disse una sola parola durante tutto il balbettio nervoso di Chloe.

Gli disse tutto. Quanto le fosse piaciuto il suo lavoro allo Springs Financial Group. Della morte di suo padre. Di come suo fratello l'aveva invitata a trasferirsi da lui finché non si fosse rimessa in piedi. Di come non era riuscita a trovare un lavoro e di come aveva iniziato ad aiutare Leon. Di come aveva fatto le sue tasse per due anni, prima di sapere chi fosse. Di come avesse aiutato Leon a comprare il club. Aggiunse anche tutti i dettagli di come lui e Abbie l'avevano tenuta prigioniera in casa sua, chiudendola nella sua stanza di notte e facendola lavorare al BJ. Descrisse, in modo dettagliato, il suo piano per fuggire dal fratello e come aveva nascosto il suo passaporto sotto il pavimento del suo armadio e di come aveva lentamente rubato soldi a Leon per anni, per poter scappare. Spifferò persino che Leon aveva minacciato di mandarla a lavorare nel suo bordello.

Poi, quando Joseph la fissò semplicemente e le chiese con calma se avesse finito, lei aggiunse tutto quello che era successo nell'ultima settimana. Come Ro l'aveva salvata da altri clienti quella sera al club, compresi i dettagli imbarazzanti di aver finto di fargli un pompino anche se non gli era venuto duro. Raccontò all'uomo taciturno di essere stata "rapita" da Ro e dai suoi amici, ma, anche se era pietrificata dall'essere scoperta, fece attenzione a non nominare i Mercenari di Montagna o Rex. Raccontò a Carlino di aver passato l'ultima settimana con Ro. Gli disse di quello che aveva scoperto su sua madre, ovvero che era ricca, anche se ammise di non crederci pienamente. Gli spiegò perché il testamento di suo padre le sembrava strano.

Proprio alla fine del suo sfogo nervoso, Chloe disse al capo della mafia di Denver che amava Ronan Cross, dopo essere stata con lui solo una settimana, sapeva che era troppo presto ma non poteva farci niente.

Quando finì di parlare, Chloe era esausta. Sudava copiosamente e si sentiva come se avesse trascorso due ore in palestra. Guardò l'orologio per vedere quanto tempo era passato. Sembravano ore. Rimase sioccata nel vedere che aveva parlato solo per venti minuti.

Aveva raccontato tutta la storia della sua vita in venti maledetti minuti.

Chloe alzò lo sguardo su Joseph e aspettò che dicesse qualcosa. Qualsiasi cosa. Lui tenne il suo sguardo intenso su di lei, aveva ancora le mani sporgenti sul mento.

Alla fine, fece cadere le mani e le disse: "Grazie per essere stata onesta, Chloe. Lo apprezzo molto. Sembra stanca. Le faccio portare su un vassoio con qualcosa da mangiare, può dormire. Ci vediamo di nuovo a cena".

Detto questo, fece un cenno con la testa all'uomo in grigio, ancora in piedi davanti alla porta. Prima che lei potesse elaborare ciò che stava accadendo, l'uomo fu al suo fianco per aiutarla a mettersi in piedi con la mano al suo gomito, ancora una volta.

"Oh, ma..."

"Cena, Chloe" disse Joseph con fermezza. "Ho del lavoro da fare".

Guardò il foglio di calcolo davanti a sé. Era un congedo, ovvio, Chloe non aveva altra scelta se non quella di andare con l'altro uomo.

Confusa, preoccupata e con la nausea, Chloe non si oppose al viaggio di ritorno, salendo le scale e tornando nella stanza in cui si era svegliata. L'uomo si inchinò mentre la lasciava in piedi accanto al suo letto. "C'è qualcosa che vorrebbe mangiare, da ordinare al nostro cuoco?".

Chloe scosse lentamente la testa. Si sentiva al capolinea. Era stata rapita da casa di Ro, non sapeva ancora se lui stesse bene o no. Eppure, eccola lì, trattata come se fosse un'ospite d'onore. Era disorientante e spaventoso allo stesso tempo.

Dopo che l'uomo se ne fu andato, aspettò per qualche minuto prima di andare in punta di piedi verso la porta della camera da letto e girare cautamente la manopola. Sorprendentemente, si aprì. Non l'avevano chiusa dentro.

Sbatté le palpebre alla vista di un altro uomo in piedi nel corridoio. Era vestito bene, come l'uomo in grigio, ma sembrava più grande e più forte.

"Posso aiutarla, signorina?" chiese.

Chloe scosse la testa in fretta e furia e chiuse la porta, tremando. Quindi non era un'ospite, dopotutto. Non aveva dubbi sul fatto che l'uomo nella sala le avrebbe impedito di andarsene. Non era fisicamente chiusa a chiave nella stanza, ma era praticamente la stessa cosa. Non riusciva ancora a credere di essere stata rapita di nuovo.

Invece di piangere, Chloe si infuriò. Ne aveva abbastanza di tutta quella merda. Sarebbe uscita da lì e sarebbe tornata da Ro, fosse stata l'ultima cosa che faceva.

———

"Ho parlato con Joseph Carlino tre giorni fa" disse Rex.

I Mercenari di Montagna erano radunati al The Pit, raccolti intorno al loro solito tavolo sul retro, parlando con Rex al telefono.

"E?" chiese Ro con impazienza.

"E non sapeva che Harris avesse acquistato uno strip club, o che avesse avviato un suo giro di prostituzione. Inutile dire che non ne era felice".

Rex raccontò la loro conversazione, ma la notizia non fu esattamente una sorpresa. I Carlino e gli Smaldone si erano attaccati ad altri flussi di denaro, in parte a causa di Rex. I capi di Cosa Nostra sapevano che se volevano tenere l'uomo fuori dai loro affari, dovevano evitare di sfruttare le donne. Così avevano fatto. Finché Leon Harris non era entrato in gioco. Dato che avevano invitato Ray Harris a unirsi al loro gruppo, le aspettative erano che alla sua morte anche suo figlio si sarebbe attenuto a estorsioni, ricatti e altri crimini che avrebbero tenuto i Mercenari di Montagna fuori dai piedi. Sapere che il giovane Harris li aveva deliberatamente ingannati e aveva usato le sue conoscenze in Cosa Nostra per gestire sia lo strip club che il bordello li aveva fatti infuriare.

"Cosa ha a che fare questo con Chloe?" tagliò corto Ro, non gliene fregava un cazzo delle spogliarelliste o delle prostitute al momento.

"Calmati, Ro" lo rimproverò Rex.

"Vaffanculo, Rex!" esplose Ro, saltando dalla sedia e flettendo i pugni. "Non è la tua donna quella che è scomparsa. È la *mia*. È spaventata a morte da suo fratello, noi ce ne stiamo seduti con una scopa nel culo. Dobbiamo trovarla prima che sia troppo tardi".

"Siediti" sbraitò Rex, Ro obbedì.

Come facesse l'uomo a sapere che era in piedi, Ro non ne aveva idea, ma non si sarebbe sorpreso se ci fossero state telecamere di sorveglianza nel The Pit di cui loro, o persino

Dave, non sapevano nulla. "Ho una teoria. Meat, vuoi condividere quello che tu e il tuo amico avete trovato?"

"Con piacere" disse Meat. "Prima di tutto, Louise Harris è stata effettivamente uccisa in seguito a un furto d'auto casuale. Stava andando ad aiutare a costruire una casa per i senzatetto quando un tossico le ha sparato in testa e le ha rubato la borsa. Abbiamo scoperto prima che era ricca. Tipo, super ricca; ve l'abbiamo detto. Ma quello che non sapevamo è che c'erano delle clausole legate ai suoi soldi. Potevano essere passati solo alle sue figlie. Non a suo marito. Non ai suoi figli. Non ai suoi fratelli o ad altri parenti lontani. Il denaro doveva essere specificamente diviso ed ereditato da qualsiasi discendente di sesso femminile, all'età di 35 anni".

Ro trattenne il fiato, ma non ebbe la possibilità di commentare prima che Meat continuasse.

"Ma fino al suo trentacinquesimo compleanno, ogni mese doveva essere depositato uno stipendio sul conto di Chloe. Sembra che suo padre abbia fatto incanalare quei soldi sul suo conto".

"Quanto?" chiese Gray.

"Cinquantamila dollari."

Gray fischiò.

"Giusto. Così, cinquantamila al mese andavano al padre, ma quando morì, Leon si occupò dello stipendio" continuò Meat.

Ro sobbalzò sulla sedia quando tutto cominciò a diventare chiaro. "Il bastardo sapeva del resto dell'eredità, vero?"

Meat annuì. "Assolutamente. Quell'avvocato che ha letto il testamento del padre non era affatto un avvocato. Leon lo aveva assunto per falsificare i documenti e mettere su un bello spettacolo per Chloe al momento della lettura. Ha rivendicato tutti gli investimenti del padre e ha rilevato anche le aziende di famiglia".

"Perché voleva Chloe viva, allora?" chiese Gray. "Se fosse

morta, la sua fortuna sarebbe andata probabilmente al parente più prossimo, giusto?"

Meat scosse la testa. "No. Questa è la parte più folle. Tutti i soldi, compresi gli stipendi mensili, sarebbero andati a un ente di beneficenza deciso da Chloe. Se fosse morta prima di reclamare l'eredità senza nominarne uno, sarebbe stato tutto elargito in beneficenza a quella che sua madre aveva scelto prima di lei".

"Tutto quanto?" chiese Arrow.

"Fino all'ultimo centesimo" confermò Meat.

"Così quel coglione del fratello non poteva ucciderla. Le ha solo rubato i soldi per tutti questi anni, e lei non ne aveva idea" riassunse Ball. "Ma dov'è adesso?"

Ro si rese conto che stava stringendo i denti così forte da farsi pulsare la vena nella testa. Il che, a sua volta, gli faceva peggiorare il mal di testa. Voleva la risposta alla domanda di Ball più di quanto volesse il suo prossimo respiro.

"E perché la ragazza di Harris giace morta in casa sua?" aggiunse Black.

"E chi ha bruciato il BJ?" aggiunse a sua volta Arrow.

"E dov'è il vero testamento di Ray Harris?" chiese Gray.

"Come ho detto, ho chiamato Joseph Carlino" disse ancora Rex, riprendendo la storia. "Non era contento di sapere delle iniziative collaterali di Harris. Tanto più che sono stato io a chiamarlo per parlargli di tutto questo, soprattutto dopo che lui e i suoi soci hanno fatto di tutto per tenermi fuori dai loro affari".

"Diavolo" disse Ro, spingendo indietro la sedia ancora una volta. Non aveva bisogno che Rex gli facesse un cazzo di disegno. Si alzò, girò le spalle al tavolo e si diresse verso la porta.

Gray lo afferrò per il braccio. "Ro. Aspetta. Dove stai andando?"

"A riprendere la mia donna" disse con convinzione.

"Guido io" dichiarò Ball. "Meat, dammi le chiavi".

Senza esitazione, Meat gettò le chiavi del suo Hummer dall'altra parte del tavolo. Tutti sapevano che Ball era il miglior pilota tra loro. Se c'era qualcuno che poteva portare Chloe a casa velocemente, era lui.

"Non preoccupatevi per me. Resto qui" disse Meat mentre Gray, Arrow, Ro, Ball e Black uscivano dalla stanza.

———

Chloe non dormì neanche un minuto. L'uomo in grigio aveva portato un vassoio, come promesso. C'erano del formaggio, dei salumi e dei dolci dall'aspetto delizioso, ma lo stomaco di Chloe era chiuso, sapeva che se avesse provato a mangiare qualcosa, lo avrebbe vomitato un secondo dopo.

Così camminò per la stanza, mordendosi le unghie e provando ad escogitare un piano. Non aveva idea del perché fosse lì e di cosa intendesse fare Joseph Carlino di lei. Era anche terrorizzata, se lui avesse pensato che lei gli nascondeva qualcosa, avrebbe potuto torturarla per scoprire quello che lui voleva sapere, nonostante le rassicurazioni di Rex, ma lei gli aveva detto tutto, tranne ogni accenno ai Mercenari di Montagna. Non le importava cosa stessero facendo con i suoi soldi. Voleva solo tornare a casa da Ro e far finta di non aver mai sentito parlare dei Carlino o degli Smaldone.

Rifiutandosi di cedere alla disperazione, cercò nella stanza qualsiasi cosa potesse usare come arma. La cosa più pericolosa che riuscì a trovare fu una spazzola per capelli. Non sarebbe servita a molto. Non c'erano telefoni, coltelli o forchette nel vassoio del cibo, nemmeno una molla allentata o qualsiasi altra cosa che potesse trasformare in una specie di arma.

Doveva usare la testa. Non poteva sopraffare nessuno degli uomini, l'avrebbero drogata di nuovo in un attimo, se avessero colto le sue intenzioni di fuga.

Due ore più tardi, qualcuno bussò alla porta. Aspettando che entrasse, lei attese.

Sentendo bussare di nuovo, Chloe si irrigidì e disse: "Avanti".

Era lo stesso uomo con il vestito grigio di prima.

"Signora Harris. Sarebbe così gentile da permettermi di accompagnarla a cena?" Allungò un braccio come se fossero a una festa di lusso o qualcosa del genere.

"E se non avessi fame?"

"Non deve mangiare per forza, anche se so per certo che la cuoca ha superato se stessa stasera. La sua presenza è comunque richiesta".

"Immaginavo" disse lei sottovoce. Poi, raddrizzando la spina dorsale e cercando di non farsi intimidire, marciò verso la porta e oltrepassò l'uomo, rifiutandosi di prendere il suo braccio. Lui non sembrò affatto scoraggiato. Chiuse semplicemente la porta alle sue spalle e camminò leggiadro dietro di lei, in fondo al corridoio e alle scale, poi le fece un gesto verso destra per farla entrare nella grande sala da pranzo.

Chloe si fermò brevemente a vedere il gruppo di persone riunite nella stanza.

Joseph Carlino era lì, naturalmente, ma c'erano anche altri tre uomini. Non aveva visto nessuna donna da quando si era svegliata, e questo preoccupava Chloe, ma provò a non far trapelare nulla sul suo volto.

L'uomo in grigio la portò ad un posto vicino a Joseph, Chloe si sedette a malincuore. Si guardò intorno al tavolo, memorizzando i volti degli altri che erano lì. Non ricordava di aver mai visto nessuno di loro, prima d'ora.

L'uomo che aveva a fianco, dall'altro lato, era più giovane di Joseph, ma aveva negli occhi lo stesso sguardo duro del capofamiglia Carlino. Indossava un paio di pantaloni color cachi e una camicia a maniche lunghe, con cravatta nera. Aveva i capelli biondi ed era piuttosto snello.

I due uomini dall'altra parte del tavolo avevano entrambi i capelli chiari, erano robusti. Erano ovviamente più giovani di entrambi gli uomini potenti. Indossavano una polo e la fissavano intensamente. Anche se a prima vista sembravano più spaventosi di Joseph e di chiunque fosse seduto dall'altra parte – almeno, erano più forti e più muscolosi – Chloe aveva la sensazione che non fossero loro quelli di cui doveva preoccuparsi.

Deglutendo con forza e cercando di non vomitare, Chloe rimase seduta e aspettò che tutto ciò che stava per accadere si svolgesse.

Joseph alzò una mano e fece un gesto a qualcuno in piedi, di fianco a lui, subito una porta si aprì e i domestici entrarono con i piatti. Misero gli antipasti davanti a tutti, Chloe diede un'occhiata verso il basso per sbirciare una deliziosa torta di granchio e due gamberi fritti.

Joseph prese una forchetta e cominciò a mangiare, tutti gli altri lo imitarono.

Chloe era così stressata che pensava di non poter mangiare nulla, ma invece di stare seduta immobile, fece del suo meglio.

"Brava, ragazza" disse Joseph sottovoce mentre continuava a mangiare.

Sollevata dal fatto che in quel momento non sembrava turbata, Chloe decise che, come minimo, aveva bisogno di mantenersi in forza. Se quello era il suo ultimo pasto, la sua mente stressata decise che doveva solo cercare di goderselo.

La serata proseguì in quel modo. Finivano una portata, entravano i domestici per sparecchiare i piatti. Poi mettevano qualcos'altro davanti a loro; l'insalata, per pulirsi la bocca. La zuppa. Il piatto principale, costituito da filetto mignon cotto esattamente come le piaceva, ovvero con le patate schiacciate, i fagiolini e le capesante. Non era una grande amante dei frutti di mare, tranne che per i gamberetti, quindi le lasciò intatte nel suo piatto.

Il dessert era un incredibile pezzo di torta al lime, con tanto di meringa in cima.

Chloe non pensava di poter mangiare nulla, ma una volta iniziato, si rese conto di quanto fosse affamata e si spazzolò tutto (tranne le capesante, ovviamente).

Gli uomini continuarono a chiacchierare, ininterrottamente. Per lo più parlarono di sport e delle ultime novità nelle cronache locali e nella scena politica. Non le chiesero mai un'opinione, né lei ne offrì una volontariamente.

Una volta portati via i piatti da dessert e servito i caffè, Joseph si rivolse a lei. Chloe sapeva che la sua tregua era giunta al termine. Di nuovo tesa, aspettò di scoprire quale sarebbe stato il suo destino.

"Signora Harris. Come le ho detto prima, l'altro giorno, ho sentito delle brutte notizie. Non volevo crederci, ma poi i miei soci qui" fece un cenno con la testa agli uomini dall'altra parte del tavolo "hanno controllato la veridicità dei fatti".

Chloe non rispose. In realtà non le aveva chiesto nulla, lei non aveva idea di cosa stesse parlando.

Ma a quanto pare non era richiesta alcuna replica, dato che Joseph continuò. "Mi sono occupato di quel piccolo problema, ma da allora ho saputo di notizie sempre più sconvolgenti. La maggior parte di esse sono state confermate oggi".

Chloe iniziò a tremare, ma non riuscì a distogliere lo sguardo da quello dell'uomo.

"Devi fare una scelta, piccola".

Chloe non apprezzò il cambio di registro e il termine "affettuoso". Almeno, sembrava un termine affettuoso. "Io?" sussurrò.

"Nel mio mondo le donne vanno rispettate. Sempre. Non

solo perché non voglio che i Mercenari di Montagna mi stiano col fiato sul collo".

Fu sconvolta nell'udire il nome della squadra di Ro. Improvvisamente capì che se il capo della mafia di Denver conosceva i Mercenari di Montagna, erano un affare molto più grande di quello che pensava. Per non parlare del fatto che, se *quell'*uomo non voleva essere sul loro radar, Ro e la sua squadra erano sicuramente un gruppo potente.

Stranamente, questo la confortò. La faceva sentire come se avesse una possibilità di fuga, visto che stava con uno dei Mercenari di Montagna.

"Tuo fratello si è assunto la responsabilità di calunniare la reputazione di Cosa Nostra. Ha contaminato ciò che facciamo e ciò che rappresentiamo. Non importa quale decisione prenderai stasera, sarà punito".

"Davvero?"

L'uomo dall'altra parte le rivolse parola per la prima volta. "Sì, è tuo fratello, mi rendo conto che i legami di sangue sono forti. Ma non è nostro fratello...E bisogna rimediare".

Chloe deglutì e si voltò a guardarlo. Lui le sorrise e annuì. "Mi chiamo Peter Smaldone. Gli uomini seduti di fronte a te sono i miei figli".

Fissò l'uomo. Rex le aveva detto che quel giorno non era stata picchiata da Smaldone, ma Chloe registrò l'informazione solo in quel momento. Si trovava faccia a faccia con la verità.

Per anni aveva fatto quello che le aveva ordinato Leon perché aveva paura che la mafia tornasse a torturarla. Ma era stato tutto uno stratagemma. Una bugia per controllarla. Lei ci era cascata con tutte le scarpe. Odiava già suo fratello, e da tanto tempo, ma ogni nuovo atto di tradimento era una pillola difficile da ingoiare.

Chloe fece un respiro profondo, per cercare di controllare le sue emozioni, poi annuì a Peter di rimando. Fece lo stesso con i due uomini dall'altra parte del tavolo. Poi si voltò verso Joseph. "Non capisco. Rimediare?"

"Ti ha fatto credere che tuo padre sia stato ucciso in una violazione di domicilio, è corretto?"

Chloe annuì. "Sì, qualcuno ha fatto irruzione e gli ha sparato mentre lavorava nel suo ufficio".

"Non è vero."

Chloe inspirò bruscamente e fissò Joseph, facendo fatica a respirare, mentre l'uomo più anziano proseguì.

"L'ha fatto uccidere tuo fratello. Ha assunto un drogato di strada per farlo. Lo ha fatto entrare in casa e lo ha portato direttamente nell'ufficio di tuo padre. Gli ha sparato in testa e Leon lo ha pagato duemila dollari. Nel momento in cui quel poveraccio è tornato in strada, Leon ha fatto in modo che venisse ucciso anche lui. Nessun testimone, capisci?"

Chloe era così sconvolta da avere dei forti giramenti di testa. Leon aveva fatto uccidere il padre? "Perché?" gracidò.

"Perché? Per i tuoi soldi, naturalmente".

"I miei soldi?" chiese Chloe.

"Ah, sì...Non sai nemmeno questo. Tu, piccola, vali mezzo miliardo di dollari".

Chloe fissò Joseph interdetta, scuotendo la testa.

"Tua madre era una donna ricca" disse Peter. "Ma i soldi potevano passare solo a una figlia. Tuo padre riceveva cinquantamila al mese come stipendio per gestire i fondi. Quando Leon si è laureato, gli è stato dato un anno per triplicare quei soldi, o era fuori dall'azienda di famiglia. Così lui decise di uccidere tuo padre e di prendere tutti i soldi".

Joseph continuò la storia. "Tuttavia, Leon è stato informato dall'avvocato di tuo padre che l'indennità mensile sarebbe stata immediatamente trasferita a te, che lui non avrebbe ricevuto nulla di tutto questo. Gli ha anche detto che se tu fossi stata uccisa, tutti i tuoi soldi sarebbero andati in beneficenza, non al suo parente più prossimo vivente - come aveva supposto. Data l'immensa avidità di tuo fratello, immagino che la notizia non gli sia piaciuta per niente, sarà andato su tutte le furie".

La testa di Chloe scattava tra Peter e Joseph, nella più totale incredulità. Riusciva a malapena a credere a quello che le stavano dicendo.

Peter proseguì. "Così, invece di ucciderti e di perdere per sempre i soldi, ha deciso di provare a farti sposare con uno dei suoi amici, in modo che potessero escogitare insieme come dividere i tuoi soldi. Se questo non avesse funzionato, ha pensato che ti avrebbe messo in ginocchio abbastanza per farti fare tutto quello che voleva. Aveva intenzione di ricattarti e poi falsificare documenti da farti firmare, dandogli così accesso ai soldi".

"Ma doveva prima sbarazzarsi dell'avvocato di famiglia" continuò Joseph. "Lo fece uccidere, lo fece sembrare un attacco di cuore. Il testamento di tuo padre è stato falsificato, così da far sembrare che Leon ricevesse tutto. È riuscito a farti licenziare dal tuo lavoro, ha messo in giro la voce che eri disonesta e incompetente, così nessun altro ti avrebbe assunto".

"Come fa a sapere tutto questo?" chiese Chloe, ormai stordita da tutte quelle informazioni.

Joseph annuì ad un uomo in piedi, accanto ad una porta, prima di guardarla. "Quindi hai una decisione da prendere" disse, ripetendo quella frase pronunciata prima che lui e il suo amico Peter le sconvolgessero il mondo. "Leon Harris ha portato troppa attenzione su di noi. Da allora ha imparato dai suoi errori e ci ha gentilmente detto tutto quello che volevamo sapere. Vale a dire, quello che ha fatto negli ultimi cinque anni".

Un trambusto alla porta fece voltare istintivamente Chloe. Impallidì dal terrore.

Due degli uomini che l'avevano rapita da casa di Ro stringevano Leon tra di loro.

La sua testa ciondolava, sembrava a malapena cosciente. Aveva sangue su tutti i vestiti e gli mancavano alcune dita da entrambe le mani.

Leon aveva sempre avuto ragione. Joseph Carlino era noto per fare torturare la gente. Ma di certo suo fratello non avrebbe mai pensato di essere proprio lui quello alla mercé del temibile boss.

Leon l'aveva terrorizzata per anni, dicendole cosa sarebbe successo se se ne fosse andata, se avesse smesso di tenere i conti della mafia. E in quel momento aveva la prova visiva di quelle minacce.

Chloe deglutì con sforzo e fece del suo meglio per evitare che la deliziosa cena che aveva appena ingerito si riversasse sul pavimento. Si allontanò dalla vista di suo fratello e guardò Joseph mentre continuava a parlare.

"Era testardo, ma alla fine ci ha detto tutto. Morirà stanotte, piccolina" le disse Joseph con dolcezza, ma con l'acciaio negli occhi. "La tua scelta determinerà quanto saremo misericordiosi".

Chloe fissò l'uomo, sconvolta. Per un breve periodo, prima dell'arrivo di Leon, aveva quasi iniziato a pensare che lui e Peter avessero solo una brutta reputazione. La cena elegante, le buone maniere, la normale conversazione.

Ma tutto quello che lui le aveva detto era perché suo fratello era stato torturato.

"È tuo fratello, hai il diritto di risparmiargli altro dolore, ma ricordati di quello che aveva pianificato per te. Saresti essenzialmente diventata un'altra delle sue prostitute. Non avresti avuto scelta. Avrebbe filmato le tue...Relazioni...E le avrebbe vendute su internet. Il porno online è un grande business, stava facendo un bel po' di soldi con i piccoli video che faceva nel suo strip club e nel bordello. Guadagnava con i download, ma anche facendo pagare a chi non voleva che le facce finissero in rete...Pagavano per l'anonimato, insomma. Il suo dominio web è stato compromesso e tutti i video sono stati cancellati. Lo strip club non c'è più. L'abbiamo fatto radere al suolo stamattina. E anche il bordello non esiste più".

"Le donne?" chiese Chloe, con timore.

"Cuore tenero", disse Peter dietro di lei, ma Chloe non si voltò a guardarlo. Aveva occhi solo per Joseph. Sapeva che era lui a comandare tutti.

"Stanno bene. Quelle che volevano tornare a casa dalle loro famiglie hanno ricevuto una generosa buonuscita e saranno accompagnate all'aeroporto o alla stazione degli autobus. Quelle che vogliono continuare con questo stile di vita riceveranno soldi e un invito ad entrare in istituti rispettabili, dove potranno continuare la professione scelta in modo legale e sicuro".

Chloe sospirò, sollevata.

"Sono sicuro che capisci, comunque, che non possiamo avere altri, a Cosa Nostra, che pensano di poter fare quello che vogliono. Abbiamo delle regole. Ferree regole. Leon pensava di esserne immune. Non è così. Mi dispiace, ma questa sarà l'ultima volta che vedrai tuo fratello. La polizia annuncerà che hanno trovato i suoi resti nello strip club che tanto amava".

Chloe sapeva che stava impallidendo, ma non riuscì a distogliere lo sguardo dall'uomo accanto a lei quando gli chiese: "E io?"

"E tu *cosa*, piccola?"

"So di lei, signor Carlino. So da dove viene il suo denaro, dove è investito e al sicuro, e cosa ha intenzione di fare con mio fratello".

Joseph la fissò a lungo prima di rispondere. Nella grande sala da pranzo non c'era alcun suono, se non il lamento occasionale di suo fratello.

La mascella dell'uomo si serrò più volte, ma alla fine rispose. "Confido che dopo questa notte le nostre strade non si incroceranno più. Negherai di sapere quello che è successo con tuo fratello e dimenticherai tutto quello che sai di me e del mio socio in affari".

La mano di Peter le cadde su una spalla e Chloe sobbalzò. "In effetti, ti suggerisco di trovare un'altra professione. La consulenza finanziaria non è qualcosa che ti consiglio di fare per il resto della vita. Potrebbe causare troppe domande da parte delle autorità, non credi?" le chiese.

"Sì, signore" rispose lei immediatamente.

La mano le lasciò la spalla, Joseph le mise un dito sotto il mento e lo girò, così che lei non ebbe altra scelta che guardarlo. "Mi dispiace per Frank e Jed. Tendono a diventare un po'...Entusiasti dei loro doveri. Spero che non ti abbiamo fatto male, quando ti hanno presa."

Chloe desiderava sbuffare, ma si trattenne. Presa, come no. L'avevano rapita, chiaro e semplice. "No, ma sono preoccupato per Ro".

"Sta bene" la rassicurò Joseph. "Probabilmente avrà un po' di mal di testa, ma sta bene"

Sospirò, sollevata. "È sicuro?"

"Sono sicuro. Allora...Cosa vuoi fare con tuo fratello?"

Chloe si voltò a guardare ancora una volta gli uomini sulla porta. Tra loro non vide il ragazzino con cui era cresciuta. Vide un essere meschino che l'avrebbe costretta a fare sesso con degli sconosciuti e avrebbe venduto i filmati su Internet. Le aveva rubato un sacco di soldi. L'aveva minacciata. L'aveva tenuta prigioniera.

Aveva fatto uccidere il padre e chissà quanti altri.

Sentendosi male, chiuse gli occhi, abbassò la testa e disse: "Non ho un fratello".

Sentì dei movimenti vicino alla porta, ma non alzò più lo sguardo finché la stanza non fu silenziosa. Non sapeva cosa

Carlino avesse in serbo per Leon, ma aveva la sensazione che la sua morte non sarebbe stata rapida. Chloe aprì gli occhi e si voltò verso l'uomo che di certo avrebbe potuto farla uccidere, non provò alcun rimorso. "Voglio andare a casa" gli sussurrò.

"E cosa dirai alle autorità?" le chiese.

"Niente" confermò.

"E i nostri investimenti?"

"Quali investimenti?" rispose doverosamente. "Tutto quello che voglio è tornare a casa. Vivere la mia vita, in pace. Senza offesa, ma non voglio avere niente a che fare con lei o con i suoi affari. Non mi interessa quello che fa, basta che io non sia coinvolta. Sono contenta che non usa le donne, perché fa davvero schifo quando gli uomini pensano di poter fare quello che vogliono solo perché sono più grandi e più forti. Ma per favore. So che Ro sarà sconvolto e preoccupato. Voglio solo tornare a casa sua e fingere che non sia successo niente di tutto questo".

Joseph non le rispose, schioccò le dita spaventandola a morte. Guardò gli uomini dall'altra parte del tavolo. "La signora Harris vorrebbe andarsene ora. Per favore, assicuratevi che sia scortata fino al bordo della proprietà. Dite ai signori che si stanno preparando a fare ingresso lungo il lato ovest del cancello che sono liberi di prenderla e andarsene. Non vogliamo problemi".

Chloe voltò la testa rapidamente, come uno schiocco di frusta. Come faceva Joseph a sapere che qualcuno era nella sua proprietà? Non aveva visto nessuno passargli un biglietto o sussurrarglielo durante la cena.

Poi gli guardò il braccio. Aveva uno di quegli eleganti orologi che potevano ricevere messaggi di testo e navigare in internet. L'aveva visto guardarlo diverse volte durante la cena, ma lei non ci aveva fatto molto caso.

Per la prima volta da quando si era svegliata nella camera da letto al piano di sopra, si sentì sollevata.

Joseph si voltò verso di lei e le mise una mano sul lato del viso. "Mi dispiace per tuo padre, piccola. Era un brav'uomo, ci piaceva lavorare con lui. Se posso darti un consiglio...". La sua voce si spense, e Chloe non poté fare altro che annuire.

"La somma di denaro che riceverai il giorno del tuo trentacinquesimo compleanno non è qualcosa con cui scherzare. Assicurati di proteggere te e le persone che ami, in modo che una cosa del genere non accada più. Con il tuo passato, sono sicuro che riuscirai a capire come fare".

Chloe annuì. Aveva recepito il messaggio. Alla fine, il denaro aveva ucciso tutta la sua famiglia. Anche Ro aveva tanti soldi, ma lei non l'avrebbe mai detto. Non aveva bisogno di una casa enorme, di domestici e altre cose del genere. Aveva solo bisogno di Ro. Avrebbe capito cosa fare della sua eredità in modo che non fosse una calamita per il male, in un modo o nell'altro.

"Grazie" disse a Joseph.

"Prego. Ora, sali. Il tuo uomo e i suoi amici stanno diventando impazienti. Sbrigati, ora".

Chloe si alzò in piedi, i figli di Smaldone erano lì per scortarla. Senza dare un ultimo sguardo ai due uomini più potenti di Denver, o all'entrata attraverso la quale era scomparso suo fratello, seguì con entusiasmo gli uomini verso la porta d'ingresso... e verso Ro.

CAPITOLO VENTI

Ro scrocchiò le dita mentre si preparava a scalare la grande recinzione che circondava la tenuta di Carlino. Quando Rex aveva detto loro che il mafioso non era contento di sapere quello che Leon stava combinando, i Mercenari avevano capito tutto.

Non riuscivano a trovare Leon Harris perché Joseph Carlino lo aveva raggiunto per primo. Ro aveva la sensazione che Chloe non avrebbe più dovuto preoccuparsi del fratello. Il che era un po' deludente, avrebbe tanto voluto fargliela pagare.

Si rese conto che gli uomini che erano venuti a casa sua molto probabilmente lavoravano per Carlino. Erano professionisti, non c'era modo che lo lasciassero vivo se non lo volevano vivo.

Il capo della mafia di Denver gli aveva strappato Chloe da sotto il naso, Ro non sapeva perché, ecco la spinta che lo muoveva in quel momento. Aveva bisogno di assicurarsi che Chloe stesse bene. Non gli importava il fatto che far incazzare la mafia di Denver non fosse proprio una mossa intelligente. Chloe non era una pedina da sfruttare. Se Carlino

avesse cercato di usarla per far fare qualcosa al fratello, il boss
ci sarebbe rimasto male, quando avrebbe scoperto che non
c'era amore tra i fratelli.

Proprio quando era pronto a muoversi per assaltare la casa
di Carlino e trovare Chloe, Gray ordinò: "Fermi. Movimento
a ore tredici".

Tutti si accovacciarono dietro la recinzione metallica che
circondava la proprietà e si fermarono, in attesa di vedere chi
si stesse avvicinando.

Ro sbatté le palpebre, incredulo, mentre due uomini
camminavano con calma verso di loro. Indossavano una polo
e dei pantaloni color cachi, sembrava che stessero facendo
una passeggiata notturna.

A parte il fatto che ognuno di loro aveva una mano sul
gomito di una donna. Lei camminava in mezzo a loro,
cercando di stare al passo con le loro falcate.

Chloe.

Ro emise una sorta di ringhio e si mosse senza neanche
rendersene conto. Un attimo prima era accucciato a terra,
quello dopo era in piedi oltre il recinto, come se non
esistesse. Sentì vagamente i suoi compagni di squadra impre-
care e agitarsi per seguirlo, ma Ro aveva occhi e orecchi solo
per Chloe.

I due uomini si fermarono, quando lo videro, e rimasero
immobili per qualche istante. Non erano armati e non fecero
nessuna mossa minacciosa verso di lui o verso Chloe, ma Ro
non voleva correre alcun rischio inutile.

"Lasciatela andare", disse con voce ferma, quando si trovò
a circa tre metri da loro. La sua pistola era alzata e puntata in
mezzo alla fronte di uno degli uomini. A quella distanza, non
avrebbe sicuramente sbagliato. Ma nessuno dei due uomini
sembrava spaventato per avere non solo la sua arma, ma
anche quelle di quattro dei suoi compagni di squadra puntate
su di loro.

"Certo" disse l'uomo a sinistra. "Ma prima, una parola."

"Stai bene?" chiese Ro a Chloe, senza mai distogliere lo sguardo dall'uomo che aveva parlato.

"Sto bene" rispose lei. La sua voce era un po' tremula, ma per il resto teneva duro. Ro non era mai stata così orgoglioso di lei.

"Se pensavi che non sapessimo che eravate qui, sei pazzo" disse l'uomo a destra. "Lo sapevamo nel momento in cui hai messo piede nella proprietà. Ma il signor Carlino non ce l'ha con i Mercenari di Montagna. Lui e nostro padre, Peter Smaldone, si sono presi la briga di sbarazzarsi di un fastidioso problema che pare tu abbia conosciuto nell'ultima settimana".

Ro iniziò a sentirsi parecchio irritato. "State per litigare con noi se non la lasciate venire da me nei prossimi tre secondi" gli rispose.

L'uomo che aveva parlato annuì, poi fece cadere la mano dal gomito di Chloe. L'altro uomo fece lo stesso. "Vai, Chloe" le disse uno dei fratelli Smaldone. "Sei libera. Ricordati solo quello che è stato detto stasera".

Chloe annuì e fece un passo avanti, esitante, come se avesse paura che fosse un trucco e che la prendessero alle spalle e ridessero. Lei fece un altro passo. Poi, come se si rendesse conto che la stavano davvero lasciando andare, corse verso di Ro.

Ro non voleva fare altro che cingerla tra le braccia e portarla via da lì, ma invece la afferrò con il braccio libero, poi la spinse dietro di sé e verso i compagni di squadra. Sospirò di sollievo quando lei non protestò contro quella rude manovra.

Tenendo l'arma alzata e gli occhi puntati sui due uomini, Ro chiese: "Avremo qualche problema?"

Entrambi scossero la testa. "No. Per quanto riguarda Cosa Nostra, la famiglia Harris non ne fa più parte".

"Si è risolto tutto così facilmente?" chiese Ro, lo scetticismo trapelava chiaro dal suo tono.

"Non c'è niente di facile" disse uno degli uomini. "Ma noi non facciamo affari con le donne".

Le parole non erano farcite di rabbia o disprezzo. Era la semplice realtà dei fatti.

"E Leon?" chiese Ro, dovendo assicurarsi che l'uomo non fosse un problema in futuro.

"Il traffico sessuale è un affare pericoloso" rispose uno degli uomini. "Può essere mortale. Per questo Cosa Nostra non ne ha interesse".

Sentendo qualcosa che si allentava dentro di lui, Ro abbassò la sua mira di qualche centimetro.

"Rex voleva parlare con Harris" disse Gray, da dietro di lui.

Uno degli uomini scrollò le spalle. "È sempre il benvenuto per discutere della questione con nostro padre".

Sapendo che non avrebbero ottenuto nient'altro dalla coppia, Ro iniziò a fare marcia indietro lentamente. Erano venuti per Chloe, e dal momento che l'avevano presa, era ora di andare. Potevano stare lì tutta la notte a scambiarsi velati riferimenti a cose che nessuna delle due parti voleva ammettere, oppure potevano chiedere a Rex di chiamare Carlino e ottenere risposte vere. Ro sapeva quale scelta prendere.

"C'è un cancello a circa cinquecento metri, alla vostra destra" disse uno degli uomini. "Sarebbe più facile per la signora Harris, piuttosto che dover tornare indietro da dove siete venuti".

Nessuno disse una parola, i due uomini voltarono le spalle al gruppo e si diressero verso la casa. Erano stati davvero coraggiosi a voltare le spalle a cinque uomini ben armati e incazzati, ma Ro rimase ancora all'erta per qualche minuto.

Sapendo comunque che la squadra gli copriva le spalle, Ro rimise la pistola nella fondina, si girò e si diresse dritto verso

Chloe. Appena si abbracciarono, tirò un sospiro di sollievo. Il familiare profumo di lillà gli salutò le narici, Ro seppellì il viso tra i capelli di lei.

"Ti amo" gli disse Chloe, senza esitazione.

Ro si bloccò, poi si tirò indietro per guardarla. "Cosa?"

"Ti amo" ripeté lei. "Mi ero ripromessa di dirtelo, se ti avrei rivisto".

Ro la fissò incredulo.

"Sono stata tenuta prigioniera dal mio stesso fratello, sono stata maltrattata dalla sua ragazza, costretta a fare cose che nessuna donna vorrebbe mai essere costretta a fare, poi sono stata rapita, due volte, ho appena fatto la cena più strana del mondo. Ho ancora paura che Joseph Carlino e Peter Smaldone decidano di non lasciarmi andare per davvero. Ma vuoi sapere cosa mi ha tenuta sana di mente?"

"Cosa, tesoro?" le chiese Ro, tranquillamente.

"Tu. Sapevo che saresti venuto per me."

Ro si lasciò finalmente andare. "Diavolo, giusto, stavo venendo a prenderti. Ti amo, Chloe. Tanto da farmi paura. All'inizio non lo sapevo, ma la mia vita è cambiata nel momento in cui ti ho vista nel mio vialetto".

Lei gli sorrise e gli sfiorò con la punta di un dito il taglio sulla testa. "Stai bene?"

"Sto alla grande" le disse Ro. Era proprio vero. Nel momento in cui l'aveva stretta in un abbraccio gli erano scomparsi sia il mal di testa che il dolore allo stomaco. Tutto ciò di cui aveva bisogno era lei. Sempre. Ro abbassò la testa verso Chloe.

Prima di poterla catturare in un bacio appassionato, Arrow sbottò irritato: "Andiamo a casa adesso, o ce ne andiamo in giro sul prato di uno dei capi della mafia di Denver a guardare Ro che pomicia con la sua ragazza?"

Gli altri risero e Ro sorrise. "Pronta a tornare a casa?" chiese a Chloe.

"Assolutamente."

———

Purtroppo, non riuscirono a tornare direttamente a casa. Rex chiamò quando erano a metà strada verso Colorado Springs e ordinò loro di andare direttamente al The Pit. Meat li stava ancora aspettando e Chloe raccontò alla squadra al completo tutto quello che le era successo da quando era stata portata via da casa di Ro.

Ro non fu contento di sapere che era stata di nuovo drogata, ma fece del suo meglio per rimanere tranquillo in modo da non stressare ulteriormente Chloe. Lei era seduta sulle sue ginocchia, in fondo alla sala da biliardo, lui pensava solo a non perderla di vista in un futuro prossimo.

"Mi ha detto che sono libera di andare avanti con i miei affari, purché non parli con nessuno delle loro finanze" disse lei, raccontando di Carlino.

"E tu gli credi?" le chiese Ball.

Chloe annuì. "Forse sarete sorpresi, ma sì. Mi hanno chiesto di trovare un'altra professione, ma mi va bene. Non credo di voler avere più niente a che fare con gli investimenti e le tasse". Chloe rabbrividì, Ro strinse la presa su di lei.

"Leon ha fatto uccidere nostro padre, l'avvocato di papà... e chissà quante altre persone. È mio fratello, dovrei sentirmi malissimo per non aver cercato di salvargli la vita" disse tristemente Chloe. "Ma non è così. Era una persona terribile che mi ha trattato come una merda per anni. Ma comunque, mi sento come se questo mi rendesse cattiva quanto quei mafiosi".

Le braccia di Ro si strinsero di nuovo attorno a Chloe, lui aprì la bocca per ribattere alle sue parole quando Arrow si intromise.

"Sbagliato" disse con voce dura. "Non sei affatto come

loro, o come tuo fratello. Fai del tuo meglio per essere gentile con tutti quelli che ti circondano. Anche senza provarci, ti fai degli amici facilmente. Non ti conosco ancora bene, ma persino io so che non hai un briciolo di cattiveria in corpo. Rex ha parlato con il tuo vecchio capo del Springs Financial, ha detto che non ha mai creduto alle brutte voci che giravano su di te. Non ha avuto altra scelta se non quella di licenziarti a causa della pressione che i suoi colleghi gli stavano mettendo addosso...attraverso Leon, ovviamente. Il punto è che quello che è successo a tuo fratello è stato a causa delle sue stesse azioni. Non delle tue. Con quello che stava facendo, la vita pericolosa che conduceva, era solo questione di tempo prima che tutto gli si ritorcesse contro".

Ro sentì Chloe tirare su con il naso, lei gli si appoggiò con tutto il corpo. Ro strinse le braccia intorno a lei e le appoggiò il mento sulla spalla. "È andato" le disse dolcemente. "Non devi più preoccuparti di lui".

"E Abbie? Anche lei mi odiava".

"È andata in overdose" le disse Black senza esitazione. "L'abbiamo trovata nella tua vecchia stanza. Supponiamo che gli scagnozzi di Carlino l'abbiano chiusa dentro. Non sappiamo cosa le abbiano detto, ma qualunque cosa fosse, devono averla spaventata abbastanza da farle credere che togliersi la vita fosse un'opzione migliore che affrontare qualsiasi cosa avessero in serbo per lei".

"Avremmo dovuto capire subito, dopo aver trovato il suo corpo, che c'era la mafia dietro il tuo rapimento" si lamentò Ro. "Leon molto probabilmente non l'avrebbe chiusa in quella stanza."

"Quindi sono davvero libera?" chiese Chloe, incredula.

"Sei davvero libera" confermò Ro.

"Grazie per essere venuto a cercarmi" gli disse.

"Grazie per essere stata abbastanza forte da resistere fino a quando non ti ho trovato" le rispose.

"Ti amo".

"Anch'io ti amo" le disse Ro.

"Vai a casa" gli ordinò Meat. "Ho fatto sbarrare le finestre di casa tua, mi sono preso la libertà di far pulire anche il posto. Sarà buio finché quelle finestre non saranno sostituite, ma è un posto sicuro".

Ro annuì. "Ti va bene tornare lì?" chiese gentilmente a Chloe.

"Andrò ovunque, purché tu sia con me".

"Ovvio" le disse, poi si alzò in piedi, sollevandola tra le braccia senza alcuno sforzo. Senza dire una parola al resto della sua squadra, attraversò la stanza sul retro del The Pit e si diresse verso l'area principale del bar. Annuì a Dave mentre usciva e in cambio ottenne un grande sorriso dal barista.

Mise Chloe sul sedile anteriore dell'Hummer di Meat e si precipitò al posto di guida. Voleva portarla a casa, nel suo letto. Aveva bisogno di tenerla stretta. Quel giorno aveva corso un rischio troppo grande. Avrebbe potuto perderla, e lo sapevano entrambi. Entrambi avevano bisogno di un po' di tempo per stare tranquilli.

Mentre si dirigeva a nord verso la sua casa nel sobborgo di Colorado Springs, Ro si sentiva più felice di quanto non lo fosse stato da molto tempo. Era stata una settimana burrascosa, ma gli aveva cambiato la vita.

CHLOE SORRISE dall'altra parte del tavolo ad Allye. Era la mattina del suo trentacinquesimo compleanno, avrebbe dovuto sentirsi al settimo cielo... Ma non era così.

"Com'è andato l'incontro con il tuo avvocato?" chiese Allye. Sapeva tutto dell'eredità che Chloe aveva ricevuto quella mattina, ma Allye, pura e innocente come sempre, non aveva insistito per sapere i dettagli su quanti soldi aveva ottenuto o cosa ne avrebbe fatto.

"Bene" le ripose Chloe. "Depositeremo la maggior parte dei soldi su un conto che devolverà cinque milioni di dollari all'anno a varie associazioni di beneficenza".

"Porca miseria" esclamò Allye. "Sono un sacco di soldi. Sei sicura di volerlo fare?"

"Assolutamente" disse Chloe, senza esitazione. "Il denaro mi ha solo provocato tristezza. Non ne ho bisogno, preferirei che andassero alle donne che cercano di rimettersi in piedi dopo essere state maltrattate o salvate da situazioni di traffico sessuale. Ho fatto una tonnellata di ricerche per cercare di trovare le migliori organizzazioni, in cui il denaro sarebbe stato usato in modo responsabile".

Chloe prese la borsa e tirò fuori qualcosa, poi lo fece scivolare sul tavolo verso Allye.

"Cos'è questo?"

"Guarda e vedrai" le disse Chloe con un piccolo sorriso.

Allye prese il pezzo di carta, i suoi occhi si spalancarono quando capì cosa stesse vedendo. "Ma che diavolo? Chloe, no."

"Sì, non riesco a immaginare niente di meglio che dare quei soldi alla tua scuola di danza. La metà di questi soldi è destinata specificamente al tuo programma per bambini con esigenze speciali".

Gli occhi di Allye si riempiono di lacrime. "Non so cosa dire. Questo è troppo".

"No, non lo è. Ho più soldi di quanti ne sappia contare. Voglio che li abbia tu. Ho guardato i video che mi hai mandato, quelli dell'ultimo spettacolo, almeno venti volte. La gioia negli occhi di quei bambini è impagabile. Il mondo ha bisogno di più gioia come quella. I soldi che hanno causato tanti morti e tanto dolore dovrebbero essere usati per la felicità".

Allye si alzò dalla sedia e raggiunse Chloe, abbracciandola così forte che per un attimo le fu quasi difficile respirare. Entrambe versarono qualche lacrima prima di calmarsi e di sedersi di nuovo a mangiare.

"Parlami di Ro" le disse Allye.

Chloe sospirò. "Cosa vuoi sapere?"

"Cos'è successo tra voi due? Voglio dire, Gray mi ha detto che ti sei trasferita in un appartamento? Di cosa si tratta?"

Gli occhi di Chloe si riempiono di lacrime, ma sbatté di nuovo le palpebre per ricacciarle indietro. "Ro mi ha detto che pensava che mi avrebbe fatto bene".

Gli occhi di Allye si spalancarono di nuovo, fissò Chloe incredula. "Sul serio?"

Chloe annuì. "Sono rimasta con lui per un paio di settimane dopo che è successo tutto, ma ho capito che c'era qualcosa che non andava. Ha iniziato a passare sempre più tempo nel suo garage, quando gli ho chiesto cosa non andasse, non ha detto nulla. Dormivamo insieme ogni notte, la nostra vita amorosa era bella come sempre, ma poi un giorno... mi ha detto che pensava che avrei dovuto trovarmi un posto mio. Ha detto che non ero libera di vivere dove volevo e di fare quello che volevo da così tanto tempo che avrei dovuto 'trovarmi' prima che la nostra storia diventasse più seria".

"Più seria? Che diavolo significa?" chiese Allye.

Chloe scrollò le spalle. "Non ne ho idea. Voglio dire, lo amo. Lui mi ha detto che anche lui mi amava. Ma poi mi ha praticamente costretto a trasferirmi. Sono così confusa. Ora lo vedo solo un paio di volte a settimana". Alzò lo sguardo verso la sua nuova amica. "Mi manca. Mi sento così sola".

Allye era confusa. "Devi affrontarlo. Chiedigli se vuole stare con te. Non puoi vivere così".

"Lo so."

"Allora, cosa ti trattiene? Questo non è da te".

"E se dice che non mi ama più?" chiese Chloe con calma. "Non posso perdere anche lui. Non dopo tutto quello che abbiamo passato".

"Hai avuto un corteggiamento veloce" pensò Allye. "Anche più veloce di me e Gray...E questo significa qualcosa".

"Sarà stato anche veloce, ma è stato più reale di qualsiasi altra cosa abbia mai provato in vita mia" protestò Chloe. "Lo amo. Tantissimo. Mi fa male che mi stia allontanando".

"Allora chiediglielo" disse Allye, sporgendosi in avanti. "Chiedigli di parlare con te. Chiedigli a bruciapelo se ti ama ancora".

"E se dice di no?" chiese Chloe.

"Allora almeno lo saprai. Farà cagare, ma non perderai più il tuo tempo con lui" rispose Allye.

Il solo pensiero di Ro che le diceva che si sbagliava e che

non la amava fu sufficiente a far soffrire molto Chloe, ma lei restava in piedi per pura forza di volontà. Più pensava alle parole di Allye, più sapeva che la sua amica aveva ragione. Era il momento di affrontare Ro e chiedergli cosa stesse succedendo.

———

Ro si passò una mano tra i capelli in agitazione. Ultimamente non era riuscito a concentrarsi su nulla, sapeva che era a causa di Chloe. Ma ormai, aveva fatto la frittata. Aveva pensato molto alla sua situazione ed era giunto alla conclusione che doveva darle un po' di spazio.

Lo detestava. Ma negli ultimi anni Chloe era stata sotto il controllo del fratello. Aveva dovuto mentire al mondo e fingere di avere il cuore spezzato quando il corpo del fratello, gravemente ustionato, era stato trovato tra le macerie del suo strip club.

Quel giorno era il suo trentacinquesimo compleanno, era diventata una donna ricca. Poteva fare qualsiasi cosa. Essere chiunque. Aveva bisogno di darle il tempo e lo spazio per essere la donna straordinaria che già conosceva.

Chloe lo aveva chiamato prima e gli aveva chiesto di vederlo. Lui non poteva negarle nulla, così le disse che l'avrebbe incontrata nel suo nuovo appartamento, ma lei aveva insistito per andare a casa sua.

Averla lì sarebbe stato doloroso, ma Ro avrebbe fatto finta di niente e avrebbe tenuto nascosto quanto le mancasse. Ovunque guardasse in casa sua, la vedeva. Ciò che più faceva schifo era che il profumo della sua lozione lillà si era totalmente dissipato. Non sentiva più il suo odore quando andava a letto, anche il suo bagno era privo del suo profumo.

Camminando avanti e indietro, Ro aspettava il suo arrivo.

Il suo orologio finalmente vibrò, facendogli capire che

qualcuno stava entrando nel suo vialetto. Dopo la notte in cui la mafia si era infiltrata in casa sua, aveva fatto migliorare la sicurezza, così se uno scoiattolo avesse anche solo scoreggiato nella sua proprietà, sarebbe stato avvisato. Aveva la porta aperta e la stava aspettando, quando lei si fermò davanti a casa sua.

Ro era andato con lei al negozio di automobili, le era piaciuta molto una Honda Pilot. Lui voleva che considerasse un Hummer, come quello di Meat - quasi impenetrabile e che la tenesse al sicuro sulla strada - ma lei si era rifiutata, dicendo che voleva qualcosa di meno appariscente, di più normale.

Ro trattenne il respiro mentre Chloe usciva dal veicolo. Indossava un paio di jeans stretti che si modellavano sul suo corpo, una camicetta con grandi fiori. Gli occhiali da sole le coprivano gli occhi, il che gli diede leggermente fastidio. Amava guardare nei suoi grandi occhi marroni. Lei non poteva nascondergli i suoi sentimenti, cosa su cui lui contava sempre.

Camminò verso di lui, anche se camminare non è la parola migliore. Forse sarebbe meglio dire che piantò con forza ogni singolo passo. Si fermò in piedi davanti a lui e si mise le mani sui fianchi. "Dobbiamo parlare".

Ro deglutì nervosamente. Non era mai un buon segno quando qualcuno diceva di voler "parlare", così come l'aveva detto lei. Annuendo e non fidandosi di se stesso, Ro le fece un gesto verso la porta aperta.

Lui le guardò il culo mentre entrava in casa sua. Inalando profondamente, Ro sentì il cuore saltare mentre respirava il dolce profumo di lillà che la seguiva. Voleva chiederle di andare a rotolarsi sul suo letto prima di andarsene, per avere qualcosa che gliela ricordasse, ma rimase in silenzio e si limitò a seguirla docilmente. Lei andò dritta nel suo soggiorno e si tolse gli occhiali da sole.

Il dolore che vide nei suoi occhi lo mise quasi in ginocchio.

"Cosa c'è che non va?" le chiese.

"Cosa c'è che non va?" chiese incredula lei. "Tutto!"

"Dimmi cosa posso fare per aiutarti" le disse.

"Mi ami?" chiese Chloe, in tono quasi bellicoso.

Ro la fissò stupito. Non era quello che si aspettava di sentire. "Sì, certo che sì".

"A me non sembra" disse lei, burbera. "Dopo il funerale di Leon, mi hai cacciato di casa. Non volevo prendere un appartamento, ma in pratica mi hai detto che mi volevi fuori da casa tua. Ti vedo solo un paio di volte a settimana e anche allora mi tocchi a malapena. Se vuoi rompere con me, devi solo dirmelo. Smettila di fare giochetti e vieni al sodo".

"Non voglio lasciarti" balbettò Ro.

"Allora perché mi respingi?" chiese lei, con voce tremula, come se tutta la spavalderia se ne fosse andata dopo aver detto quello che doveva dire.

Ro inspirò. Aveva bisogno di andarci piano. "Sei stata sotto il controllo di tuo fratello per anni. Non sei stata libera di andare dove volevi, mangiare quello che volevi, o fare qualsiasi cosa senza che lui o la sua ragazza ti controllassero. Ma ora sei ricca e libera. Puoi fare tutto quello che vuoi. Andare in vacanza alle Hawaii, comprare un appartamento a Parigi, fare una crociera intorno al mondo. Dovresti fare queste cose. Uscire. *Vivere*."

Le sopracciglia della donna si abbassarono, comunicando confusione e disaccordo. "Ma io non voglio fare queste cose".

"Come fai a saperlo, se non le provi?" rispose Ro.

"Perché so già che non sono cose per me. Le grandi città mi spaventano. Tollero a malapena Denver. Non mi abbronzo, mi brucio, quindi perché dovrei voler andare alle Hawaii? E mi viene il mal di mare, quindi una crociera è decisamente fuori discussione".

Ro la fissò, senza parole.

"Hai ragione. Sono stata alla mercé di mio fratello per anni. Ma non ho diciotto anni, ne ho trentacinque. Ho già vissuto per conto mio, ho scelto di restare qui a Colorado Springs. Mi piace qui. Gli ultimi quattro anni sono stati terribili, ma non trattarmi come se fossi una bambina, Ronan. Come se non sapessi cosa e chi voglio. Dal giorno in cui sei venuto a prendermi da casa di Joseph Carlino, mi sono sentita più libera di quanto mi sia sentita in tutta la mia vita. Non ho bisogno di soldi. Non ho bisogno di vestiti stravaganti e di viaggi. Ho bisogno solo di te. Al tuo fianco mi sono sentita abbastanza forte da poter fare qualsiasi cosa. Ma poi mi hai respinta. Mi hai fatto sentire come se non mi volessi più intorno. Questo mi ha ferito più di ogni altra cosa che mio fratello mi abbia mai fatto".

Ro fece un passo indietro. Era come se lei l'avesse colpito fisicamente, con le sue parole.

"Non volevo che ti sentissi soffocata da me o dal nostro rapporto".

Chloe alzò gli occhi al cielo. "Sei un maledetto stronzo".

Ro la fissò per un secondo, poi le sue labbra si arricciarono verso un sorriso. Ma lei non gli diede la possibilità di rispondere.

"Ti amo, Ronan Cross. Stare con te mi fa sentire libera e forte. Finché non hai iniziato a comportarti in modo strano. Di notte, pensavo che tutto andasse bene. Mi abbracciavi e facevi l'amore con me così dolcemente, sembrava tutto perfetto. Ma la mattina eri freddo e mi lasciavi da sola per tutto il giorno. Poi mi hai costretto a prendere un appartamento tutto mio, ma io non volevo stare lontano da te. Odio quel posto. I miei vicini sono rumorosi, il ragazzo della porta accanto continua a invitarmi alle feste che organizza ogni fine settimana".

"Cos'è che fa?" ringhiò Ro. "Quello stronzo."

"Ho bisogno di sapere" disse Chloe, con gli occhi pieni di lacrime: "Mi stai allontanando perché stai cercando di porre fine alle cose, o qualcosa del genere?"

Ro non voleva più parlare. Fece i passi necessari per raggiungerla e la tirò con violenza contro il suo corpo. Le mise le mani sul viso e la fissò intensamente. "Ti amo, Chloe Harris. Voglio sposarti. Voglio avere bambini con te, ti legherò a me così forte che non potrai mai più andartene. Avevo paura che, visto che ora hai i soldi, non avresti più avuto bisogno di me. Che ti saresti annoiata a vivere quassù, nella mia casa fuori mano. Che ti saresti pentita di avermi incontrato così in fretta".

"Mai" sussurrò lei.

"Vieni a vivere con me" le disse, mettendole una mano sulla schiena e l'altra sulla nuca. "Giuro che ho finito di fare lo stronzo. Non ti respingerò più. Se inizi a sentirti soffocata, dimmelo, faremo qualcosa. Voleremo a Parigi, ti terrò la mano mentre esploriamo il mondo. Voleremo alle Hawaii e trascorreremo il tempo a visitare gli acquari, a mangiare fuori, e altre cose che non ti faranno prendere troppo sole. Dimmi quello che vuoi e te lo darò".

"Tu, Ro. Voglio solo te".

"Sono già tuo" le disse, poco prima di baciarla. La baciò come se fosse l'ultimo bacio della sua vita, e lei glielo restituì in modo altrettanto aggressivo. Prima che se ne accorgesse, lei gli era già salita in grembo, dopo che lui era caduto di nuovo sul divano. Senza alzare la testa, cominciò a slacciargli i jeans.

La sua urgenza era contagiosa, lui le allontanò le mani e prese il sopravvento. Lei interruppe il loro bacio abbastanza a lungo da consentirgli di girare una gamba e di sfilarle una parte dei jeans e delle mutandine. Lei lo lasciò fare, lasciando i jeans penzoloni.

"Ho bisogno di te", gli disse.

"Shhh" disse Ro, volendo andarci piano, anche se era duro come una roccia e voleva entrare subito dentro di lei. "Voglio essere sicuro che tu sia pronta per me".

"Sono pronta" rispose lei, spingendogli i jeans abbastanza in basso da potergli tirare fuori l'uccello per masturbarlo, sfregandolo sulla sua passera già umida.

Fu sufficiente. Ro le mise una mano sul culo e l'altra sulla vita, tenendola facilmente sopra di sé. Lei iniziò a gemere. "Per favore, Ro."

"Ti amo" le disse, guardandola negli occhi.

"Ti amo" rispose Chloe.

"Domani torni a vivere qui. Ho bisogno del tuo odore di lillà sulle mie lenzuola e sul mio corpo ogni mattina. Ho bisogno di te al mio fianco. Voglio che tu vada dal medico e che ti faccia togliere quel maledetto anticoncezionale, così posso metterti incinta".

"Ro" insistette lei, cercando di affondare sopra di lui, ma lui si rifiutava ancora di darle il suo cazzo. Non finché lei non avesse accettato.

"E ci sposeremo. Presto. Se vuoi un matrimonio in grande, lo faremo. Ma devi essere in grado di organizzarlo entro un mese. Non aspetterò oltre. Ti ho dato la possibilità di liberarti di me e non l'hai colta. Sei mia, Chloe. Che tu scelga di prendere il mio nome o meno, sei mia. Corpo e anima".

"Ssssssh. Per favore, Ro. Scopami."

"No, Chloe. Scopami *tu*." Detto questo, la lasciò andare, lasciandola sprofondare completamente sopra di lui.

Entrambi gemettero mentre lui entrava. Lei era bagnata fradicia, ancora prima di muoversi sopra di lui. Erano entrambi per lo più ancora vestiti, avevano scoperto solo le parti necessarie.

"Dio, ti amo" le disse ancora Ro, guardandola rimbalzare su e giù sul suo cazzo.

Chloe non rispose, gemeva e basta. Gli afferrò le spalle e

gli conficcò le unghie nella pelle, anche attraverso la maglietta. Qualche goccia di sudore le imperlava la fronte, Ro sapeva che non ne avrebbe mai avuto abbastanza.

Le lasciò prendere ciò di cui aveva bisogno, mentre appoggiava il clitoride contro la sua pancia e si muoveva sopra di lui. La tenne ferma per tutto il tempo in cui fecero l'amore. Quando lei si irrigidì tra le sue braccia e cominciò a tremare per l'orgasmo, Ro prese il sopravvento, iniziando a pompare. La prese con forza, mostrandole senza parole quanto fosse dispiaciuto e quanto l'amasse.

Non ci volle molto. Anche se lei stava ancora stringendo i suoi muscoli interni con il suo orgasmo, lui esplose, gemendo mentre la inondava di caldo liquido.

Lei gli cadde sul petto e gli mise le braccia intorno alle spalle, aggrappandosi alla presa. Ro sentì sbuffi d'aria contro il suo collo mentre cercava di riacquistare i sensi. Anche lui era esausto, ma contento. Ogni volta che era con lei, stava bene. Le passò una mano sulla testa, la accarezzò e si mise a giocherellare con le dita tra i lunghi capelli neri.

Alla fine, Chloe si sedette con la schiena dritta. Ro riuscì a percepire che il dolore era ancora presente. "Non respingermi di nuovo, Ro. È stato tremendo. Se non vuoi stare con me, basta dirlo".

"Non succederà più" le disse. "Ti volevo così tanto da farmi paura. Volevo chiuderti a chiave in casa mia e non lasciarti mai andare. Ma in quel momento ho capito che dovevo farlo. Ricordi il detto?"

Allora Chloe sorrise. Il sollievo era così chiaro nei suoi occhi che Ro si promise di non fare mai più nulla che potesse ferirla. "Se ami qualcosa, lasciala libera. Se è destino, tornerà".

"Sei tornata" le disse con dolcezza.

"Sì, l'ho fatto" annuì Chloe. "Grazie per avermi dato la libertà".

"Non c'è di che".

"Portami di sopra" gli ordinò. "Mi è mancato il tuo letto".

"Con piacere."

———

La mattina dopo, Chloe si svegliò avvolta dalle braccia di Ro e con il suo viso sepolto nel collo. Le aveva confessato di aver ordinato una bottiglia della sua lozione online e di averla usata per masturbarsi di notte. Non poteva più eccitarsi, senza quel profumo.

Era stata una rivelazione inquietante e interessante allo stesso tempo.

Chloe ripensò alle sue parole del giorno prima. Lui voleva sposarla. Voleva avere una famiglia con lei. Non aveva mai pensato di avere dei figli, ma improvvisamente sapeva senza dubbio che li voleva con Ro. Nessuno dei due aveva più una famiglia, nessuno che contasse. Potevano farsi una famiglia loro e assicurarsi che i loro figli sapessero quanto erano amati e desiderati ogni giorno della loro vita.

Non molto tempo prima, si chiedeva se sarebbe rimasta per sempre sotto il controllo del fratello, o se sarebbe stata costretta a fare cose che non voleva. Poi era apparso Ro, come un miracolo. Pensava alle altre donne e ai bambini che avevano salvato come Mercenari di Montagna. Non poteva mentire: il suo lavoro la spaventava, ma non gli avrebbe mai chiesto di smettere. Nessuno meritava di essere costretto a una vita di schiavitù. Sessuale o meno.

Forse avrebbe mandato una donazione anonima a Rex e ai suoi Mercenari di Montagna. Non riusciva a pensare ad un uso migliore per i suoi soldi.

Ro si mosse, lei gli sorrise quando finalmente aprì gli occhi.

"Buongiorno, tesoro" disse lui ancora sonnacchioso. "Hai dormito bene?"

"Molto più che bene" lo rassicurò. "Possiamo andare a prendere le mie cose oggi?" gli chiese.

"Ho già organizzato tutto" le disse Ro, poi le rotolò sopra lei. "Ma prima...ho bisogno di te".

Chloe ridacchiò. "Mi hai posseduta ieri sera. Tre volte."

"Sì, ieri sera. Ma oggi è un nuovo giorno" le disse con un sorriso, poi iniziò a baciarla.

Chloe sorrise e decise che aveva ragione.

———

Un mese dopo

Archer Kane, conosciuto come "Arrow" dai suoi amici della squadra dei Mercenari di Montagna, stava lavorando al quadro elettrico accanto a una casa fatiscente in una cittadina di merda della Repubblica Dominicana. Protetto dall'oscurità, il suo compito era quello di togliere la corrente alla casa, permettendo loro di entrare, afferrare la ragazzina sorvegliata dai malviventi e andarsene, possibilmente senza essere scoperti.

Rex aveva organizzato la missione dopo che la madre della ragazza lo aveva contattato. Suo padre, un coglione di prim'ordine, era scomparso con la ragazza dopo la sua visita programmata. Rex lo aveva rintracciato nella città di Santo Domingo, in quella fatiscente baracca.

Erano solo in tre in missione, perché non volevano attirare attenzioni indesiderate. Inoltre, Ro era in luna di miele con Chloe e Meat aveva l'influenza. Così Arrow, Black e Ball si erano offerti volontari, Gray aveva accettato di rimanere a Colorado Springs solo perché Allye si esibiva con il Cleo Parker Robinson Dance Theatre di Denver in uno spettacolo speciale.

Le poche luci della casa si spensero, Arrow fece un cenno con la testa ai suoi compagni di squadra. "Fatto."

"Facciamolo" disse Black.

I tre uomini scomparvero dietro il retro della casa ed entrarono in silenzio da una finestra. Non emisero alcun suono e, a parte un leggero russare, non c'erano altri rumori provenienti dalla casa buia.

Annuendo verso sinistra, Arrow indicò che sarebbe entrato in quella stanza. Black e Ball annuirono e si sparpagliarono per perlustrare le altre stanze. Spingendo la porta aperta, Arrow trattenne il respiro, sospirando con sollievo dato che i cardini non scricchiolarono.

Indossava un paio di occhiali per la visione notturna, quindi era facile per lui distinguere le forme nella piccola e squallida stanza.

Si aspettava di trovare la bambina scomparsa, ma quello che non si aspettava era la donna che gli stava davanti.

Lei teneva in mano un coltello, le sue mani tremavano così forte da sorprendere Arrow per il fatto che riuscisse a tenere l'arma in mano.

La vista con i suoi occhiali per la visione notturna era verde, nera e distorta, ma i capelli della donna erano chiari come la sua pelle, molto probabilmente era bionda.

"Esci" sussurrò lei con un tono basso e duro.

Arrow fece un passo silenzioso a destra.

Come sospettava, la punta del coltello non seguì i suoi movimenti. Lei non poteva vederlo, non come lui poteva vedere lei.

Invece di rispondere, si mosse furtivamente finché non le arrivò di fianco. Dispiaciuto per quello che doveva fare, Arrow la colpì duramente a braccio teso.

La donna non urlò, come lui si aspettava, ma emise un leggero grugnito. Arrow ottenne l'effetto desiderato. Lei lasciò andare il coltello, che cadde con un forte fragore sulle assi di legno sotto i loro piedi.

Muovendosi rapidamente, Arrow le avvolse un braccio attorno al petto e un altro attorno al collo.

Forzandole la testa e immobilizzandola, Arrow piegò le labbra in modo che fossero vicino all'orecchio di lei. "Mantieni la calma. Non siamo qui per te. Siamo qui per portare la bambina a casa".

Sconvolgendolo ulteriormente, la donna non si oppose, ma si lasciò andare quasi più comodamente tra le sue braccia. "Sei americano?"

"Sì."

"Giuri di riportarla negli Stati Uniti? A sua madre?"

"Sì."

Detto questo, Arrow poté sentire che lo spirito combattivo della donna si era spento del tutto. Ma poi, quasi subito, cominciò a contorcersi. "Cosa stai aspettando? Devi andartene da qui", gli disse con urgenza.

Arrow allentò la presa, anche se era pronto ad afferrare di nuovo la donna se lei avesse fatto qualche tipo di movimento minaccioso verso di lui o verso la bambina, rannicchiata ai suoi piedi.

La donna si accovacciò immediatamente e raggiunse la bambina. Lui la guardò mentre prendeva il viso della bimba tra le mani. "Ora sei al sicuro" le sussurrò. "Quest'uomo è qui per portarti a casa, dalla mamma".

"Vieni?" chiese la bambina, gli occhi enormi sul viso, le pupille completamente dilatate nella stanza buia.

La donna scosse la testa, poi si rese conto che era troppo buio per essere vista. "No, non posso venire. Lo sai."

La bambina iniziò a piagnucolare, a voce un po' troppo alta.

Arrow si accovacciò accanto alla coppia e toccò leggermente la testa della bimba. "Il mio nome è Arrow. Ti porterò a casa" le disse.

La bimba si gettò tra le braccia della donna così forte da

farla cadere sul sedere. Ma ancora una volta, lei non emise un solo suono dalle labbra. Si era fatta male, probabilmente, ma non fece nemmeno una smorfia. "Shhhh, Nina. Lo sai che dobbiamo fare silenzio".

"Così gli uomini cattivi non ci sentono sussurrò solennemente la bambina.

"Esattamente. Arrow è qui per portarti a casa. Ora devi essere una ragazza grande e coraggiosa".

"Come te, quando gli uomini cattivi ti portano via?"

Gli occhi di Arrow si strinsero in due fessure a questa domanda, ma la donna non esitò.

"Esattamente, proprio così. Ma Arrow non ti farà del male. Vero?" chiese lei, girandosi nella sua direzione. Se lui non avesse saputo che la stanza era buia come la pece e lei non vedeva niente, Arrow avrebbe pensato che lei ci vedesse bene almeno quanto lui.

"Esatto, Nina. Io e i miei amici ci assicureremo che gli uomini cattivi non ti tocchino mai più, neanche un capello".

"Voglio che venga anche Morgan" rispose la bimba, stringendo la donna al collo ancora più forte. "Neanche lei vuole stare con gli uomini cattivi. Me l'ha detto lei".

La donna, Morgan, si schiarì la gola per rispondere, ma Arrow aveva sentito abbastanza. Mise una mano sul braccio di Morgan e le chiese: "Come ti chiami?".

Sentì Black and Ball entrare nella stanza, ma non distolse lo sguardo da Morgan.

"Morgan Byrd" disse dolcemente.

"Porca puttana" disse Black.

Allo stesso tempo, Ball esclamò: "Cazzo".

Arrow non poté che fissarla incredulo. "Morgan Byrd, di Atlanta?"

Lei sbatté le palpebre. "Mi conosci?"

Arrow la aiutò ad alzarsi, mettendo una mano sotto il

sedere della piccola Nina, che si rifiutava di lasciarla andare; aveva avvolto le gambe intorno alla vita di Morgan. "Se ti conosco?" chiese Arrow. "Tesoro, ti conoscono *tutti*. Tuo padre è su tutti i giornali, da quando sei scomparsa un anno fa".

Lui sentì il suo respiro che si bloccava, ma Morgan prese il controllo delle sue emozioni e annuì. "Se non è troppo disturbo, mi piacerebbe venire con te".

Purtroppo, si *trattava* di un problema. Non avevano nessun documento d'identità per lei. Avevano il passaporto di Nina, avevano programmato di prendere un volo commerciale fuori dal paese.

Ma le cose erano cambiate.

Morgan Byrd aveva ventisei anni... no, ventisette anni, in quel momento. Era scomparsa circa un anno prima. Era semplicemente scomparsa senza lasciare traccia dopo una notte in città, ad Atlanta, in Georgia, con alcuni amici. Non c'era stata nessuna richiesta di riscatto e non erano rimasti indizi su chi l'avesse portata via o su dove fosse andata. Subito dopo la sua scomparsa, l'attenzione dei media era salita alle stelle, il padre aveva fatto in modo che il pubblico non dimenticasse mai la figlia scomparsa.

I Mercenari erano andati nella Repubblica Dominicana per salvare una bambina rapita, ma sembrava che se ne sarebbero andati con la persona scomparsa forse più famosa dai tempi di Elizabeth Smart.

Arrow allungò la mano e lei gliela prese, intrecciando forte le loro dita. Il modo in cui si era aggrappata a lui, anche se non aveva la minima idea di chi fossero lui o i suoi compagni di squadra, fu molto eloquente. Era terrorizzata. Le sue dita erano piccole e delicate, proprio come lei. Sembrava alta circa un metro e mezzo, non era molto più alta della bambina, ma Arrow riuscì a sentire anche determinazione e forza nella sua presa.

"Se le cose vanno male, prendi Nina e vattene" disse Morgan con urgenza.

"Morgan..." Arrow iniziò, ma lei lo interruppe.

"No. Dico sul serio. Devi portarla fuori di qui. Non importa come."

"Ok" accettò Arrow, mentendo spudoratamente. Non l'avrebbe certo lasciata in quel buco infernale. Proprio no.

Morgan sospirò sollevata e gli strinse di nuovo la mano. "Ok."

Silenziosamente, così come erano entrati, uscirono dalla casa malandata, passando dalla finestra sul retro. Arrow non aveva idea di come avrebbero portato Morgan fuori dal paese, ma ci avrebbe pensato una volta arrivati al loro rifugio. Il volo che avevano pianificato di prendere sarebbe partito due giorni dopo, dando loro il tempo di affrontare eventuali problemi durante l'operazione e di ottenere assistenza medica per Nina, se necessario. Ma ora l'intero piano era cambiato. Arrow aveva bisogno di parlare con Black e Ball e di chiamare Rex. Avevano bisogno di aiuto.

Guardò Morgan mentre si affaccendavano lungo i disgustosi e pericolosi vicoli di Santo Domingo.

Non assomigliava per niente alla donna che aveva visto apparire su tutti i telegiornali. Aveva perso un sacco di chili e i suoi capelli erano sfatti. Le sue braccia erano sporche e indossava una maglietta cenciosa.

Lei si voltò a guardarlo, incontrò il suo sguardo per la prima volta e lui inalò bruscamente quando lo vide.

Il vuoto.

Il vuoto nei suoi occhi.

Morgan Byrd aveva passato l'inferno. Qualunque cosa le fosse successa, l'aveva quasi distrutta. Ma lei si stava aggrappando alla vita. A malapena.

Allungando la mano, Arrow non riuscì a trattenersi dal

dire: "Ti ho trovato, Morgan. Ti porterò a casa, a qualunque costo".

Lei non rispose, ma il breve bagliore di speranza che si accese nei suoi occhi e si spense con la stessa rapidità, fu sufficiente.

RICONOSCIMENTI

Sarei negligente se non ringraziassi la mia straordinaria editor di sviluppo, Kelli Collins. Prende meticolosamente appunti sui miei personaggi e sulle loro idiosincrasie, mi chiama per ogni stupidaggine che faccio dire loro... e me le fa cambiare. Giuro che se tutti voi poteste leggere le mie prime bozze, alzereste continuamente gli occhi al cielo per le cose che i miei personaggi dicono e fanno. Kelli non mi fa mai sentire un idiota... è gentile nel dirmi che ho perso la testa.

Voglio anche ringraziare tutti alla Montlake per aver reso il processo di scrittura di un libro così facile. Fin dall'inizio, non sono stati altro che di sostegno e di supporto, il che è molto importante.

Devo fare un ringraziamento a mio marito, il signor Stoker. Non esita a dire alla gente cosa fa sua moglie per vivere, non si nasconde né si vergogna nel dire alla gente che scrivo storie d'amore (perché non c'è *niente* di cui vergognarsi!). Ha letto tutti i miei libri ed è seriamente uno dei miei più grandi sostenitori, questo significa il mondo per me.

E per ultimo, a tutti voi, miei lettori. Grazie per aver

amato i miei personaggi come avete fatto fino ad oggi e per aver continuato a leggere i miei libri. Sono così felice che vi piaccia leggere il tipo di storie che mi piace scrivere.

NOTE

PROLOGO

1. Lo sfruttamento di informazioni non di dominio pubblico, la cui divulgazione avrà effetti nelle quotazioni di titoli, per effettuare operazioni in Borsa traendo vantaggio dalla loro conoscenza anticipata.

CAPITOLO CINQUE

1. La manovra PIT (Pursuit Intervention Technique) è una tattica di inseguimento con cui un'auto che insegue può costringere un'auto in fuga a svoltare bruscamente di lato, facendo perdere il controllo al conducente e fermandosi. Altri nomi includono pit block, pit stop e blocking.

CAPITOLO SETTE

1. Si riferisce alla somiglianza tra il nome Allye e "alley", che in inglese significa vialetto.

CAPITOLO DODICI

1. Organizzazione non governativa no-profit che punta a costruire più alloggi popolari.
2. Il dark web è un sottoinsieme del deep web, solitamente irraggiungibile attraverso una normale connessione Internet senza far uso di software particolari perché giacente su reti sovrapposte ad Internet chiamate genericamente *darknet*.

Rescuing Rayne
Rescuing Aimee (novella)
Rescuing Emily
Rescuing Harley
Marrying Emily (novella)
Rescuing Kassie
Rescuing Bryn
Rescuing Casey
Rescuing Sadie (novella)
Rescuing Wendy
Rescuing Mary
Rescuing Macie (novella)

Delta Team Two Series

Shielding Gillian
Shielding Kinley
Shielding Aspen (Oct 2020)
Shielding Riley (Jan 2021)
Shielding Devyn (May 2021)
Shielding Ember (Sep 2021)
Shielding Sierra (TBA)

Badge of Honor: Texas Heroes Series

Justice for Mackenzie
Justice for Mickie
Justice for Corrie
Justice for Laine (novella)
Shelter for Elizabeth
Justice for Boone
Shelter for Adeline
Shelter for Sophie
Justice for Erin
Justice for Milena
Shelter for Blythe

Justice for Hope
Shelter for Quinn
Shelter for Koren
Shelter for Penelope

SEAL of Protection: Legacy Series

Securing Caite
Securing Brenae (novella)
Securing Sidney
Securing Piper
Securing Zoey
Securing Avery
Securing Kalee
Securing Jane (Feb 2021)

SEAL Team Hawaii Series

Finding Elodie (Apr 2021)
Finding Lexie (Aug 2021)
Finding Kenna (Oct 2021)
Finding Monica (TBA)
Finding Carly (TBA)
Finding Ashlyn (TBA)
Finding Jodelle (TBA)

Ace Security Series

Claiming Grace
Claiming Alexis
Claiming Bailey
Claiming Felicity
Claiming Sarah

Mountain Mercenaries Series

Defending Allye
Defending Chloe

Defending Morgan
Defending Harlow
Defending Everly
Defending Zara
Defending Raven

Silverstone Series

Trusting Skylar (Dec 2020)
Trusting Taylor (Mar 2021)
Trusting Molly (July 2021)
Trusting Cassidy (Dec 2021)

SEAL of Protection Series

Protecting Caroline
Protecting Alabama
Protecting Fiona
Marrying Caroline (novella)
Protecting Summer
Protecting Cheyenne
Protecting Jessyka
Protecting Julie (novella)
Protecting Melody
Protecting the Future
Protecting Kiera (novella)
Protecting Alabama's Kids (novella)
Protecting Dakota

BIOGRAFIA

L'autrice best seller del *New York Times*, *USA Today,* e *Wall Street Journal*, Susan Stoker ha un cuore grande come lo stato del Texas, dove vive, ma questa tipica ragazza americana ha trascorso gli ultimi quattordici anni vivendo nel Missouri, in California, in Colorado, e nell'Indiana. È sposata con un ex militare dell'esercito, che ora la segue in tutto il Paese.

Ha debuttato con la sua prima serie nel 2014, seguita dalla serie SEAL of Protection, che ha consolidato il suo amore per la scrittura, e la creazione di storie in cui i lettori possono perdersi.

Se ti è piaciuto questo libro, o qualsiasi libro, per favore considera di lasciare una recensione. Gli autori lo apprezzano più di quanto tu possa immaginare.

www.stokeraces.com
susan@stokeraces.com

www.ingramcontent.com/pod-product-compliance
Lightning Source LLC
Chambersburg PA
CBHW060236100726

47907CB00003B/645